Für Inga

Impressum

1. Auflage 2024
Copyright Edward Poniewaz, Köln
ISBN: 978-3-00-079378-3

Die Nutzung für Text- und Data-Mining im Sinne von § 44b UrhG behält sich der Autor ausdrücklich vor.

Lektorat: Kati Hertzsch
Korrektorat: Judith Schwibs
Coverdesign: Casandra Krammer
Covermotiv: Freepik.com - EyeEm, Gimi Totori, Rawpixel

Herausgeber: Edward Poniewaz c/o Sven Clauer, Königsberger Weg 8, 53859 Niederkassel (Impressum-Service)

Alle Rechte sind vorbehalten.

Es handelt sich um eine fiktive Geschichte. Ähnlichkeiten mit lebenden oder verstorbenen Personen sind zufällig und nicht beabsichtigt.

Edward Poniewaz

Unendlicher Friede

Psychothriller

Edward Poniewaz, geboren in Köln, studierte Betriebswirtschaftslehre in Köln und Fribourg/CH und lebt mit seiner Familie in Köln. Er war Geschäftsführer eines Beratungs- und Finanzdienstleistungsunternehmens. Zuständig für die Bereiche Marketing und Produktentwicklung initiierte er die Markteinführung innovativer Produkte.

In seinem ersten Psychothriller verwebt Edward Poniewaz düstere Geheimnisse und psychische Phänomene zu einer nervenaufreibenden Handlung, die in ein brisantes und erschütterndes Gedankenexperiment mündet.

Schon während des Studiums war das Schreiben und die Psychologie seine Leidenschaft, der er bis heute treu geblieben ist.

Website des Autors: www.poniewaz.de

1

Der Moment war gekommen. Sie hatten mit Champagner angestoßen, und der Schein der Kerzen ließ ihre Stimmung feierlich werden.

»Jetzt sag schon, was feiern wir heute?«

Er wollte kein Kind und sie war schwanger. Von den vielen Sätzen, die sie abgewogen hatte, wählte sie den einfachsten: »Du wirst Papa!«

Er schwieg, seine aufgerissenen Augen nicht.

Sie versuchte zu lächeln.

»Das kannst du vergessen!«, stieß er hervor.

Das Gemurmel an den Nebentischen verstummte.

Er sprang auf, beugte sich zu ihr. »Ich werde sterben, wenn ein Sohn geboren wird«, flüsterte er ihr ins Gesicht.

»Was redest du da für einen Unsinn?«

Er drehte sich um und verließ den Italiener.

Zu Hause hatte sie ihn zur Rede gestellt, geschrien und geweint. Alles war an ihm abgeperlt. In den nächsten Tagen mieden sie das Thema, sprachen nur über das Nötigste. Als er sie fragte, ob sie ihn auf einer Dienstreise nach Berlin begleiten möchte, schöpfte sie Hoffnung und sagte zu. Die Anreise, der traditionelle Spaziergang zum Gendarmenmarkt, die Restaurantbesuche hatten jedoch die Unbeschwertheit früherer Jahre verloren. Das Unausgesprochene lastete auf ihren Gedanken, auf jedem Atemzug. Als sie in der Hotelsuite den Mut gefasst hatte, schrie er sie an.

»Das Kind darf nicht geboren werden. Verstehst du das denn nicht?«

Seine Worte: »Wenn du nicht freiwillig abtreibst, zwinge ich dich dazu«, spukten ihr bis zum frühen Morgen im Kopf herum. Ihr Mann brauchte professionelle Hilfe und sie beschloss, am nächsten Tag einen Psychologen aufzusuchen.

Es dauerte quälende Minuten, bis sie die Kraft fand, es auf den Punkt zu bringen: »Du wirst Papa, habe ich gesagt. Und er? Er hat von seinem Tod gestammelt.«

Dr. Stefan Heimer zögerte, beugte sich vor. »Ist der Vater todkrank?«

Sie schaute ins Leere, war ihm entglitten, und dann brach es aus ihr hervor.

»Die aufgerissenen Augen, wie er aufgesprungen ist, die Blicke vom Nebentisch, es war grässlich.«

»Der Vater? Ist er –«

»Er glaubt, dass er sterben muss, wenn ein Sohn zur Welt kommt.« Ihr fahriger Blick streifte Heimer. »Ich habe Angst. Angst, dass etwas Entsetzliches passiert.«

»Ich verstehe nicht«, sagte Heimer mit seiner ruhigen Baritonstimme.

»Anfangs habe ich angenommen, er sei emotional überfordert, das alles sei nur ein Vorwand. Aber nein, er ist davon überzeugt. Es ist der absolute Horror!«

Heimer machte eine beschwichtigende Handbewegung. »Wie begründet er seine Angst?«

»Für ihn ist es Schicksal, Vorsehung. So ein Irrsinn! Es gab Abende, an denen wir beide stundenlang schweigend im Wohnzimmer saßen.« Ihre Augen schimmerten feucht. Eine Weile blieb es still.

Am liebsten hätte er sie in den Arm genommen, ohne Worte, ohne Erklärungen. Dieser Impuls ließ ihn wieder einmal an seiner Professionalität zweifeln. »Frau Witt, haben Sie eine Vermutung, weshalb er diesen Zusammenhang sieht?«

Sie sah ihn jetzt gefasst an. »Sein Vater ist am Tag seiner Geburt tödlich verunglückt. Er ist davon überzeugt, dass ihn das gleiche Schicksal trifft.«

»Ich verstehe.« Er zögerte kurz. »Was haben Sie seitdem unternommen?«

»Eine Therapie lehnt er ab, und vor Freunden gibt er es nicht zu. Dann bin ich die notorische Lügnerin, die Märchen erzählt.« Sie sah aus, als ob sie aufbrausen wollte. »Helfen Sie uns. Bitte!«, sagte sie beschwörend.

»Das Einverständnis Ihres Ehemanns vorausgesetzt, gern. Die Bereitschaft, sich selbst und seine Befürchtungen in Zweifel zu ziehen, sind Grundvoraussetzungen für eine erfolgreiche Gesprächstherapie.«

»Das ist das Problem. Versteht ihr denn nicht?«

In Heimer reifte die Gewissheit, dass sie nicht zum ersten Mal vor einem Therapeuten saß, dennoch fühlte er sich verpflichtet, sie darauf hinzuweisen: »Falls Ihr Mann unter psychotischen Symptomen oder vergleichbaren Persönlichkeitsstörungen leidet, wäre eine Klinik zu empfehlen, um die neurologischen und internistischen Untersuchungen durchzuführen.«

Sie blickte umher, schien unwillig, den Ausführungen zu folgen.

»Zunächst ist auszuschließen, dass die Krankheitsanzeichen organisch bedingt sind«, leierte Heimer noch herunter.

Gebannt sah sie auf das Wandtattoo hinter dem Schreibtisch:

*Am Ende des Tages wird deine
Seele gewogen und ist sie
leichter und reiner als Luft wirst
du schlafen wie in einem Himmelbett.*

Sie zeigte zur Wand. »Es berührt mich«, flüsterte sie.

»Ich würde gern mehr davon lesen. Von wem ist das?«

Heimer vermied es, sie anzusehen. »Eine mythologische Ableitung … von mir.«

Er schob die Teeschale auf dem Besprechungstisch zur Seite, um sein schwarzes Notizbuch abzulegen. Den Bleistift legte er daneben.

»Ist das Ihr Versprechen?«

Seine Gedanken wanderten zu dem Patienten, der gefragt hatte, ob das sein Fahnenspruch sei. Der militärische Begriff missfiel ihm, dennoch hatte er genickt und geschwiegen. Es war seine Vision, seine Definition von Heilung. Jede Sitzung stand unter diesem Motto und war wie ein beginnender Tag, an dem die Hoffnung neu geboren wurde.

»Ist etwas?«

»Oh, bitte entschuldigen Sie! Im Einklang mit sich selbst zu sein, ist ein therapeutisches Ziel. Sprechen Sie bitte mit Ihrem Ehemann, erzählen Sie von unserem Gespräch und falls er zustimmt, vereinbaren wir einen Termin.«

»Und, wenn nicht?«

»Rufen Sie mich morgen an, dann sehen wir weiter.«

Als er sich bei der Verabschiedung sagen hörte, »Frau Witt, wir werden eine Lösung finden. Vertrauen Sie mir«, bereute er es schon. Er ahnte, und ihre Blicke hatten sich noch nicht voneinander gelöst, wie schlimm es enden konnte.

Heute verließ Heimer die Praxis früher als gewöhnlich, um letzte Korrekturen an seinem neuen Buch vorzunehmen. Zuhause schmierte er sich ein Käsebrot, setzte sich mit einem Glas Wein ins Arbeitszimmer und nahm sein Manuskript. Zurückgelehnt blätterte er durch die Druckfahne, die ihm der Verlag zur Freigabe zugestellt hatte. Die Lektorin hatte einen komplett neuen Klappentext verfasst, der für eine Boulevard-Zeitung geeignet schien.

Die reißerischen Formulierungen waren für ihn indiskutabel, doch er gab den Gedanken auf, sie heute noch zu korrigieren. Jedes Mal, wenn er sich das Manuskript vornahm, drängten sich die Eindrücke des Tages dazwischen, der von einem außergewöhnlichen Fall geprägt war. Sein Blick schweifte zur Bücherwand. Bald würde sein zweites Buch neben Freud, Jung und Adler stehen. Heimer kannte die Titel seiner umfassenden Büchersammlung zur Psychoanalyse auswendig, selten waren sie so populärwissenschaftlich und reißerisch, wie der, den seine Lektorin vorgeschlagen hatte. Er hatte mit ihr gestritten, gerungen und am Ende doch *Wer die Erinnerungen verändert, verändert seine Zukunft* akzeptiert. Als einziges Zugeständnis hatte er erreicht, dass der Verlag künftig nicht mehr auf Lesungen bestehen würde. Diese Veranstaltungen waren für ihn eine Strafe. Selbst in kleinen Buchhandlungen mit nur wenigen Zuhörern wirkte er fahrig. Bei den Fragerunden am Ende antwortete er zu umständlich, zu langatmig und verlor sich in wissenschaftlichen Definitionen. Dass er Wissenschaftler sei, wiederholte er ein ums andere Mal, wie um sich zu entschuldigen. Es war absehbar, wer die Lesung vorzeitig verlassen würde. Bereits nach wenigen Minuten sah Heimer es ihnen an. Andere blieben nur aus Höflichkeit bis zum Ende. Ihre gelangweilten Gesichter brannten sich jedes Mal in sein Gedächtnis ein. In Wahrheit war er nicht nur auf der Bühne ein Langweiler. Er setzte sich ins Wohnzimmer, nahm den Krimi vom Beistelltisch und schlug die Seite mit dem Lesezeichen auf. Nach wenigen Sätzen dachte er an sein Versprechen: »Wir werden eine Lösung finden. Vertrauen Sie mir.« Gestern war es ihm schwergefallen, den Roman gegen Mitternacht beiseitezulegen, doch heute gelang es ihm nicht, in diese Welt einzutauchen. Entgegen seiner Gewohnheit leerte er ein drittes Weinglas und ging zu Bett.

Mitten in der Nacht wachte Heimer auf und fragte sich, ob es für die Angst des werdenden Vaters, er werde am Tag der Geburt eines Sohnes sterben, irgendwo Parallelen gab, in der Mythologie etwa, im Sinne einer göttlichen Vorsehung für eine männliche Blutlinie? Er konnte einfach aufstehen und das Licht einschalten, sich an den Computer setzen und nachforschen. Gern hätte er Rücksicht auf eine neben ihm schlafende Frau genommen, wäre leise aufgestanden, hätte ihre Decke nachgezogen und das Schlafzimmer im Dunkeln verlassen. Aber es gab sie nicht, für die er leise sein durfte. Er schenkte sich ein Glas Wasser ein und begann, eine Reihe von Suchbegriffen in eine Suchmaschine einzugeben. Was ihm an Treffern angezeigt wurde, betraf ausschließlich Frauen. Der Gedanke des Mannes war einzigartig: weder in der griechischen Götterwelt noch sonst wo ließ sich etwas Vergleichbares finden. Zumindest nicht in dieser Nacht.

2

Wie jeden Wochentag verließ Stefan Heimer nach dem Frühstück um zwanzig vor neun seine Wohnung in der Sophienstraße, schlenderte an den Hackeschen Höfen vorbei und blieb gelegentlich an einem Schaufenster stehen. Andere hetzten um diese Uhrzeit über die Oranienburger Straße zur Arbeit. Er ließ jedoch seine Gedanken schweifen, war bei seinen Patienten und den bevorstehenden psychotherapeutischen Sitzungen.

Der Zugang zur Gemeinschaftspraxis lag versteckt in einem Hinterhof, in dessen Mitte eine Parkbank mit schmiedeeisernen Füßen aus dem 19. Jahrhundert stand, die man vor ein paar Jahren zusammen mit dem Haus instandgesetzt hatte. Links war sie von Sträuchern umsäumt, denen man den Spätherbst ansah, und rechts von einer bonsaiähnlichen Kiefer, die im geharkten Kiesmeer wuchst. Sanft plätscherte daneben Wasser aus einem flachen Quellstein.

Eine Denkoase hatte er damals gedacht, als er die Praxisräume in dem typischen Berliner Altbau mit seinen hohen Decken, Stuckelementen und den massiven Holztüren besichtigt hatte. Der Makler sah ihm die Euphorie an und grinste siegessicher. Für nachmittags vereinbarte Heimer einen zweiten Termin, diesmal war Frank Burger, ein ehemaliger Kommilitone, dabei. Nach der Besichtigung saßen sie in der Denkoase und diskutierten ihre gemeinsame berufliche Zukunft, die sie sich mit jedem Satz immer rosiger ausmalten. Heimer plante psychoanalytische Angebote, die zu seinem Forschungsschwerpunkt passten, und Burger sah sich als Coach und

Psychotherapeut für das Management in den oberen Führungsetagen. Eine Woche später unterschrieben sie den Mietvertrag und gaben das weiße Praxisschild mit dem schwarzen Schriftzug *Burger & Heimer, Praxisgemeinschaft für Psychotherapie und Coaching* in Auftrag.

Die Anfänge lagen nun vier Jahre zurück und heute betrieben sie eine gutgehende psychotherapeutische Praxis. Sogar aus der Charité kamen Patienten mit Empfehlungen ihrer Oberärzte. Zufrieden öffnete Heimer die Tür zur Praxis. Seine Assistentin Charlotte Meierfeld stand im hell erleuchteten Flur und scannte am Kopierer Patientenakten ein.

Mit »Good Morning, Charlie! What's on the agenda?«, begrüßte er sie.

Sie drehte sich zu ihm um, sagte: »Hi!«, und hielt einen Stapel Leistungsnachweise in der Hand. »Hast du Dettmann wegen der offenen Rechnung angesprochen?«

»Habe ich vergessen.«

»Darf ich jetzt die Mahnung rausschicken?«

»Ich bespreche das mit ihm. Das Porto sparen wir uns.«

Charlie verdrehte genervt die Augen. »Er ist seit drei Monaten im Verzug. Du wolltest ihn beim letzten Mal schon ansprechen.«

»Diesmal denke ich dran«, sagte Heimer.

»Ja, ja«, hörte er hinter seinem Rücken. Auf der Schwelle zum Sprechzimmer drehte er sich um.

»Ah Charlie, falls Frau Witt anruft, stell sie bitte auch während einer Sitzung durch.«

»Die Blonde, die gestern da war?«

»Die Hübsche, die gestern da war«, sagte er und grinste absichtlich breit.

Heimer hatte um die Mittagszeit bei Charlie nachgehört und am späten Nachmittag die Hoffnung auf einen Anruf aufgegeben. Mitten im letzten Termin des Tages klingelte das Telefon im Sprechzimmer.

Charlie meldete sich mit: »Die Blonde hat angerufen«, und wartete auf einen Kommentar, der ausblieb. »Sie wollte nicht in einer Sitzung zu dir durchgestellt werden. Stattdessen hat sie für morgen ein Treffen im Adlon vorgeschlagen, um halb vier. Falls dir das nicht passt, habe sich die Angelegenheit erledigt.«

Heimer zögerte.

»Ich sage ihr ab«, bot Charlie an.

»Warte. Ich nehme den Termin wahr.«

»Seit wann akzeptieren wir denn ein Ultimatum?«, fragte Charlie irritiert.

»Sag für morgen Nachmittag alle Termine ab, und bestätige ihr den Treffpunkt.«

»Wie du willst.«

Er wandte sich seinem Patienten zu und hörte sich sagen, »Wo waren wir stehen geblieben?«

Spät abends notierte Heimer in sein Tagebuch: »*Erstgespräch mit Frau Witt – seltsam.*« Zuvor hatte er in seiner kleinen psychiatrischen Fachbibliothek nach Fallbeschreibungen gesucht, die Ähnlichkeiten aufwiesen. Es gab keine. Er legte das Tagebuch auf den Couchtisch und dimmte die Leselampe herunter, bis sie nur noch schimmerte. In der angenehm stillen Wohnung fielen ihm die Augenlider zu. Nur das gleichmäßige Ticken der Wanduhr war zu hören. Seine Gedanken wurden langsamer, und es schien so, dass sein Bewusstsein zurücktrat, nur noch aus der Ferne zusah. Er schwebte in einer Seifenblase, umgeben von weiteren. Im Inneren der Blasen sah er nur die Konturen von Menschen. Wie Wolken trieben sie lautlos und schwerelos an ihm vorbei. Er versuchte, nicht zu denken, sondern wollte sehen, was da noch aus seiner Tiefe kam. Doch dieser Gedanke machte alles zunichte – es war vorbei. Sein Bewusstsein drängte sich unwiderruflich nach vorne. Das verblichene Bild hatte ihn berührt, sowie er auch in jungen Jahren einen Zauber gespürt hatte, dass es mehr zwischen Himmel und Erde gab, dass Menschen eingebunden waren in einem übergeordneten Plan, eine Gesetzmäßigkeit, eine Vorbestimmung, die ihn hoffen und beten ließ.

3

Heimer saß frühzeitig im Adlon, hatte ein Kännchen Tee bestellt und betrachtete die Lobby. Bestickte Polstermöbel mit blaugrauem und gelbgoldenem Samtbezug, Antiquitäten, prunkvolle Kronleuchter und der plätschernde Elefantenbrunnen sorgten für ein stimmungsvolles Ambiente aus den Goldenen Zwanziger Jahren. Leise Klaviermusik im Hintergrund umhüllte die Szenerie.

»Hi«, sagte Christiana Witt und amüsierte sich, weil Heimer zusammenzuckte. »Waren wir nicht verabredet?«

»Doch … sicher Frau Witt. Ich dachte, Sie kämen von draußen.«

»Ich komme von meinem Zimmer.«

Sie setzte sich und lehnte sich vor. »Schön, dass Sie es einrichten konnten«, sagte sie mit einem Lächeln, das beidseitig Grübchen hervorrief. »Ich habe gestern Nacht in Ihrem Buch geschmökert. Einige Passagen haben mich an *Frankenstein* von Mary Shelley erinnert.«

Auch das hatte er seiner Lektorin zu verdanken, die nur die Auflagenhöhe im Blick hatte. Das Buch dramatisierte unnötig, versprach zu viel, machte Hoffnung auf neue Therapien, die es nicht gab. Er fing an, sich ungeschickt zu rechtfertigen, »Manche Formulierungen sind –«, doch sie fiel ihm ins Wort.

»Ich habe gut reden«, sagte sie und senkte den Blick. »Sie kennen die Menschen hinter diesen Schicksalen und ich ziehe billige Vergleiche zu *Frankenstein*.«

»Das psychopathische Verhalten für den Leser erlebbar zu machen, war der Wunsch meiner Lektorin. Sie wollte eine packende Darstellung, wie Angst und Verzweiflung in den Alltag der Familie eindringen. Mir lag die wissenschaftliche Sicht am Herzen und ich habe versucht, sie so verständlich wie möglich darzustellen«, sagte Heimer steif und fand sich abtötend sachlich.

»Erinnerungen manipulieren, wie sind Sie darauf gekommen?«, fragte sie und ihr Interesse schien echt.

Sie war heute anders, wie ausgewechselt, und führte charmant durch das Gespräch. Ihre Verzweiflung war verschwunden.

»Guten Tag, Frau Witt, haben Sie einen Wunsch?«, fragte ein junger Kellner, der sich unbemerkt genähert hatte.

»Ein Wasser bitte.«

»Wie immer, Zimmertemperatur und spritzig.«

Sie grinste den Kellner an. »Vor allem spritzig.«

Er schmunzelte, sah in Heimers ernstes Gesicht, der den Kopf schüttelte und verließ den Tisch.

»Wo waren wir stehen geblieben?« Sie lächelte wie eine Gewinnerin. »Ja, genau! Sie wollten mir erzählen, warum Sie sich mit dem Manipulieren von Erinnerungen beschäftigen.«

Er nippte am Tee und stellte die Tasse vorsichtig ab. Diese Frage hatte er bisher nur seinem besten Freund beantwortet.

»Ein tragischer Fall gab den Impuls. Wollen Sie das wirklich wissen?«

»Ich würde gern mehr über Sie und Ihre Therapien erfahren. Nur zu. Schlimmer als in Ihrem Buch wird's nicht werden.«

Heimer lehnte sich nun auch zu ihr hinüber. »Es handelte sich um einen Fall schizophrener Psychose: akustische Halluzinationen, Ich-Störungen, Fremdsteuerung durch unbekannte Mächte. Aufgrund meiner Verdachtsdiagnose befürwortete ich die Zusammenarbeit mit einem Psychiater, um eine medikamentöse Behandlung einzuleiten. Mein Patient lehnte jedoch ab. Er befürchtete, in einer Klinik eingesperrt zu werden.«

Sie rückte näher. »Was sagten die Stimmen?«

»Er habe es nicht verdient zu leben. Sie forderten ihn auf, sich umzubringen, verrieten, dass ständig Live-Aufnahmen von ihm im Internet gezeigt werden. Die Menschen stimmten täglich darüber ab, ob er sich erhängen sollte. Alle waren dafür, weil er die größte Drecksau sei, die jemals die Erde betreten hat.«

Ihre zusammengepressten Lippen schoben sich leicht nach vorn, während sie ihn ernst ansah. »Schrecklich, da darf man sich nicht hineinversetzen«, sagte sie nachdenklich. »Was waren die ersten Anzeichen?«

»Wenn jemand auf der Straße hustete, hieß das für ihn, dass er verachtet wurde. Andere wiederum spukten dazu auf dem Boden. Seine Verzweiflung nahm zu, die kleinsten Anlässe führten zu peinlichen und tragischen Situationen. Für seine Kinder war es unerträglich, sie brachen den Kontakt ab. Seine Frau hatte ihn schon vor Jahren verlassen. Am Ende stand Vereinsamung.«

»Eine Zwangsunterbringung über einen psychiatrischen Facharzt zu bewirken, kam für Sie nicht infrage?«

»Solange ein Mensch keine Gefahr für sich oder andere darstellt, ist man auf seine Zustimmung angewiesen.«

»Ich weiß.«

Heimer versuchte, seine ausufernden Gedanken zu zähmen. »Ich sah keine Gefahr, da er schon seit Jahren damit lebte.«

Sie nickte und blickte ihn dabei verständnisvoll an.

»Dann erlitt er einen Schlaganfall mit vorübergehendem Gedächtnis- und Sprachverlust. Trotz seiner rudimentären Kommunikationsfähigkeit ist er den Menschen unbefangen begegnet. Wenn er nicht das richtige Wort fand, lachte er, versuchte es erneut und zeigte mit den Händen, was er nicht aussprechen konnte. Er schäkerte mit den Krankenschwestern und die mochten ihn sehr.«

»Vom Schizophrenen zum Womanizer«, sagte sie und lächelte Heimer an, der das Lächeln nicht erwiderte.

»Ich besuchte ihn auch in der Reha. Inzwischen sprach er zwar besser, aber seine fröhliche Unbefangenheit war verschwunden. Es dauerte nur wenige Wochen und er litt unter den alten Symptomen. Mit seinen Erinnerungen trat die Krankheit wieder auf, er hörte Stimmen, fühlte sich verfolgt, bedrängt, bloßgestellt. Die paranoide Schizophrenie war zurück.«

»Und wie geht es ihm heute?«

Der Klavierspieler hatte eine Pause eingelegt und der plätschernde Brunnen füllte die Stille.

»Er hat sich einen Zug ausgesucht. Suizid.«

»Oh. Tut mir leid«, sagte sie und blickte betroffen. »Sie machen sich doch hoffentlich keine Vorwürfe?«

Heimer zögerte. In ihrem Beisein schien es leichter zu sein, darüber zu sprechen. »In gewisser Weise schon. Stunden vor seinem Selbstmord hatte er mir eine Nachricht auf den Anrufbeantworter gesprochen, den ich erst eine halbe Stunde vor Mitternacht abhörte.« Er hielt inne und wieder drang das Plätschern des Brunnens an sein Ohr. »›Ich warte am Ostkreuz. Wenn nicht Sie, dann wird der Zug um sechs nach zwölf meine Probleme lösen‹, hatte er hinterlassen. Diesen Satz habe ich ständig im Ohr.«

Sie nickte, suchte seinen Blick und sah ihm ernst in die Augen.

»Kurz nach Mitternacht kam ich am Bahnhof an. Er stand auf dem Bahnsteig, weit entfernt von den anderen Wartenden. Er wird doch nicht wirklich springen, dachte ich noch. Dennoch rannte ich los, hörte das Sirren der Gleise, schrie seinen Namen. Er drehte sich um, hob den Arm zum Gruß, dann trat er auf die Bahnsteigkante. Der Zug kam aus der Kurve herausgeschossen und er sprang. An der Bahnsteigkante zögerte ich, blieb stehen und brüllte. Wie all die anderen Menschen auch, die angerannt kamen. Das Quietschen der Bremsen, der Aufprall, all das hat sich in mein Gedächtnis eingebrannt. Er wurde wie eine Puppe gegen den Bahnsteig geschleudert. Im Nachhinein glaube ich, ich hätte es schaffen können, ihn von den Schienen zu stoßen.

Sie legte ihre Hand auf seine. »Sie hätten dabei sterben können.«

»Nachts wache ich auf, sehe seinen erhobenen Arm, immer, und immer wieder, und bin dabei so wütend auf ihn, dass ich mich schäme.« Heimer hätte nie gedacht, dass er einmal so offen darüber sprechen würde.

Sie zog ihre Hand zurück.

Heimer lehnte sich nach hinten. »Er verweigerte eine stationäre Behandlung und eine Zwangseinweisung erschien mir nicht möglich.«

»Eine schlimme Geschichte. Machen Sie sich bitte keine Vorwürfe, er wollte es genau so.« In ihren Mundwinkeln nistete ein einfühlsames Lächeln.

Heimer erlebte eine Vertrautheit, die sonst erst nach Jahren entstand. »Aber jetzt zu Ihnen. Wie war Ihr Gespräch? Wann kommen Sie mit Ihrem Mann in meine Praxis?«

»Sie haben einen Termin mit ihm in Zürich.«

»Wie bitte?« Heimer verschränkte die Arme vor der Brust.

»Der Terminkalender meines Mannes ist proppenvoll. Er ist CEO und Chefarzt, da muss man einfach Kompromisse schließen.« Sie zuckte mit den Schultern und sah ihn verwundert an.

»Von welchem Unternehmen?«

»Er ist Vorstandsvorsitzender der Schlosskliniken Zürich AG und ich bin froh, dass er überhaupt einen Termin freigeschaufelt hat. Am Freitag erwartet er Ihren Besuch.«

Heimer zögerte. War das etwa der Witt? Der international bekannte Neurologe und Psychiater Berthold Witt? Er wusste nicht viel über ihn, aber er kannte seinen legendären Ruf. Viele Fragen gingen ihm durch den Kopf und doch stellte er nur eine. »Übermorgen?«

»Ja, um halb vier haben Sie eine Stunde.«

»Sie sind doch dabei?«

»Nein. Mein Mann geht davon aus, dass ich bei Ihnen in Behandlung bin, und Sie deshalb mit ihm sprechen wollen. Mehr weiß er nicht.«

Heimer schüttelte den Kopf. »Das hatten wir anders vereinbart.«

»Warum nicht? Ist doch nur ein Gespräch.«

»Unter Vortäuschung falscher Tatsachen.«

»Dann bin ich eben ab sofort Ihre Patientin, eine werdende Mutter, die psychisch labil ist und in einer Ehekrise steckt.« Mit einem diebischen Lächeln fügte sie hinzu: »Das ist doch ein genialer Einstieg.«

Schmunzelnd zog sie mit zwei Fingern einen Briefumschlag aus der Handtasche, den sie Heimer zuschob. »Hier ist ein erster Vorschuss für Honorar und Spesen.«

Er ignorierte den Umschlag. Eine winzige steile Falte bildete sich auf ihrer Stirn. Was verbarg sie nur dahinter? Er schaute ihr in die Augen und war entschlossen, nach der Wahrheit zu suchen, sich für das Unerklärliche zu öffnen. Sie hatte gewonnen. »Nur unter der Bedingung, dass wir uns vor dem Gespräch in Zürich treffen«, blufte er.

»Ich wusste, dass Sie mir helfen.« Sie schwieg einen Moment. Plötzlich wurde sie ernst und sagte: »Danke.«

Heimer sah einen Anflug von Traurigkeit in ihren Augen aufblitzen, der gleich darauf von einer sprühenden Fröhlichkeit abgelöst wurde.

»Am Freitag würde es mir am besten in meiner Mittagspause passen.«

»Darf ich fragen, wo Sie arbeiten?«

»In der Marketingabteilung der Schlosskliniken AG.

Gleich morgen sende ich Ihnen eine SMS, wo wir uns am Freitag treffen. Ich muss jetzt leider los, mein Mann wartet am Flughafen.«

Beide standen auf und sie gaben sich die Hand. Einige Schritte vom Tisch entfernt, schaute sie über die Schulter und ihre Blicke trafen sich.

Christiana Witt hatte ihre Traurigkeit in eine äußere Fröhlichkeit eingeschlossen, die Heimer nicht gefiel, die ihm besorgt zurückließ. Wohin psychische Belastungen führen, wusste er nur allzu gut. Ihn packte die Angst, in diesem ungewöhnlichen Fall zu versagen, ihr nicht helfen zu können. Er hatte es versäumt, ihr Fragen zu stellen, ihr Hinweise für den Umgang mit ihrem Mann zu geben. Stattdessen war sie die aufmerksame Zuhörerin, die die richtigen Worte fand.

»Haben Sie noch einen Wunsch?« Der junge Kellner, der vorhin die Wasserbestellung entgegengenommen hatte, stand am Tisch und riss Heimer aus seinen Gedanken.

»Nein, danke. Bringen Sie mir bitte die Rechnung.«
»Das geht aufs Zimmer.«
»Danke.« Und noch bevor er sich zurückhalten konnte, fragte er: »Übernachtet Frau Witt öfters hier?«

Der Kellner schien abzuwägen, sah sich um und beugte sich dann zu Heimer hinunter. »Professor Witt ist Stammgast und seine Frau begleitet ihn gelegentlich. Er fährt morgens mit dem Taxi zur Charité und kommt erst abends wieder, sie überbrückt den Tag mit Shopping und Museumsbesuchen.« Er zwinkerte Heimer grinsend zu. »Auf Dauer ist das doch langweilig, oder?«

Draußen schlug Heimer kalte Luft entgegen und er klappte den Mantelkragen hoch. Nach einigen Schritten drehte er sich zum Adlon um. Christiana Witt erschien ihm äußerlich wie mit Weihwasser gewaschen, rein und vollkommen. Sie hatte ihren eigenen eleganten Stil und wusste sich perfekt in Szene zu setzen. Für ihn war diese Welt zu glatt, zu schnell. Er brauchte Abstand, Zeit für sich, um die Dinge im Kopf zu klären, bevor er sie aussprach. Auf dem Weg zu seiner Wohnung kam er beim *Amrit* vorbei, seiner bevorzugten Adresse, wenn er Appetit auf indische Speisen verspürte. Er aß *Palak Paneer* in einem bunten, exotischen Zelt, das an die Zeiten der Maharadschas erinnerte, und rief danach seinen Kollegen Frank Burger an.

»Hast du zwei Minuten?«

»Klaro.«

»Ich fliege am Freitag nach Zürich. Kannst du einige Termine übernehmen?«

»Aber erst nach sechzehn Uhr.«

»Das wird Charlie koordinieren«, sagte Heimer.

»Was ist denn so wichtig? Dein Buch wird am Samstag im Tagesspiegel besprochen. Wir werden uns vor Anfragen nicht mehr retten können. Charlie meinte, wir sollten allen neuen Patienten eine andere psychologische Praxis empfehlen.«

»Der Andrang legt sich wieder.«

»Bei Wartezeiten von vier Monaten?«

»Auch das geht vorbei. Könntest du bitte etwas über Professor Witt herausfinden. Es ist möglich, dass er mit der Charité kooperiert.«

»Meinst du etwa den berühmten Psychiater?«

»Genau den.«

»Sag mal, was ist los? Termine verschieben und jetzt soll ich auch noch Detektiv spielen?«

»Machst du nicht gerade ein Coaching für ärztliche Führungskräfte an der Charité? Sprich einfach mit deinen Teilnehmern.«

»Versprechen kann ich es nicht. Wann brauchst du die Infos?«

»Morgen.«

»Wat? Bist du meschugge?«

»Du gehst mir auf den Zeiger mit deinem aufgesetzten Berlinerisch.«

»Ich weiß, deswegen mache ich es ja«, sagte Frank und sein breites Grinsen war fast hörbar.

»Im *Amrit*, gegen achtzehn Uhr.«

»Na jut. Dit is jebongt!«

Um unerwünschte Zuhörer auszuschließen, saßen sie abseits in einer Ecke. Heimer hatte wie immer *Palak Paneer* bestellt und darum gebeten, das Spinatcurry etwas schärfer zu würzen. Frank Burger hatte sich diesmal für *Chicken Masala* entschieden. Während Heimer sein *Palak Paneer* vernachlässigte und von den letzten Tagen erzählte, aß Frank genüsslich sein Hähnchen. Schmunzelnd nahm er zur Kenntnis, wie detailliert Heimer die Gespräche mit Christiana Witt schilderte. Er verkniff sich jeden Kommentar und sagte am Ende nur: »Soso und morgen in der großen Welt des Geldes.«

»Erzähl endlich, was du über Witt und die Schlosskliniken herausbekommen hast?«

»Insgesamt gehören zur Gruppe elf Privatkliniken sowie rund zweitausendeinhundert Ärztinnen und Ärzte. Hinzu kommen die Kliniken, die sich auf Psychotherapie und Psychiatrie in der Luxusvariante spezialisiert haben. In diesem Segment betreiben sie Akut- und Belegarztkliniken in Bern, Montreux, Luzern und Zürich, und zwar auf einem Niveau, das sich in Ausstattung und Komfort mit den besten Fünf-Sterne-Hotels der Welt messen kann. Alles vom Feinsten. An der Zürcher Goldküste stehen für besonders vermögende Privatpatienten Unterkünfte mit Seeblick zur Verfügung.«

»Ja, ja. Man bleibt unter seinesgleichen. Schicke, exklusive Zimmer mit einer 24-Stunden-rundum-Versorgung.«

»Nee, nee, nicht ein Patientenzimmer in der Villa, sondern eine ganze Villa für einen Patienten. Butler, Chauffeur und Koch inklusive«, empörte sich Frank.

»Die sind also spezialisiert auf A-Promis, Politiker, russische Oligarchen …«

»Oder anders gesagt, der ganze Service beginnt bei hundertfünfzigtausend Franken pro Woche.«

»Welche Rolle spielt die Charité dabei?«

»Ich glaube, die Klinikleitung hat davon keinen blassen Schimmer. Dass Professor Witt angeblich im Rahmen ärztlicher Konsultationen herangezogen wird, zweifeln viele an. Es wird über ein geheimes Forschungsprojekt auf Chefarztebene gemunkelt.«

Frank Burger lehnte sich zurück, schwieg und genoss grinsend sein Wissen.

»Jetzt pack endlich aus.«

Frank beugte sich wieder vor, nahm das Weinglas in die Hand und betrachtete die rubinrote Weinfarbe und zelebrierte den Schluck wie bei einer Weinprobe. »Witt ist CEO der Schlosskliniken Zürich AG und mit der Tochter des Hauptgesellschafters verheiratet, also mit deiner Christiana Witt. Sie ist das einzige Kind und wird später einmal den ganzen Konzern erben, das nennt man eine gute Partie.«

»An was du wieder denkst!«

»Eine künftige Milliardärin trifft man nicht jeden Tag.«

»Kommt bitte zum Thema.«

»Witt promovierte in Medizin und Philosophie. Vor drei Jahren wurde ihm die Ehrendoktorwürde der Universität Heidelberg verliehen. Zufälligerweise an seinem 50. Geburtstag.« Frank grinste einen Augenblick. »Einige halten ihn für aufgeblasen.«

»Hat jemand seine psychischen Probleme erwähnt?«

Frank schüttelte den Kopf und schob ein »Nein« hinterher.

»Verständlich.«

»Etwas irritiert mich an der Sache.«

»Was denn?«

»Warum hat sie ausgerechnet dich ausgesucht? In ihrem Umfeld wimmelt es doch nur so von Psychologen und Psychiatern.«

»Wegen meines Buches, sagte sie.«

»Det gloob ick nich.«

4

Heimer ließ den Blick über das schimmernde Blau des Zürichsees gleiten. Um auf Nummer sicher zu gehen, hatte er eine Maschine früher gebucht. Jetzt saß er in dem vereinbarten Restaurant mit Seeblick und schaute immer wieder auf seine Armbanduhr und auf das bronzene Zifferblatt, das über dem Kamin hing. Die Speisekarte, die er inzwischen auswendig kannte, bot regionale Spezialitäten und Fisch aus dem See. Trotzdem entwickelte sich kein Appetit. Statt sich auf seinen zukünftigen Patienten zu konzentrieren, waren die Gedanken bei dessen Frau. Sie hatten sich für 13:00 Uhr verabredet. Das große bronzene Zifferblatt zeigte mittlerweile 13:17 Uhr an, langsam ließ die Anspannung nach.

Ihr Auftritt glich dem eines Filmstars. Heimer sprang auf, stieß dabei mit den Kniekehlen an den Bistrostuhl, der nach hinten kippte. Beide mussten lachen, sahen sich in die Augen, und er begrüßte sie eine Spur herzlicher als geplant. Er bot ihr den Platz mit Seeblick an, den sie mit der Bemerkung »Ich sehe den See öfters« lächelnd ablehnte. Sie nahm ihm gegenüber Platz.

Für einen Moment hatte er das Gefühl, ein Gemälde zu betrachten, bei dem der Künstler dasselbe Blau für den Himmel, den See und ihre Augen verwendet hatte.

Wie im Adlon übernahm sie die Gesprächsführung: »Herr Doktor, legen Sie los«, sagte sie spaßig. »Ich werde alles nach bestem Wissen und Gewissen beantworten. Großes Ehrenwort. Ach, und was ich noch sagen wollte, hier in der Schweiz ist man ab dem zweiten Treffen per Du.« Nach einer kleinen Pause fügte sie hinzu: »Falls man sich mag.« Ihre Finger strichen eine Haarsträhne aus der Stirn, was ihre gleichmäßigen Gesichtszüge noch besser zur Geltung brachte. Sie merkte, dass Heimer zögerte. »Ich finde«, sagte sie trotzig, »Siezen gehört ins vorherige Jahrhundert.«

Heimer hielt das Glas Wasser in die Höhe. »Gern. Stefan.«

»Christiana.«

Sie strahlte ihn an und zwinkerte leicht. Sie schaffte es, binnen einiger Minuten einen regen Gedankenaustausch zu entfachen und dabei ein fortwährendes Lächeln in sein Gesicht zu zaubern. Eine dreiviertel Stunde saßen sie nun zusammen, stocherten auf ihren Tellern herum, und plauderten mittlerweile wie ein entflammtes Pärchen beim ersten Date.

Heimer sah auf die Wanduhr. Wo waren die Minuten geblieben? Sie ließ ihn davon träumen, was nicht passieren durfte. Er schüttete ihr Wasser nach und trank selbst einen Schluck. Der Termin mit Witt näherte sich und sie hatten bisher das eigentliche Thema gemieden. Er versuchte das Gespräch auf die Geburt überzuleiten und fragte: »Was würden Sie sich wünschen, wenn Sie nur einen Wunsch frei hätten?«

»Das Du fällt dir schwer?«, fragte sie ohne zu lächeln. »Mein Vater schaut stundenlang auf den Zürichsee und ist kaum mehr ansprechbar. Er wohnt in einer Seniorenresidenz in Küsnacht und ich wünsche mir, mit ihm zu reden wie früher. Seine lichten Momente nehmen ab, dabei habe ich ihm noch so viel zu sagen.«

»Das tut mir leid. Seit wann ist dein Vater in der Einrichtung?«

»Seit etwa fünf Monaten: Von einem auf den anderen Tag hörte er auf zu praktizieren. Sprach von Erinnerungslücken, von Behandlungsfehlern und davon, dass er die Verantwortung nicht mehr tragen könne. Einige Wochen später ist er ins Seniorenheim gezogen.«

»Ungewöhnlich für eine demenzielle Erkrankung, die

macht sich normalerweise schleichend bemerkbar. Hat ihn ein Spezialist untersucht?«

»Er hat gesagt, das könne er selbst am besten beurteilen, und damit war das Thema für ihn erledigt.«

»Hat er sich auch aus seinem privaten Umfeld zurückgezogen?«

Sie nickte. »Von heute auf morgen hat er seinen Freundeskreis in Zürich und den Vorstandsposten in der Handelskammer aufgegeben. Selbst an seinem Lebenswerk, den Schlosskliniken, hat er kaum noch Interesse. Dabei ist unter seiner Führung aus einer kleinen privaten Nervenklinik eine exklusive Klinikkette entstanden.«

»Das tut mir sehr leid. Ich wünsche deinem Vater noch viele helle Momente.«

»Lieb von dir«, flüsterte sie wie zu sich selbst. Eine kurze Pause entstand.

»Gleich treffe ich deinen Mann«, sagte Heimer und trank einen Schluck Wasser.

Jetzt war sie es, die auf die Uhr sah. »Versuch sein Vertrauen zu gewinnen.«

»Wie würdest du ihn kurz charakterisieren?«

Sie lächelte. »Charmant, ehrgeizig, selbstbewusst. Früher war er der Fels in der Brandung.«

»Und heute?«

»Seine Handlungen sind gelegentlich befremdlich, um es milde auszudrücken.«

»Ist ihm bewusst, dass er unter einer psychischen Erkrankung leidet?«

»Er leugnet sie gegenüber anderen und vielleicht auch vor sich selbst. Ich habe es lange Zeit nicht bemerkt, wie schlecht es um ihm steht. Erst seine Angst, sterben zu müssen, wenn ein Sohn geboren wird, hat mir die Augen geöffnet.«

Nach allem, was Christiana ihm geschildert hatte, war er sich sicher, Witt gehörte zu denen, die ihre psychische Erkrankung nicht akzeptierten. Er musste mit einer extremen Reaktion rechnen. »Wie würde er reagieren, wenn ich ihn direkt auf die Wahnvorstellung anspreche?«

»Einem Genie muss man nicht den Wahnsinn erklären, würde er jetzt antworten.« Ihre Mundwinkel ließen ein Lächeln erahnen.

»Worauf sollte ich achten?«

»Nicht jeder kommt mit seinen Gedankensprüngen klar. Er ist ein geistiger Punk und verliert in letzter Zeit die Selbstkontrolle. Ihr würdet von niedriger Frustrationstoleranz sprechen.«

»Hast du ein Beispiel?«

»Er schrie grundlos einen meiner Geburtstagsgäste an, nur weil ich mich mit ihm auf der Tanzfläche unterhalten hatte.«

»Hatte er etwas von dem Gespräch mitbekommen?«

»Nein, wir haben getanzt und er saß am Tisch. Am nächsten Tag hat er sich entschuldigt und geschworen, dass es nie wieder vorkommen würde.«

»Aber es ist wieder vorgekommen.«

Sie nickte. Nach einem Augenblick sagte sie: »Ach, und ehe ich es vergesse, wenn er sich langweilt, beendet er die Gespräche schlagartig.«

Gemeinsam verließen sie das Restaurant. Einige Meter entfernt blieben sie an einer Hauswand stehen. Zum Abschied drückte sie ihm zärtlich die Lippen auf die Wange und bewegte sich einen Moment nicht, sodass ihr warmer Atem über sein Gesicht strich. Er schluckte und wusste nicht, wohin mit seinen Händen. Sie hob leicht den Kopf, sah ihm in die Augen, trat einen Schritt zurück und lächelte ihn verlegen an.

Heimer suchte nach Worten, die er nicht fand.

»Telefonieren wir nach dem Termin?«, fragte sie kühl.

»Ja, gern.«

»Ich rufe dich an.« Sie drehte sich schwungvoll um und entfernte sich mit großen Schritten.

Er sah ihr nach, wie sie die Treppe zur Tiefgarage hinunterstieg. Für einen Moment hatte er das Gefühl, ihr folgen zu müssen. Dann sah er auf seine Armbanduhr und ging zum Taxistand.

In der Tiefgarage stand ein schwarzer Kastenwagen direkt neben ihrem weißen Porsche. Wie kann man nur so eng parken?, fragte sich Christiana genervt. Ein Mann fummelte an der geöffneten Schiebetür herum. Am liebsten hätte sie ihn zur Rede gestellt, aber dafür hatte sie jetzt keine Zeit. Christiana zwängte sich zu ihrem Auto, öffnete die Tür einen Spalt und versuchte, sich hineinzuquetschen.

Jemand packte sie von hinten und presste ihr ein getränktes Tuch ins Gesicht.

Ihre Handtasche fiel zu Boden. Sie strampelte, schlug mit dem Ellenbogen nach hinten, traf ihren Angreifer, der sie dennoch wie in einem Schraubstock gefangen hielt. Die Luft wurde knapp; atmen durfte sie nicht. Sie versuchte, nach hinten zu treten, zweimal, dreimal, dann schwächer. Um sie herum wurde es dunkel.

Ein zweiter Mann stieg aus dem Wagen und sah sich um. Sie trugen Christiana in den Lieferwagen und deckten sie mit einer Plane zu.

5

Die Zentrale der Schlosskliniken AG lag im Westen des Stadtzentrums. Im Taxi ließ Heimer die Gedanken schweifen und legte sich für das Gespräch noch einmal alles sorgfältig zurecht. Ihm gegenüber würde gleich ein erfolgreicher Professor mit einem legendären Ruf sitzen, dominant und selbstbewusst. Witt war selbst Profi, und offenbar nicht davon überzeugt, dass er Hilfe brauchte.

Wie weiße Kreuzfahrtschiffe ragten die Schlosskliniken Zürich aus einer weiten, saftgrünen Wiese. Wege aus hellem Granit durchschnitten den akkurat gepflegten Rasen und verbanden die Gebäude miteinander. Auf dem Weg zum Haupteingang blieb Heimer vor drei Skulpturen stehen. Die Kunstwerke zeigten denkende und betende Menschen in abstrakten Posen. Das Gelände schien auf den ersten Blick überschaubar, doch die Wegweiser zu den zahlreichen Abzweigungen ergaben ein anderes Bild. Sie wiesen auf die Zentralverwaltung und auf die psychiatrische Klinik sowie auf Forschungsabteilungen hin, die sich auf fünf weitere Gebäude verteilten.

Eine Mitarbeiterin am Empfang bot ihm einen Sitzplatz an. Die Sekretärin würde ihn gleich ins Büro von Herrn Professor Witt begleiten. Heimers Blick schweifte über das Atrium zu den Büros mit den raumhohen Glasfronten. Sie waren mit dimmbarem Glas ausgestattet. Einzelne Überwachungskameras bewegten sich und vermittelten den Eindruck eines Hochsicherheitstraktes. Auf eine weiße, lampenlose Kuppeldecke wurden Bilder wie in einem Planetarium projiziert. Anstelle von Sternen sah er Darstellungen von Nervenzellen, Synapsen, Neurotransmittern und deren Vernetzung in verschiedenen Lichtfarben. Milliarden von Zellen weckten die Neugierde auf dieses andere Universum. Heimer blickte staunend nach oben, wie in seiner Jugend, als er auf der Suche nach dem Verständnis der Welt den Sternenhimmel erkundet hatte.

Ein adretter junger Mann holte Heimer am Empfang ab. Sie betraten einen gläsernen Aufzug und fuhren in die vierte Etage. Mit der Bitte, einen Moment Platz zu nehmen, ließ er Heimer bei einer Sitzecke zurück. Mal aufrecht sitzend, dann wieder zurückgelehnt, blätterte Heimer durch die Imagebroschüre, die er aus dem kleinen Zeitschriftenstapel hervorgezogen hatte. Dann stand er auf und schlenderte hin und her. Er musste gleich die richtigen Worte finden, um den Zweifel zu nähren, den Witt vor sich und der Welt verbarg. Wenn er diesen Zweifel nicht vorfinden würde, war das Vorhaben aussichtslos.

Ein heller Lichtstreifen fiel auf Christianas Kopf. Mehr ließ der Kellerschacht nicht zu. Es gefiel ihm, wie sie dalag. Der Porsche 911 passte zu ihr, ein Cabrio mit roten Sitzen, genau so einen Wagen würde er später mal fahren. Und genau so eine Blondine säße dann auf dem Beifahrersitz. Er lächelte zufrieden, setzte sich zu ihr auf die Matratze und betrachtete ihren Mund. Mit der Fingerspitze fuhr er über ihre Lippen. Sie schlief fest, und er schob die Hand unter ihr Kleid, tastete sich vor, zärtlicher als sonst. Geräusche drangen aus dem Flur. Schnell zog er die Hand weg und stand auf.

»Total bescheuert oder was?«, brüllte Francesco, der die Tür aufgerissen hatte.

Er fühlte sich ertappt. »Ich wollte nur nach ihr sehen.«

»Wenn du noch einmal ohne Maske zu ihr reingehst«,

er schnappte nach Luft, »dann poliere ich dir die Fresse.«

Endlich kam die angekündigte Sekretärin und führte Heimer in den Besprechungsraum. »Professsor Witt ist noch auf der Station. Er wird gleich hier sein. Bitte nehmen Sie sich schon mal einen Kaffee.«

Der Raum glich einer antiken Bibliothek: Deckenhohe Regale aus dunklem Holz säumten die Wände, vollgestopft mit Büchern und chirurgischen Instrumenten aus vergangenen Jahrhunderten. Skalpelle, eine Rippenschere und eine kleine Knochensäge standen auf Holzhaltern in den Regalen. Ein breiter, gläserner Vitrinenschrank, der den Konferenzbereich abtrennte, nahm Heimers Blick gefangen. LED-Strahler warfen ihr kaltweißes Licht auf historische Aufbewahrungsgläser, in denen kleine deformierte, cremefarbige Kinderköpfe, herausgeschnittene Stirn- und Schläfenlappen im trüben Alkohol schwebten. Unter den Feuchtpräparaten waren Hinweisschilder aus Silber angebracht. In einem Glas hockte ein Säugling, dessen milchige Augen Heimer eindringlich ansahen. Die Nase bestand nur aus einem kleinen senkrechten Schlitz und der Mund fehlte gänzlich.

Als Witt hereinkam, fragte er zur Begrüßung, »Wussten Sie, das Sigmund Freud Neuropathologe war?«

»Das erklärt vieles«, erwiderte Heimer mit versteinerter Miene. »Ich kenne nur seine Bücher zur Psychoanalyse.«

»Ein Präparat in meiner Sammlung hat er persönlich angefertigt. Jedenfalls wurde es mir in Wien so verkauft. Guten Tag, Herr Dr. Heimer.« Er reichte Heimer die Hand und hielt sie gedrückt.

Heimer betrachtete ihn, ohne sich von den Exponaten ablenken zu lassen. Der weiße Arztkittel, das graumelierte Haar und die schwarze Hornbrille suggerierten ärztliche Kompetenz.

Mit der Hand dirigierte er Heimer zur Vitrine. »Schauen Sie mal in die leere Augenhöhle.«

Heimer sah hin und schwieg. In einem übergroßen Einmachglas hockte ein Baby, das wie ein Zyklop aussah. Die Beinchen waren nach hinten angewinkelt, die Ärmchen hingen nach vorne. Das dunkle Loch in der Stirn schien seinen Blick zu erwidern.

»Meine Frau findet das alles abstoßend. Sie möchte, dass ich den Sehenden bestatten lasse.« Er lächelte. »Er ist mir ans Herz gewachsen, ein Überbleibsel aus dem Jahr 1869. Seitdem verändert der Sehende die Seelen seiner Betrachter. Wäre doch schade, wenn das verloren ginge«, sagte er, noch immer lächelnd.

Witt setzte sich ans Kopfende des Konferenztischs und wies Heimer den Platz schräg daneben zu. Sie musterten sich einen Moment lang, verifizierten ihre ersten Eindrücke. Kompetent, vertrauenswürdig und seltsam, genau in dieser Reihenfolge schätzte Heimer sein Gegenüber ein. Die Brillengläser ließen die Augen und die dunklen Ringe darunter größer erscheinen, das leicht zuckende Lid sah Heimer wie durch eine Lupe. Der souveräne, raumfüllende Auftritt täuschte nicht über das hinweg, was er im Gesicht las: Witt hatte ein Problem und er einen Patienten.

Heimer ließ den Blick zu einer kleinen Grafik wandern, die in einem Bilderrahmen im Regal stand.

»Sie war Teil meiner Dissertation. Seitdem begleitet sie mich«, unterbrach Witt die Stille.

»Die Überschrift ist kaum zu erkennen. Erinnerungs?«

»Erinnerungsidentitäten«, ergänzte Witt. »Das Kreisdiagramm zeigt die dominanten Erinnerungsdimensionen eines Probanden. Ich habe Interdependenzen zwischen Gedächtnis, Charakterprägung und Potential nachgewiesen. Die Versuchsanordnungen beschäftigten sich mit der Frage, inwieweit wir über eine Neujustierung der Erinnerungen unseren Charakter und künftige

Fähigkeiten beeinflussen.« Mit einem selbstzufriedenen Schmunzeln führte Witt aus: »Im Vordergrund stand damals nicht die abstrakte Theorie, sondern praxisnahe Erkenntnisse. Die These, dass jeder Erinnerungsvorgang das Gedächtnis und damit das Verhalten verändert, habe ich im Rahmen meiner Dissertation verteidigt. Dazu gehörten auch minimale, für die Probanden nicht wahrnehmbare Veränderungen, die ich nachweisen konnte.«

»Damit habe ich mich in den letzten Jahren auch beschäftigt«, antwortete Heimer in der Hoffnung auf einen fachlichen Austausch.

»Ich habe Ihr Buch überflogen.« Witt zog die Augenbraue hoch. »Wie gesagt, was du an der Wand siehst, war der Stand vor zwanzig Jahren.«

Heimer zögerte. Sollte er ihn ebenfalls duzen?

Witt schien seine Gedanken zu erraten. »Ich halte mich nicht an gesellschaftliche Konventionen. Niemanden duze oder sieze ich ausschließlich. Der Kontext entscheidet: Es gibt Sätze, die Verlangen nach einem Du, genauso wie es welche gibt, die ein Sie erfordern. Im Gedächtnis bleiben, emotionale Botschaften senden, darauf kommt es an.«

Heimer vermied die direkte Anrede und versuchte, das Thema auf die Forschungsabteilungen zu lenken, die er den Hinweisschildern draußen entnommen hatte. »Ohne die neueste Computertechnologie ist es heutzutage nahezu unmöglich, in der Forschung mitzuhalten.«

Witt stand auf und führte Heimer zum Fenster. Mit der linken Hand machte er eine Geste über das weitläufige Gelände. »In diesen Arealen stehen die modernsten Positronen-Emissions-Tomografie-Anlagen der Welt. Sie dienen der tierexperimentellen Grundlagenforschung, die wir mit Ratten und Affen betreiben. Wir spielen in der nuklearmedizinischen Anwendungsforschung in der ersten Liga weltweit mit.«

Witt senkte den Kopf und ging wortlos zum Besprechungstisch zurück. »Meine Frau hat Sie aufgesucht, um eine dritte Meinung zu unserer Ehekrise einzuholen.«

Um Zeit zu gewinnen, griff Heimer zur Kaffeetasse, die Witt für ihn gefüllt hatte. Er hatte sich ein paar Sätze zurechtgelegt und wusste nun, dass sie nicht passten. Worte waren für ihn wie Medizin. Manchmal war es nur ein Wort, ein Satz, der heilte. Aber sie hatten auch die Macht, alles zu zerstören. Er zögerte den Moment der entscheidenden Frage hinaus und blieb beim Small Talk. »Wer ist auf die Idee gekommen, den Besprechungsraum so außergewöhnlich einzurichten? Man würde sich nicht wundern, wenn Sigmund Freud hereinspazierte.«

Witt lächelte. »Die heutigen Räume haben keine Seele mehr. Hier finde ich mehr Inspiration und komme auf …«

Heimer folgte den Ausführungen nicht, denn die nächste Frage war für den Verlauf Gespräches entscheidend. Witt war geistig klar und strahlte pure Dominanz aus. Er gehörte nicht zu den Menschen, die sich weinend auf ein Sofa legten. Während Witt zum letzten Satz seiner Ausführungen kam, hatte Heimer sich für eine Vorgehensweise entschieden. »Was könnte in Ihrer Ehe besser laufen?«

»Ich weiß es nicht. Sagen Sie es mir.«

»Haben Sie eine Vermutung, warum Ihre Frau unglücklich ist?«

»Ich sagte doch schon, ich weiß es nicht! Fragen Sie lieber Christianas Vater, der sie zu dem gemacht hat, was sie heute ist: Eine verwöhnte, reiche Göre, die gelegentlich aus ihrem goldenen Käfig ausbricht!« Er hielt inne, um seinen Ton zu mäßigen.

Heimer registrierte den Wutausbruch, wie es Psychologen tun.

»Sie gehört zu den wenigen Menschen, die immer bekommen, was sie wollen.« Witts Gesichtszüge wirkten angespannt, das Augenlid zuckte heftiger.

»Warum soll Christiana die Schwangerschaft abbrechen?«

Witt machte eine fahrige Handbewegung und sah Heimer dann in die Augen. »Christiana hat Angst, der Mutterrolle nicht gerecht zu werden. Ich sehe das genauso.«

»Sind Sie es nicht, der Befürchtungen mit der Geburt verbindet? Ihre Glaubenssätze wirken wie Tatsachen und führen zu einer selektiven Wahrnehmung, dabei handelt es sich nur um –«

»Das brauchen Sie einem Psychiater nicht zu erklären«, fuhr Witt dazwischen.

Heimer beugte sich kraftvoll vor. »Warum glauben Sie, am Tag der Geburt sterben zu müssen?«

»Ach, hat sie Ihnen diesen Käse erzählt!«, sagte Witt aufbrausend. Wieder um Sachlichkeit bemüht, fuhr er fort: »Sie sind einer gelangweilten Milliardärstochter auf den Leim gegangen.« Witt schüttelte lachend den Kopf. »Christiana bereitet sich vor und sondiert beim Gespräch, wem sie was auftischen kann. In Ihrem Fall hat sie Ihr Buch gelesen. Haben Sie schon mal was von Pseudologia phantastica gehört?«

»Sie ist keine Lügnerin.«

»Christiana spielt doch nur! Heute mit Ihnen und morgen mit einem anderen.«

»Ihre Verzweiflung ist authentisch.«

»Sie inszeniert sich als Opfer. Zutreffend?«

Heimer schwieg.

»Pathologische Lügner setzen ihre Emotionen gezielt ein. Ihr offener Blick, ihre blauen Augen können nicht lügen, denken Sie. Irrtum! Eine Berührung am Arm, versehentlich. Manche ihrer Worte sind zweideutig, man wünscht sich, sie will mehr. Irrtum! In dieser Geschichte ist nur eine Sache wahr, dass Sie der Hornochse sind. Wir werden uns heute Abend über Sie amüsieren.«

»Dass Sie das so aus der Fassung bringt, zeigt, dass Sie

dringend Hilfe brauchen. Ich will Ihnen helfen.«

»Ach was! Sie wollen meine Frau vögeln.«

»In Berlin hat sie mich darum gebeten, Ihnen zu helfen.«

»Hören Sie mal zu, Christiana leidet unter einer dissoziativen Persönlichkeitsstörung. Ich brauche Ihnen doch nicht zu erklären, dass ihre Identitäten wechseln und ihre Erinnerungen lückenhaft sind.«

»Ich halte Ihre Frau für psychisch gesund.«

»Sie ist manchmal über Minuten geistesabwesend und Sie behaupten, das wäre normal?«

»Bei wem ist Christiana in Behandlung? Ich würde den Arzt gern konsultieren.«

Witts Gesicht verzerrte sich zu einer feuerroten Fratze. »Ich weiß bestens, welche Medikamente ihr helfen!«, brüllte er und schluckte seine Wut herunter. »Seit ihrer Kindheit lebt Christiana in selbstgeschaffenen Welten, in die sie ihre Opfer hineinführt. Sie sind nur ein weiteres Opfer, das es nicht wahrhaben will.«

Heimer wollte brüllen, dass das alles nicht wahr ist, nicht wahr sein kann. Seine Gedanken stolperten, verursachten Schmerzen, als würde jemand seinen Magen auswringen. Er wusste nicht mehr, was er denken sollte.

Witt legte nach. »Psychisch kranke Menschen neigen bekannterweise dazu, über psychische Probleme anderer zu sprechen. Sie projizierten ihre eigenen unerwünschten Gefühle, Ängste und Wahnvorstellungen auf diese Menschen, um sich selbst vor einer Auseinandersetzung zu schützen.«

Heimers Magen schnürte sich zu, als wolle er ihn für seine Naivität züchtigen.

Witt stichelte. »Christianas Symptome sind offensichtlich. Jeder Hobbypsychologe hätte das erkannt. Bitte entschuldigen Sie meine Direktheit, von einem Diplom-Psychologen hätte ich mehr erwartet.«

»Sie haben angedeutet, dass Sie Ihre Frau behandeln.

Halten Sie das für vertretbar?«

Witt sprang auf. »Ich habe jetzt Wichtigeres zu tun! Sie finden den Ausgang.«

Während des Rückfluges nach Berlin starrte Heimer auf die Rückenlehne vor sich. Er saß am Gang, blass, schwitzend und wenn sich der Magen verkrampfte, versuchte er sein schmerzverzerrtes Gesicht zu verbergen. Er zwang sich in die Rolle des Psychologen zurück, dem das Offensichtliche verborgen geblieben war. Wichtig war es, die Ursachen ihrer Erkrankung zu ergründen. Es gab keinen Grund, auf sie wütend zu sein. Ihre Psychose stellte sie von Schuld frei. Er hatte versagt, es nicht erkannt. Schlagartig kamen neue Schmerzen hinzu, als würde jemand die Magenwände zerreißen.

»Kann ich Ihnen helfen?«, fragte eine Flugbegleiterin.

»Flugangst«, erwiderte Heimer mit gesenktem Kopf.

»In zwanzig Minuten landen wir, dann haben Sie es überstanden.«

6

Am nächsten Morgen saß Heimer wie betäubt in der Küche und blätterte in seinem Manuskript. Es war unwichtig, belanglos, ohne Wert. Alles um ihn herum schien dieses Schicksal zu teilen. Das Geschirr von gestern stand noch da. Er nahm es in die Hand, stellte es auf der Spülmaschine ab, öffnete sie und räumte ein. Anschließend drückte er auf den Startknopf. Für sich selbst fand er keinen.

»Dieser Anschluss ist vorübergehend nicht erreichbar. Bitte rufen Sie später wieder an.« Wie in Trance rief er Christianas Nummer andauernd an, immer vergebens. Er zwang sich zwischen den Anrufen Pausen einzulegen, die seine Gedanken nicht fanden. Was war passiert? Mantraartig redete er sich ein, dass Christiana nur ihr Smartphone verloren hatte, doch die Sorgen und Selbstzweifel blieben. Vor allem Selbstzweifel, er hatte sie in ihrem Wahn bestärkt. Er öffnete eine Flasche Wein und trank das erste Glas mit einem Schluck aus. Ein Anruf von ihr, ein einziges Wort von ihr würde ausreichen, damit er endlich Frieden fand. Die Telefonansage weckte schmerzhafte Erinnerungen: Mehrmals hatte er seinen suizidgefährdeten Patienten in jener Nacht vergeblich zurückgerufen und genau dieselbe Ansage gehört: »Dieser Anschluss ist vorübergehend nicht erreichbar. Bitte rufen Sie später wieder an.« Statt zu fahren, hatte er abgewartet. Erst allmählich waren die Befürchtungen gestiegen und er hatte sich zum S-Bahnhof aufgemacht. Das hatte er Christiana gegenüber verschwiegen. Wäre er rechtzeitig aufgebrochen, hätte er den Suizid verhindern können. Er starrte auf sein Smartphone und geriet wieder in das Gedankenkarussell der letzten Stunden. Sie musste dringend in psychiatrische Behandlung, bevor es zu spät war. Und weg von ihrem Mann, der offenbar seine Spielchen mit ihr trieb. Das Telefon klingelte. Ein kurzer Blick und die aufflammende Hoffnung erlosch. Auf dem Display war das Foto seines Partners. Nach wenigen Sätzen schlug Frank vor, sich im Hackeschen Hof zu treffen. Sie verabredeten sich für fünfzehn Uhr.

Frank saß schon im Hof vor einem Cappuccino und winkte. »Oje«, sagte er zur Begrüßung. »Hast du bis in die Puppen gefeiert?«

»Die alten Narben sind wieder aufgebrochen, und ich weiß nicht, ob –«

»Mein Gott, immer so poetisch. Was ist los?«

»Ich lag lange wach«, sagte Heimer trotzig.

»Det klamüsern hilft nich.«

»Ich weiß, deshalb standen heute Erfolgserlebnisse auf der Agenda.«

Sein »Wat denn?« klang leicht provokant.

»Spülmaschine starten und so.«

Frank lachte, verhaspelte sich und erst im zweiten Anlauf kam die Frage klar heraus: »Wo ist denn dein Startknopf?« Er hielt kurz inne und wartete auf ein Lächeln. »Du bist unsterblich in Christiana verliebt und springst gleich in die Spree.«

»Sie ist sympathisch, aber leider auch ein Fall für den Psychiater. Ich versuche, ihr zu helfen. Alles andere ist nachrangig.«

»Deine Gesundheit auch?« Nach einer Atempause fragte er: »Und was gedenkst du zu unternehmen?«

»Ich weiß es nicht.«

»Eine Idee hast du doch bestimmt. Lass dich nicht so hängen.«

Heimer schwieg.

»Dann schlagen wir die Rubrik gesunder Menschenverstand auf. Welchen Eindruck hast du vom Professor?«

»Ein Choleriker, der sich für ein Genie hält. Vielleicht ist er es auch.«

»Ein narzisstisches Defizit diagnostizieren wir demnach nicht. Und sonst?«

»Er sieht aus, wie man sich einen Chefarzt vorstellt, und er könnte ihr Vater sein.«

»Wie alt ist Christiana?«

»Kurz vor dreißig, schätze ich.«

»Also ein Altersunterschied von über zwanzig Jahren. Auf Dauer geht sowas nicht gut.« Frank lehnte sich zurück und verschränkte die Arme. »Wenn diese Ehe bröckelt, hast du eine Chance«, sagte er und grinste.

»Wie bitte?«

»Dein Interesse ist doch nicht auf den Fall begrenzt.«

»Welches Interesse?«

»Tu doch nicht so. Man sieht es dir an.«

»Sie ist verheiratet!«

»Mein Gott, dann ist sie es halt.« Frank rückte nach vorn. »Willst du immer den Gelegenheiten ausweichen? So viele wird's nicht mehr geben.«

»Wir reden möglicherweise von meiner Klientin und was du denkst, geht nicht. Sie ist für mich tabu. Wenn du die Berufsordnung nicht ernst nimmst, gilt das noch lange nicht für mich. Ich fühle mich verantwortlich, alles andere kommt nicht in Frage.«

»Deine Gefühle ignorieren, darin bist du groß!« Frank wippte nach vorn. »Geh auf sie zu, erobere sie! Leg endlich die Hemmungen ab, sonst bleibst du, was du bist.«

Heimer schüttelte den Kopf. »Was bin ich denn?«

»Einsam!«

»Du kannst mich mal!«

»Keine Frau, keine Kinder, nur in irgendwelche Bücher vertieft. Du bist vierunddreißig Jahre alt! Wie lange willst du noch warten? Wenn ich dir –«

»Darf ich auch mal was sagen? Ich erreiche sie telefonisch nicht.«

»Flieg hin. Geh mit ihr essen.«

Heimer betrachtete schweigend den Tisch.

»Ich wollte dich schon letztes Mal fragen, was in dem Briefumschlag war?«

»Zwanzigtausend Franken.«

Frank schaute ihm ernst ins Gesicht. »Ohne Quittung?«

»Ja.«

»Da stimmt was nicht«, sagte Frank nachdenklich.

Heimer zuckte mit den Schultern.

»Ach was«, winkte Frank schließlich ab. »Für ein romantisches Candle-Light-Dinner reicht das allemal.«

»Dann muss ich dir schon wieder meine Termine aufhalsen.«

»Du magst sie. Mach was draus. Sonst nimmt das Grübeln kein Ende.«

Heimer winkte ab. Franks pragmatische Sicht und sein absolutes diplomatisches Defizit brachten ihn nicht zum ersten Mal aus dem Konzept.

Das Mondlicht zwängte sich durch den Lichtschacht und warf bizarre Schatten entlang der mittelalterlichen Steinmauer. Christiana sah darin Botschaften, die Mauern schienen zu ihr zu sprechen, von Qualen, von schmerzverzerrten Gesichtern, von Gebeten, die unerhört blieben. Auch sie hatte in der letzten Stunde gebetet, was sie seit dem Tod ihrer Mutter nicht mehr getan hatte. Für Christiana gab es ein Leben davor und danach. Davor schien sich die Welt um sie zu drehen, hatte sich eingereiht, um mit ihr zu tanzen. Danach waren die Lichter erloschen, die Musik verstummt. Wie alle zwölfjährigen Mädchen war sie schwärmerisch, träumerisch, und sie glaubte an Gott, glaubte es bis zuletzt, dass er es nicht zulassen würde. Dann starb ihre Mutter und mit ihr der Gott, der das zu verantworten hatte.

Es roch nach Fäulnis. An der Wand waren handgeschmiedete Eisenringe befestigt, an einer hing ihre rostige Kette. Sie zerrte mit aller Kraft dran, ruckartig, schreiend, wieder und wieder. Die Hände schmerzten, die Fußfessel scheuerte unerbittlich auf ihrer Haut. Vier Schritte Freiheit waren ihr vergönnt, genug, um den Eimer für die Notdurft zu erreichen.

Sie lag auf der Matratze und blickte in das schwächer werdende Licht. Achtundzwanzig schöne Jahre lagen hinter ihr, nein, nicht ganz, man musste das Jahr abziehen, in dem ihre Mutter gestorben war. Vielleicht musste man auch das letzte Jahr mit ihrem Mann abziehen. Dann blieben noch sechsundzwanzig glückliche Jahre übrig. Sie starrte an die Decke, Tränen füllten ihre Augen.

Wie sehr sie am Leben hing, war ihr in den letzten Stunden bewusst geworden. Gerade jetzt, wo sie wieder Mut gefasst hatte, dank des seltsamen Dr. Stefan Heimer, der so männlich und doch so verlegen und verletzlich wirkte. Nach dem ersten Gespräch in seiner Praxis hatte sie Hoffnung geschöpft, eine Zuversicht entwickelt, dass alles gut werden würde. Er hatte mit schmalen Lippen einfühlsam gelächelt, als er sagte: »Frau Witt, wir werden eine Lösung finden. Vertrauen Sie mir.« Als sie vor ihm stand, war ihr klar geworden, dass sie in ihm etwas entfacht hatte. Seine Augen hatten ihn verraten. Für einen Moment hatte sie sich schwerelos gefühlt, als wäre alle Last von ihr gewichen.

Nach dieser Begegnung fühlte sie sich von seinem Blick getragen, glaubte, dass sie und ihr Kind eine Zukunft hatten. Wenn ihr wahnsinniger Gatte trotz der Gespräche mit Stefan immer noch die Abtreibung durchsetzen wollte, würde sie das Kind im Ausland zur Welt bringen.

Sich ablenken war die einzige Möglichkeit, dass hier zu überstehen. Sie durfte sich nicht von ihren Ängsten beherrschen lassen. Stefan hatte sich so ernsthaft bemüht, seine Gefühle für sie zu verbergen, dass sie sogar jetzt noch lächeln musste. Sie flirtete gerne, auch wenn sie nie darüber hinausging, doch er schien auf diesem Gebiet unerfahren, sah sie verlegen an, bemüht, ihr zu gefallen.

Dabei verliehen ihm die hohen Wangenknochen und das ausgeprägte Kinn eine Entschlossenheit, die er vermutlich nicht besaß. Oder lag diese in ihm brach und es bedurfte nur eines Kusses? Sie lächelte die Vorstellung weg. Bei ihm konnte sie ausgefallene High Heels tragen, ohne ihn zu überragen. Was waren das nur für banale Gedanken angesichts ihrer Situation? Aber hatte sie nicht genügend Gründe, optimistisch zu sein? Sie war ganz eindeutig in den Händen von Profis. Ihre Kapuzen und Masken und ihr Schweigen deuteten darauf hin, dass sie ihr Opfer am Leben lassen würden. Das Lösegeld war kein Problem, Geld hatten sie und ihr Mann im Überfluss. Sobald es zu einer Geldübergabe käme, wäre diese Geschichte sicherlich ausgestanden. Was aber, wenn etwas Unvorhergesehenes passiert, wenn die Entführer nicht zurückkehren können? Sie würde hier zugrunde gehen. Sie verdrängte den Gedanken schnell und strich sich unwillkürlich über den Bauch. Bisher war ihr die Schwangerschaft nicht anzusehen, aber wie lange würde sie es ohne Essen und Trinken aushalten, bis es dem Baby schadete? Zwei Wasserflaschen standen neben der Matratze. Eine war leer. Da hörte sie Schritte auf dem Flur.

Heimers Versuche, mit Professor Witt zu telefonieren, scheiterten. Aus dem Sekretariat hieß es, ein Telefontermin wäre ab achtzehn Uhr dreißig möglich und er würde auf die Rückrufliste gesetzt. Er wartete den ganzen Abend vergeblich. Am darauffolgenden Tag rief er erneut an, und man gab ihm zu verstehen, dass seine Anrufe unerwünscht seien. Die Tage vergingen ohne ein weiteres Lebenszeichen von Christina. Schließlich buchte er den Flug. Am Vorabend des Fluges nach Zürich besprach er mit Frank die Lebensgeschichten, die Persönlichkeitsstrukturen sowie die Krankheitsverläufe der Patienten, die er ihm anvertrauen würde. Frank schien beim Übergabegespräch, das sich bis Mitternacht hinzog, seine Zusage aufgrund der Vielschichtigkeit zu bereuen.

In Zürich gab Heimer den Koffer an der Hotelrezeption ab und fuhr mit dem Taxi zum Hauptsitz der Schlosskliniken AG. Dort wurde er zuvorkommend empfangen, sein Name notiert, und die Mitarbeiterin rief das Sekretariat von Professor Witt an.

Sie legte auf und räusperte sich. »Herr Dr. Heimer, es besteht kein Interesse an einem Gespräch. Verlassen Sie bitte das Firmengelände.« Sie zögerte. »Es tut mir leid.«

Wortlos, mit einem kurzen Nicken und den Händen in den Hosentaschen schlenderte er zum Ausgang. Ein Hinweisschild am Eingangsportal wies darauf hin, dass der Empfang an Wochentagen von sechs bis zweiundzwanzig Uhr besetzt ist. Es gab also eine Spätschicht.

Um fünfzehn Uhr versuchte er es erneut und fragte: »Ob Frau Witt schon vom Mittagessen zurück ist? Ich habe einen Termin, bin mir aber nicht mehr sicher, ob fünfzehn oder fünfzehn Uhr dreißig.«

»Meinen Sie die Frau vom Chef?«

»Christiana Witt«

»Ihren Namen bitte.«

»Franz Maier.«

Sie sah auf den Monitor, musterte ihn nochmals, ohne etwas zu sagen. Ihr Gesicht verfinsterte sich. »Herr Dr. Heimer, ich habe die Anweisung, den Sicherheitsdienst zu rufen, wenn Sie nicht sofort das Firmengelände verlassen.«

Er legte eine Hand auf den Tresen und klopfte mit den Fingerkuppen nacheinander, gleichmäßig im Takt.

Sie neigte ihren Kopf und zog die Augenbrauen zusammen. »Haben Sie mich nicht verstanden?«, flüsterte sie.

Er beschleunigte den Rhythmus.

Sie griff zum Hörer. »Ich rufe jetzt die Security.«

Er zögerte, trommelte kurz weiter, verließ das Gebäude und wunderte sich, dass ihm die Situation nicht peinlich war.

Christiana schlug benommen die Augen auf, da stand jemand. Sein Blick starrte sie durch eine schwarze Maske an, tastete ihren Körper ab. Wann war er hereingekommen? Er kam näher, es roch nach billigem Aftershave. Sie sprang auf, taumelte rückwärts und die Kette an ihrem Fußgelenk holte sie in die Realität zurück. Eine Armlänge vor ihr blieb er stehen. Seine Zunge glitt über die Oberlippe, langsam schob er sie vor und ließ sie rhythmisch vor seinem Mund tänzeln. Sie hörte ihr Röcheln, als wäre es nicht ihr eigenes. Panisch rang sie nach Luft, es schien ihn aufzupeitschen. Ein abartiges Stöhnen drang aus seinem Mund. Er rieb sich, erst jetzt bemerkte Christiana die ausgebeulte Stelle. Genau dorthin würde sie mit voller Kraft treten, auch wenn es ihr Ende wäre.

Heimer blieb am nächsten Morgen seinem Grundsatz treu, während des Frühstücks das Smartphone nicht zu beachten. Erst bei der letzten Tasse Tee stöberte er im Internet: Die Witts waren seit Generationen Ärzte und zählten zu den angesehenen Zürcher Familien. Er fand nicht heraus, auf welchem Friedhof das Familiengrab lag. Für Sihlfeld sprach die innerstädtische Lage und die Tatsache, dass viele Prominente hier ihre letzte Ruhestätte gefunden haben.

Als Erstes rief Heimer die Gräberadministration der Stadt Zürich an. Dort konnte oder wollte man ihm keine Auskunft über das Familiengrab der Witts geben. Auf seiner Anrufliste standen außerdem sämtliche Friedhofsgärtnereien, auf deren Website der Friedhof Sihlfeld erwähnt wurde. Am Telefon stellte er sich jeweils als langjähriger Freund der Familie vor, der gern ein Blumengesteck beauftragen würde. Der dritte Anruf schien erfolgversprechend.

»Kann sein, bleiben Sie bitte einen Moment am Apparat. Ich schaue im Computer nach.« Die Rückmeldung kam umgehend: »Wir haben zwei Gräber auf dem Namen Witt gespeichert. Meinen Sie das von Herrn Dr. Konrad Witt?«

»Ja.«

»Gut, das Grab pflegen wir. An welche Preiskategorie hatten Sie gedacht? Unsere kleineren Blumengestecke fangen bei hundertvierzig Franken an.«

»Und die nächste Kategorie?«

»Liegt bei zweihundertvierzig Franken, dann haben sie schon ein sehr ansehnliches Gesteck.«

»Gern, das passt. Wann schließen Sie?«

»Um siebzehn Uhr dreißig.«

»Wir sehen uns dann heute Nachmittag. Vorher wollte ich das Grab besuchen. Würden Sie mir bitte den Weg beschreiben?«

»Hinter dem Haupteingang halten Sie sich links. Gehen Sie am Forum vorbei und nehmen Sie dann den dritten Weg nach rechts. Die Ruhestätte von August Bebel liegt keine hundert Meter entfernt.«

»Danke. Wissen Sie, an welchem Tag Dr. Witt verstorben ist?«

»Den speichern wir nur, wenn für den Todestag ein separater Auftrag besteht. Derzeit ist nur ein Basispflegevertrag hinterlegt.«

Heimer stieg am Friedhofsportal aus dem Taxi. Er verließ den gepflasterten Weg und seine im Kies knirschenden Schritte führten ihn durch das Eingangsportal, dem steinernen Wächter zu den Seelen der Toten. Im Stil der griechischen Antike ermahnte es die Besucher, in eine andere Welt einzutreten. Der Duft des Nadelholzes umwehte seinen Weg entlang der Gräber, die in ihrer Stille an die Endlichkeit erinnerten. Nachdenklich schritt Heimer durch den parkähnlichen Friedhof. Professor Witts Geburtstag hatte er im Internet gefunden, den Todestag des Vaters nicht. Er blieb vor dem Grabstein stehen, auf dem *Dr. Konrad Witt* eingraviert war. Ein kribbelndes Gefühl machte sich in seinem Bauch breit. Christiana hatte nicht gelogen. Er setzte sich auf eine nahe gelegene Bank, die Gedanken wanderten zu den Gräbern. Das Unerklärliche war der letzte Segen, der sie alle getragen hatte.

Das Smartphone riss ihn aus seinen Gedanken und zeigte auf dem Display Frank Burger an.

»Hallo, was gibt's Neues?«, fragte Heimer monoton.

»Das wollte ich dich fragen.«

»Nicht viel.«

»Du klingst so melancholisch. Was ist?«

»Macht der Tod nicht alles bedeutungslos?«

»Hast du keine anderen Probleme? Wo bist du überhaupt?«

»Ich sitze zwischen Grabsteinen.«

»Erzähl mir jetzt bloß nichts von der Vergänglichkeit der Dinge. Was macht deine Traumfrau? Warst du schon auf Tuchfühlung?«

»Was denkst du nur von mir? Sie ist meine Patientin.«

»Jetzt mach nicht so rum. Erzähl endlich!«

»Ich komme nicht weiter«, sagte Heimer. »Nur so viel, Todestag und Geburtstag stimmen überein. Der Vater starb tatsächlich am selben Tag, an dem Witt das Licht der Welt erblickte.«

»Daran siehst du mal wieder, manchmal kommt es

anders als man denkt. Ansonsten?«

»Wenn man vom erteilten Hausverbot absieht, nichts. Vielleicht schaffe ich es, mit ihrem dementen Vater zu sprechen.«

»Das sind ja Aussichten!«, sagte Frank resigniert. »Wann kommst du zurück?«

»Am Sonntag.«

Von den zwei Senioreneinrichtungen in Küsnacht, die ihm sein Smartphone anzeigte, kam nur die Seniorenresidenz Seeblick in Frage. Sie war die einzige Einrichtung in Küsnacht, deren Lage den namengebenden Blick auf den See ermöglichte. Bei der Taxifahrt dorthin schaute Heimer mehrfach auf das Taxameter, um am Ende einen Betrag zu zahlen, der dem Übernachtungspreis im Hotel gleichkam. Das dreistöckige Gebäude war neu und erstrahlte in weißem Glanz. Auf dem Vorplatz waren Buchsbäume säuberlich in Pyramiden- und Kugelform geschnitten.

Noch bevor Heimer den lichtdurchfluteten Eingangsbereich der Seniorenresidenz betrat, fragte ihn eine ältere Dame: »Haben Sie meine Tochter gesehen?«

»Ich kann Ihnen leider nicht weiterhelfen«, antwortete er.

Sie nickte vornehm und wandte sich der Straße zu. Ihre Frisur, die teuer wirkende Kleidung und die Perlenkette verrieten, dass sie großen Wert auf ihr Äußeres legte. Die gesamte Anlage erinnerte ihn an ein gehobenes, modernes Hotel der Spitzenklasse.

»Mein Name ist Franz Maier«, sagte Heimer zu der Dame an der Rezeption. »Ist Frau Witt schon bei Ihrem Vater? Wir waren für heute bei ihm verabredet.«

»Ich habe sie noch nicht gesehen. Normalerweise besucht sie ihn sonntags.«

»Ich habe früher eng mit ihm zusammengearbeitet und Christiana wollte dazu kommen.«

»Gehen Sie doch schon mal hoch. Die Wohnung liegt auf der dritten Etage, rechte Seite, die letzte Tür.«

Eine ovale, goldene Klingel war mit dem Namen Martin Beckmann versehen. Heimer klingelte zweimal.

»Die Tür ist offen!«

Er betrat den hellen Wohnraum. Die Sonne blendete durch die bodentiefen Glaselemente, die sich über die gesamte Länge des Raumes erstreckten. Auf der Terrasse, die wie ein zweites Wohnzimmer wirkte, standen eine moderne Lounge-Garnitur in Schwarz und ein aufgespannter weißer Sonnenschirm. Luxus und Ambiente auf höchstem Niveau mit unverbautem Seeblick. Auf dem Wohnzimmertisch lag ein aufgeschlagenes Buch, daneben ein Bücherstapel, aus dem zahlreiche Lesezeichen wie Fähnchen herausragten. Aus dem Nebenzimmer kam ein kräftiger, grauhaariger Mann.

»Wer sind Sie denn?«, fragte er ängstlich. Sein Blick wanderte zwischen Tür und Heimer hin und her. Er atmete tief ein, als ob er versuchte, sich zu beruhigen.

»Hallo Herr Professor Beckmann, erkennen Sie mich wieder? Franz Maier, wir haben vor vielen Jahren bei einem Forschungsprojekt zusammengearbeitet.«

»Ach ja, und was wünschen Sie?«

»Zunächst herzliche Grüße von Christiana.«

Beckmann schaute abweisend.

»Ich würde gern mit Ihnen über alte Zeiten plaudern.«

Beckmann nahm seine Brille ab, rieb sich die Augen und musterte Heimer genau. »Ich kenne Sie nicht.«

»Aber, Herr Professor Beckmann, unsere Hippocampus-Thesen, neuronale Mustererkennung, Erinnerungszoom. Sagt Ihnen das nichts mehr?«

Eine Weile blieb es still. Beckmann strich das lichte, graue Haar nach hinten. »Kommen Sie morgen wieder, dann nehme ich mir Zeit. So gegen vierzehn Uhr?«

»Eine Sekunde bitte! Hat Ihre Tochter Sie am Wochenende besucht?«

Er zögerte und schaute zum See. »Nein, soviel ich weiß.«

Es klang wie ein Eingeständnis.

Am Empfang bestellte sich Heimer ein Taxi und klopfte dann an die Tür des Heimleiters. Eine Männerstimme rief: »Herein!«

»Ich würde gern Herrn Professor Beckmann eine Freude bereiten. Haben Sie vielleicht einen Tipp?«

»Mit wem spreche ich?«

»Mein Name ist Franz Meier, ich bin Psychologe und habe lange mit Professor Beckmann zusammengearbeitet.«

»Psychologen, das ist die Berufsgruppe, die uns in der Altenhilfe fehlt. Die körperlichen Gebrechen sind oftmals nicht die Hauptprobleme. Nehmen Sie doch Platz. Ich schaue in den Computer.«

»Das ist nett.«

»Beim Einzug unserer Bewohner legen wir eine Kartei an, in der Hobbys und Vorlieben festgehalten werden.« Der Heimleiter tippte den Namen in die Tastatur. »Wissen Sie, Freude zu bereiten, ist hier nicht so einfach. Hier wohnen Millionäre, die alles haben. Ich arbeite erst seit zwei Jahren hier und war vorher in einer Betagteneinrichtung in Thun beschäftigt. Eine bescheidene Einrichtung, teilweise mit Zweibettzimmern ausgestattet. Aber die Bewohner waren genauso glücklich oder unglücklich wie hier. Wissen Sie, was im Alter zählt?«

»Familie? Die Gewissheit, versorgt zu sein?«

»Es ist nicht das Geld.« Der Heimleiter inszenierte eine kurze Pause, um effektvoll fortzufahren: »Es sind die Erlebnisse und Geschichten der Bewohner, die sie erzählen, die ein ganzes Leben Bestand haben. Sie entscheiden über glückliche und unglückliche Stunden im Alter.«

»Das ist sicher richtig. Haben Sie was im Computer gefunden?«

»Hier steht gehobene Spannungsliteratur und Schach.«

»Danke! Ah, noch eine kurze Frage, hat sich der Gesundheitszustand von Herrn Beckmann in letzter Zeit verbessert?«

»Hätten Sie mich gefragt, ob sich sein Zustand verschlechtert hat, wäre die Antwort nein.« Er überlegte einen Moment und sah Heimer an, als würden sie über ein Geheimnis sprechen. »Aber mit ihm stimmt etwas nicht. Ich habe das Gefühl, dass er die Mitbewohner meidet. Er winkt regelmäßig ab, wenn wir ihm die Teilnahme an einer Veranstaltung im Haus nahelegen.« Der Heimleiter beugte sich verschwörerisch vor. »Niemand weiß, was Beckmann so treibt. Er lebt hier sehr zurückgezogen, liest und arbeitet ständig am Computer. Wenn Sie mich fragen, er käme noch gut ohne Betreuung aus.«

Hinter der Eingangsglastüre sprach die ältere Dame Heimer erneut an. »Haben Sie meine Tochter gesehen? Sie wollte mich abholen.«

»Ich glaube nicht. Wie sieht Ihre Tochter denn aus?«

Ein Lächeln überzog ihr Gesicht. »Langes, braunes Haar. Ein hübsches Mädchen. Schlank und adrett gekleidet.«

»Ich habe sie nicht gesehen. Tut mir leid. Ihnen noch einen schönen Tag.«

»Aber sie kommt doch?«

»Ich weiß es nicht. Am besten erkundigen Sie sich am Empfang. Vielleicht rufen die Ihre Tochter an. Auf Wiedersehen.«

»Sagen Sie Bescheid, wenn Sie sie sehen?«

»Mache ich. Gern!«

Heimer stieg in das wartende Taxi und sagte: »Zentrale der Schlosskliniken AG. Zürich.«

Am Empfang der Klinikzentrale übergab er demonstrativ seine Visitenkarte. »Mein Name ist Dr. Stefan Heimer. Rufen Sie bitte Herrn Professor Witt persönlich an und richten Sie aus, dass ich alles weiß. Entweder redet er mit mir oder die Polizei mit ihm. Sagen Sie es genau so!«

Die Mitarbeiterin trat einen Schritt zurück, schaute irritiert und nahm den Hörer in die Hand. Sie tuschelte ins Telefon und legte erst auf, als zwei Herren neben Heimer auftauchten. Beide trugen Overalls mit dem Schriftzug *Security*.

Der kleinere Wachmann wirbelte vor Heimer wie ein gedrungener Kampfhund herum, flink und ruckartig bewegte er den wuchtigen Oberkörper. Selbst der eintätowierte brennende Totenkopf am Hals schien vor Freude zu tanzen.

»Pfeifen Sie Ihren Kampfhund zurück, sonst erstatte ich Anzeige«, sagte Heimer unaufgeregt.

Der Größere entgegnete leise: »Herr Dr. Heimer, wir sind vom Sicherheitsdienst und begleiten Sie jetzt zum Ausgang. Folgen Sie uns bitte ohne Aufsehen zu erregen.« Der italienische Akzent verlieh der Anweisung einen äußerst bedrohlichen Klang.

»Ich denke nicht daran, bringen Sie mich zu Professor Witt.«

»Ich glaube, Sie haben uns nicht verstanden. Wir gehen jetzt gemeinsam hinaus, ganz ruhig und besonnen. Zur Polizei werden Sie sowieso müssen, da wir Strafanzeige wegen Hausfriedensbruch stellen werden.«

»Sagen Sie Ihrem Chef, dass ich alles weiß!«, brüllte Heimer, obwohl die Sicherheitsleute dicht neben ihm standen.

Zwei Herren in weißen Kitteln, die gerade am Empfang vorbeigingen, drehten sich erschrocken um und setzten dann ihren Weg flüsternd fort.

Heimer fügte leise hinzu: »Sie werden es bereuen, wenn Sie mich nicht zu Professor Witt lassen.«

»Machen Sie keinen Stress, sonst liefern wir Sie in der geschlossenen Abteilung ab. Die liegt auf unserem Weg«, sagte der Große gelassen, als wäre es eine Selbstverständlichkeit.

Heimer hob die Augenbrauen. »Vorsicht, Jungs. Diese Drohung ist strafbar. Wollt ihr vielleicht heute noch Bekanntschaft mit der Polizei machen?«

Der Kampfhund zog ihn mit seinen wuchtigen Oberarmen heran. »Letzte Warnung.«

Heimer versuchte, ihn wegzudrücken, doch er stand breitbeinig und fest wie ein quadratischer Marmorblock. Er lockerte erst den Griff, als Heimer brüllte: »Fassen Sie mich nicht an. Ich gehe allein!«

»Francesco! Lass ihn los. Wir erregen nur Aufsehen«, sagte der andere Sicherheitsmann beschwichtigend. »Und begleite ihn mit drei Meter Abstand nach draußen.«

Der Kampfhund blieb ihm jedoch dicht auf den Fersen.

Am Zentraleingang konnte sich Heimer dann ein lautes »Wau-Wau!« nicht verkneifen. Heimer schaute in ein zorniges, rachelüsternes Gesicht und grinste breit.

Er hatte es geschafft für Aufsehen zu sorgen und unkalkulierbar zu wirken. Witt würde aus der Deckung kommen, vielleicht einen Fehler machen. Vieles sprach dafür, dass er seine Frau aus Eifersucht abschirmte und einer notwendigen Behandlung im Weg stand.

Auf der Münsterbrücke legte Heimer die Unterarme auf das eiserne Geländer und betrachtete eine Weile die Fassaden entlang der Limmat. Die Altstadt gefiel ihm, die alten Häuser mit den Sprossenfenstern, die engen Gassen, in denen das Glück wohnte. Er schlenderte von Schaufenster zu Schaufenster, schmökerte in einer Buchhandlung, fand sein Buch und zahlte zweiunddreißig Franken dafür. Draußen fielen die ersten dicken Regentropfen aus dunklen Wolkenfeldern. Er rannte zum Café Gourmet, setzte sich ans Fenster, bestellte einen Strudel mit einer Apfel-Zimt-Füllung und dazu ein Kännchen Assam Tee. Zufrieden saß er im Trockenen und schaute dem heftigen Regen zu, der die Rinnsteine flutete. Seine Gedanken waren bei ihr: Er sah ihren empörten Gesichtsausdruck, als er beim Du gezögert hatte, ihr schelmisches Grinsen, weil seine bescheidene Spontanität in ihrer Gegenwart vollständig zum Erliegen kam. Sie zelebrierte ihre Eleganz, vornehm und zurückhaltend, und doch las er in ihren Augen, dass sie genau wusste, was sie wollte. Und ihr Mann sagte, sie sei krank.

Hatte jemand die Kellertür zugeschlagen? Christiana riss die klebrigen Augenlider auf. Ihr Blick fiel auf eine gelblich schimmernde Masse. Ein säuerlicher, fauliger Geruch stieg in ihre Nase. Jetzt erkannte sie, dass sie in ihrem Erbrochenen lag. Mit einem Ruck setzte sie sich auf und wischte die rechte Wange ab. An der Matratze säuberte sie ihre Hand. Der Gestank war unerträglich, und fast hätte sie sich übergeben. Was war geschehen? Sie hätte an ihrem Erbrochenen ersticken können. Es war reiner Zufall, dass sie auf der Seite lag, schoss es ihr durch den Kopf. Der Geschmack im Mund war ekelig. Die Wasserflaschen waren leer. Wie lange war sie schon hier? Sie zog das Bein an und spürte schmerzhaft, wie das Eisen in die Haut schnitt.

Die Erinnerungen tauchten bruchstückhaft in schrecklichen Bildern auf. Ihre Augenlider, verklebt und zitternd, senkten sich wieder. »Verdrängen«, sagte sie zu sich. Ihre Ängste, ihre Unruhe, all das würde sich auf ihren Sohn übertragen, seine Pysche für immer prägen. Davor musste sie ihn bewahren. Wegträumen, dachte sie, die Realität nicht an sich heranlassen. Benommen und ankämpfend gegen die Schläfrigkeit legte sie ihren Kopf ans Fußende der Matratze. Sie streichelte ihren Bauch und flüsterte das Wiegenlied: »*La-Le-Lu, nur der Mann im Mond schaut zu* …«

7

Am nächsten Tag stand die mondän gekleidete Dame mit dem aristokratischen Klang in der Stimme wieder vor der Seniorenresidenz Seeblick. Heimer wusste bereits, was ihn erwartete.

»Haben Sie meine Tochter gesehen?«

»Die mit den langen, braunen Haaren, die so schön anzuschauen ist?«, fragte Heimer.

Sie hob den Kopf, lächelte aufgeregt und nickte. »Sie holt mich gleich ab.« Vorfreude strahlte aus ihrem Gesicht, das von unzähligen Falten geziert war.

Heimer lächelte zuversichtlich. »Sicher kommt sie bald.«

Nach mehrmaligem Klingeln öffnete Beckmann die Wohnungstür, die er dazu an zwei Schlössern entriegelte. Die vorgespannte Türkette rastete geräuschvoll ein. Durch den Spalt spähte er mit verengten Augenlidern. »Wer sind Sie?«

Heimer schluckte.

»Ich habe mir alte Fotos von Kollegen angesehen. Auf keinem sind Sie zu sehen.«

»Es geht um Ihre Tochter Christiana. Sie erwartet ein Kind.«

»Von Ihnen?«

»Nein!«, sagte Heimer erstaunt und ärgerte sich über seine phantasielose Antwort. »Sie ist bei mir in therapeutischer Behandlung. Ich benötige Ihre Hilfe bei der Klärung einiger Fragen, um den richtigen Therapieansatz zu wählen.«

»Meine Tochter ist mir egal.«

Einen Moment lang glaubte Heimer, sich verhört zu

haben.

Beckmann griff zur Klinke, um die Wohnungstür zuzudrücken.

Heimer stellte den linken Fuß dazwischen. »Meinen Sie nicht, dass wir uns kindisch verhalten?«

Beckmann schien unentschlossen, dennoch hielt er den Druck gegen die Tür aufrecht. »Haben Sie eine Nachricht von Christiana für mich?«

»Nein, wie kommen Sie denn darauf? Ich muss mit Christiana sprechen und kann sie nicht erreichen. Deswegen bin ich hier!« Beckmann misstraute ihm zu Recht, das hatte er sich selbst zuzuschreiben, dachte Heimer. Aber wieso fragte Beckmann nach einer Nachricht von Christiana? Vielleicht war er zu verwirrt und das ganze Unterfangen damit sinnlos.

»Gehen Sie endlich, sonst rufe ich den Heimleiter!«

Heimer hielt ein Buch in den Türspalt. »Schauen Sie es sich bitte an, das ist mein Buch, Erfahrungsberichte aus der Praxis. Glauben Sie mir bitte, ich will nur das Beste für Christiana.«

Beckmann nahm das Buch und betrachtete es eine Weile. Er löste zögerlich die Türkette und ließ Heimer eintreten. »Wie kommen Sie darauf, dass ich mich dafür interessiere?«

»Ihr ganzes Leben haben Sie der Gedächtnisforschung gewidmet. Warum sollte es heute anders sein?«

»Wer sind Sie?«, fragte er und kniff die Augenlider zusammen.

»Ich bin Stefan Heimer, Psychologe, spezialisiert auf Tiefenpsychologie. Bitte entschuldigen Sie, dass ich mich unter einem fiktiven Namen vorgestellt habe.«

»Unter Vortäuschung einer falschen Identität.«

»Es tut mir leid. Ich bedauere es.«

»Wie kann ich sicher sein, dass Sie diesmal die Wahrheit sagen?«

Heimer holte seinen Personalausweis aus der Brieftasche und legte ihn auf den Wohnzimmertisch. »Bitte, überzeugen Sie sich.«

Beckmann nahm den Ausweis, setzte sich und begutachtete die Vorder- und Rückseite. Er schaute sich um und zeigte auf den einzigen freien Stuhl, auf dem sich weder Bücher noch Zeitschriften stapelten. Beckmann legte den Ausweis auf den Tisch und sah Heimer mit der gleichen Intensität an, mit der er zuvor das Passfoto betrachtet hatte. »Ich weiß nicht, wo sich meine Tochter aufhält. Sie geht ihre eigenen Wege.«

»Christiana war in meiner Praxis. Sie ist durch mein Buch auf mich aufmerksam geworden«, sagte Heimer und bemühte sich, vertrauenswürdig zu sprechen.

»Ich kenne Ihr Buch. Es wirft kein gutes Licht auf unseren Berufsstand.«

Heimer wollte widersprechen, sich rechtfertigen, doch das versteinert wirkende Gesicht ließ ihn zögern.

»Wenn Sie die Behandlungsmethoden von Kollegen bloßstellen, dürften Sie sich nicht wundern, angefeindet zu werden. Es wurde zu Recht als polemisch kritisiert.«

»Ohne die Verrisse in den Medien wäre es nie auf der Bestsellerliste gelandet«, entgegnete Heimer mit einem verschmitzten Grinsen.

»Ihnen wird vorgeworfen, in die Esoterik abzugleiten.«

»Teilen Sie diese Meinung?«

Eine Weile blätterte Beckmann schweigend darin herum, rückte die Brille zurecht und las aus dem Buch vor: »Wir erinnern uns an Vergangenheiten, die so nie stattgefunden haben. Um unserem Ego zu entsprechen, haben wir sie aufbereitet und poliert. Weil darin die Kraft liegt, die uns stärkt und begleitet, gleich einem Schwimmer, der mit der Strömung schwimmt.«

»Was ist daran auszusetzen?«

Beckmanns Gesicht glühte auf, wie bei einem Kind, das ein Geschenk auspackte. »Sie schreiben im Stil der

Boulevardpresse und wundern sich, dass Ihre Arbeit als oberflächlich und unwissenschaftlich bezeichnet wird. Außerdem fehlen die gesicherten wissenschaftlichen Grundlagen für Ihre Thesen.« Er blätterte weiter. »*Ethik, Zwangsbehandlung, Patientenselbstbestimmung* et cetera, langweilig.« Er zuckte lustlos mit den Schultern und schlug das Kapitel *Gefangene der Vergangenheit* im hinteren Teil auf. »Sie wollen mit fragwürdigen Methoden Menschen aus dem Gefängnis ihrer Erinnerungen befreien. Erstens wissen die meisten gar nicht, dass sie in einem leben, und zweitens fühlen sie sich darin oftmals geborgen.«

»Sehen Sie nicht die Chancen, die in der Persönlichkeitsentwicklung liegen. Wie heißt es doch so schön, ›*Traurig grüße ich den Menschen, der ich sein könnte*‹. Und das jeden verdammten Tag! Ich zeige Auswege aus diesem Kreislauf und bei psychotischen Gedanken allemal!«

»Es mag zwar sein, dass bei einigen Erkrankungsformen Heilungsaussichten bestehen, wenn wir es wagen, die Erinnerungen zu verändern. Aber was sind wir anderes als die Geschichten, die wir erlebt und ertragen haben? Mit Ihrer Methode verändern Sie die Persönlichkeit Ihrer Patienten, ohne die Auswirkungen zu kennen. Veränderungen des Gedächtnisses führen zu alternativen Verhaltensweisen, die kein Computer berechnen, geschweige denn ein Mensch abschätzen kann.«

»War jemals ein Medikament ohne Nebenwirkungen?«, entgegnete Heimer. »Wir klären Patienten auf, damit sie abwägen. Lassen Sie die Patienten entscheiden. Es geht darum, die Erinnerungen so aufzubauen, dass ein erfolgreiches und glückliches Leben gelingen kann. Das Gedächtnis ist das Fundament unseres Schicksals. Denken Sie an den Unfallverursacher, der den Alltag nicht mehr bewältigt, weil er den Tod eines Menschen zu verantworten hat. Denken Sie an Traumatisierungen im

Kindesalter, die lebenslang prägen.«

Beckmann schwieg.

»Manche Erinnerungen sind nichts anderes als bösartige Wucherungen. Wir entfernen ja auch Tumore.«

Beckmann starrte friedlich, fast liebevoll auf den See und schien abwesend, wie es Christiana beschrieben hatte. Die randlose Brille hing schief auf der Nasenspitze, erstaunlicherweise hatten sich nur wenige Falten ins Gesicht gegraben. Heimer wandte den Blick ab und sah zum Fenster. »Manchmal bin ich traurig, was alles aus meinen Patienten hätte werden können, wenn Gedächtnisveränderungen möglich wären.« Er sah wieder Beckmann an und fragte sanft: »Haben Sie keine Erinnerungen, die Sie loswerden möchten?«

Beckmann saß weiterhin regungslos da.

»Gibt es Erinnerungen, die Sie belasten?« Heimer zögerte einen Moment, dann stand er auf und legte seine Hand auf Beckmanns Schulter. »Was ist los?«

Erschrocken drehte sich der Professor um und rief panisch: »Wer sind Sie?«

Bevor Heimer zu einer Erklärung kam, schrie Beckmann, »Verlassen Sie mein Haus!«

»Wo wohnt Christiana?«

»Raus hier!«

Heimer zog die Wohnungstür hinter sich zu und ging zum Aufzug. Erst nach einem nachdenklichen Moment drückte er den Knopf nach unten. Irgendwas stimmte nicht, fühlte sich inszeniert an. Er war sich sicher, da steckte mehr dahinter. Wie Beckmann redete, seine hellwachen Augen und dann dieser Rauswurf.

Am Ausgang der Seniorenresidenz stand wieder die vornehm gekleidete ältere Dame, doch es gelang ihm, an ihr vorbeizuhuschen.

Er hatte den richtigen Zeitpunkt für seine Frage verpasst. Hätte er doch früher gefragt, wo Christiana wohnte. Jetzt blieb ihm nur die Adresse, die Frank herausgefunden hatte. Sie lag keine siebenhundert Meter von der Seniorenresidenz entfernt und führte zu Luxus-Villen am See. Wenn Frank recht hatte, gehörten die Häuser der Schlosskliniken Zürich AG. Vier moderne Villen hatte er gesagt, und in einer wohnten die Witts. Die Briefkästen und die Türsprechanlagen waren nicht mit Namen beschriftet. Heimer klingelte an den Sprechanlagen. Die ersten beiden sahen unbewohnt aus, auf sein Klingeln reagierte niemand.

Am dritten Haus wurde er von einer älteren Männerstimme ruppig abgefertigt: »Verschwinden Sie, sonst rufe ich den Sicherheitsdienst!«

Heimer schwieg und schaute in die Überwachungskamera, die jeden seiner Schritte verfolgte. Bei der letzten Villa wurde sein Läuten ignoriert, obwohl im Haus Licht brannte und klassische Musik ertönte, die sich immerfort wiederholte. Stand Christiana hinter einer Gardine? Sein Gefühl verdichtete sich zu der beängstigenden Vorstellung, dass sie wegen ihrer psychischen Erkrankung festgehalten, mit Medikamenten vollgepumpt wurde und vor sich hindämmerte. Unschlüssig ging er zum See hinunter und kehrte nach einer Weile zurück. Im oberen Stockwerk brannte nach wie vor Licht. Die zunehmende Dämmerung ließ es heller erstrahlen, und die immergleiche Musik steigerte seine Unruhe. War das Liszt? Die düstere Dante-Sinfonie?

Eine weitere Stunde verging, die er fröstelnd auf der gegenüberliegenden Straßenseite verbrachte, ohne dass sich etwas im Gebäude regte. Umhüllt von Nebel wirkte das helle Fenster inzwischen wie ein Leuchtturm in der Ferne. Die Sinfonie begann von vorn und verlieh allem etwas Beängstigendes, als wäre sie für seinen Gemütszustand komponiert worden. Mit beiden Händen in der Manteltasche trat Heimer von einem Fuß auf den anderen. Aussichtslos. Er wollte gerade gehen, da unterbrach ein dumpfes Bellen aus dem Nebel die gespenstische Szenerie. Auf der anderen Straßenseite trabten zwei Jogger aus der Nebelwand. Die schemenhaften Gestalten blieben stehen und einer zündete sich eine Zigarette an. Die leere Packung warf er achtlos in eine Pfütze. Sie sahen zu ihm hinüber. Nach den ersten Zügen wandten sich beide ab und schauten in Richtung See. Heimer beschlich eine düstere Vorahnung, die Umrisse der Männer kamen ihm bekannt vor. Er hörte erneut ein Bellen, diesmal aus der Nähe. Ein junger Hund zog einen älteren Herrn aus dem Nebel. Der Vierbeiner sprang trotz Leine herum, drehte sich im Kreis und bellte mehrfach kurz auf. Bremste seinen Schwung mit den Pfoten, um gleich wieder abzuheben.

»Er ist neun Monate alt. Entschuldigen Sie! Er hält jeden für einen Spielkameraden. Und zu Hause wird nur geknuddelt. Wenn ich das alles geahnt hätte.« Der ältere Herr neigte entschuldigend den Kopf.

Heimer streichelte den Übermütigen. »Genießen Sie die Zeit mit diesem drolligen Kerl.«

»Danke für Ihr Verständnis. Ich habe leider schon andere Reaktionen erlebt.«

Nach der Verabschiedung waren die Jogger im Nebel verschwunden. Heimer hörte Kinderstimmen in der Nähe, sah sich noch einmal um und marschierte bergab zum Zürichsee.

Eine beleuchtete Reklametafel wies den Weg zu einem Restaurant. Die menschenleere Uferpromenade war vom Licht der Laternen gesäumt, doch der See war im schummrigen Nebelschein nur zu erahnen. Heimer hörte leises Keuchen, sah sich um und erkannte die beiden Jogger wieder, die am Geländer ihre Beine dehnten. Waren Sie wegen ihm da? Hier war er ihnen ausgeliefert. Seine Ahnung wurde zur Gewissheit. Verzweifelt sah er sich um. Niemand sonst hielt sich bei diesem Wetter am See auf. Er atmete flach und schnell und schritt zügig voran, die rechte Hand zur Faust gepresst. Das Restaurant lag in Sichtweite. Jetzt hörte er ihre Laufschritte, kurz darauf ihren keuchenden Atem. Sein Herz schlug heftig, hämmerte gegen die Rippen. Heimer blieb unter einer Straßenlaterne stehen und hoffte, dass der Lichtkegel sie abhalten würde. Einer drehte sich abrupt um und baute sich direkt vor ihm auf. Schwarze Augen starrten ihn durch die Schlitze der heruntergezogenen Pudelmützen an. Heimer rang panisch nach Worten. Es war zu spät. Der kleinere Jogger stieß Heimer mit beiden Händen gegen den anderen. »Aus dem Weg, Arschloch!«, brüllte er.

Heimers Blick irrte umher. »Entschuldigung«, sagte er und wunderte sich, was da aus seinem Mund kam.

»Rempel mich nicht an, du Idiot«, schrie der andere und stieß mit beiden Armen zu. Sie spielten Pingpong mit ihm.

Heimer stolperte, wurde aufgefangen und erneut mit voller Kraft gestoßen. Er versuchte zurückzustoßen, zu schlagen, doch gekonnt wichen sie aus und setzten das Spiel gnadenlos fort. Stoß auf Stoß folgte, nochmals und nochmals. Mit einem Faustschlag in seine linke Bauchseite beendeten sie das Pingpong lachend.

Heimer krümmte sich. Einer packte seine Haare und drückte seinen Kopf nach unten, um mit dem Knie zuzustoßen. Jetzt wurde er an den Haaren hochgerissen, losgelassen und eine Faust traf ihn ins Gesicht. Heimer landete auf dem Rücken, sah Pupillen, sah schwarze Pudelmützen, sah kreisende Sterne. Ein Tritt in die Seite ließ Heimer aufschreien. Ein zweiter Faustschlag prallte gegen sein Auge. Er schrie, versuchte aufzustehen. Da war der andere über ihm, kniete auf seinen Brustkorb und hielt ihm ein Messer an die Kehle. »Noch Ton und ich schneid dir die Hals durch.« Heimer kämpfte vergebens gegen die Panik an. »Ohr oder Nase? Ohr oder Nase? Hast du nicht gehört?«, flüsterte die Stimme hinter der

Pudelmütze.

Heimer versuchte zu brüllen, zu kämpfen, doch es gelang nicht. Seine rechte Hand tastete nach einem Stein, um damit zuzuschlagen, aber er griff nur in sandigen Kies. Er rang nach Luft und hörte sein Herz pochen und das schrille Kichern einer Frau.

»Lass dich hier nie wieder blicken!«, drohte die Stimme und der Mann ließ von ihm ab. Beide Jogger setzten ihren Lauf fort, als wäre nichts geschehen. Heimer stemmte sich auf die Knie, verharrte einen Moment und stand dann aufrecht. Blut tropfte von seinen Lippen auf den schmutzigen Mantel, und durch die geschwollenen Augenlider fiel ihm die Orientierung schwer.

»Oh Gott! Was ist mit Ihnen?«, rief eine entgegenkommende junge Frau, als Heimer ein paar Schritte weitergegangen war. »Darf ich mal sehen? Sie müssen ins Krankenhaus. Sollen wir einen Notarzt rufen?« Ihr Begleiter, der inzwischen ebenfalls vor Heimer stand, wählte die Notrufnummer, ohne eine Antwort abzuwarten.

»Ja. Danke«, nuschelte Heimer mit aufgeplatzten Lippen. Trotz der Schmerzen war er erleichtert, denn es hätte auch ganz anders ausgehen können. Den schrillen Pfeifton im linken Ohr versuchte er zu ignorieren.

»Wir warten auf den Rettungswagen«, sagte die Frau und sah dabei ihren nickenden Begleiter an, der frierend die Arme über der Brust verschränkte. Durch die halb zugeschwollenen Augen sah Heimer das junge Pärchen nur undeutlich. Sie tuschelten in Französisch miteinander, was er nicht verstand. Endlich war von weitem das Heulen der Martinshörner zu hören.

8

Der Arzt betrat gut gelaunt das Krankenzimmer. »Wie fühlen Sie sich heute Morgen?« Er setzte sich zu Heimer aufs Bett und überprüfte Blutdruck und Puls. »Sie sind mit einem blauen Auge davongekommen. Bei dieser Schlagtechnik wird normalerweise das Nasenbein zertrümmert und die Schneidezähne brechen nach innen. Sie hatten Glück, dass ihre Stirn den Kniekuss abgefangen hat.«

»Ich hatte keine Möglichkeit, mich zu wehren.«, nuschelte Heimer.

»Haben Sie Schluck- oder Hörprobleme?«

»Ich kam mir so ohnmächtig vor.« Heimer schüttelte den Kopf.

»Die Tritte haben keine inneren Organe verletzt.« Der Arzt sah ihn grübelnd an. »Aber die psychischen Folgen bleiben bei der Computertomografie bekanntermaßen außen vor.« Er setzte ein mildes Lächeln auf.

»Die wollten mir einen Denkzettel verpassen.«

Er nickte und überreichte Heimer einen Brief, der in seiner Manteltasche steckte. »Für Ihr Gespräch mit der Kantonspolizei.«

»Ich möchte das Krankenhaus heute verlassen.«

Der Arzt sah Heimer eine Weile schweigend an. »Wenn Sie mir versprechen, die Blutergüsse und Prellungen zu kühlen. Ich schreibe Ihnen eine Salbe auf, die Sie morgens und abends auftragen, und ein Schmerzmittel für die nächsten Tage bekommen Sie mit.«

Heimer gab seine halb liegende Position auf und setze sich auf die Bettkante. »Danke. Ich fühle mich fit.« Wieder dieses sanfte Lächeln. Glaubte er ihm nicht? Der verständnisvolle Gesichtsausdruck wirkte wie bei einem

Vater, der die Lüge seines Kindes durchgehen ließ.

»Ihre Psyche hat wahrscheinlich auch was abbekommen. Sie sollten eine therapeutische Begleitung für die nächsten Tage in Betracht ziehen.«

»Ich kenne mich mit Traumatisierungen aus. Das ist mein Job.«

»Verstehe«, sagte der Arzt und sah Heimer ernst an.

»So war es nicht gemeint. Danke für Ihren Hinweis. Sobald Anzeichen auftreten, lasse ich mich behandeln.«

»Nehmen Sie nicht nur Panikattacken und Flashbacks zum Anlass, sondern achten Sie auch auf Albträume und Einschlafprobleme.«

»Das habe ich im Griff«, log Heimer und verschwieg, dass er in der Nacht hyperventilierend im Bett gelegen hatte.

Reiner Wirtz von der Kantonspolizei Zürich nahm um sechzehn Uhr dreißig die Strafanzeige gegen Unbekannt auf. Heimer schilderte den Überfall am See in allen Einzelheiten. Parallel dazu tippte der Polizist den Sachverhalt in den Computer ein und unterbrach Heimer, sobald er einen Absatz beendet hatte, um ihn vorzulesen. Als Heimer seinen Verdacht gegen den Sicherheitsdienst der Kliniken äußerte, runzelte Wirtz kurz die Stirn. Heimer erwähnte die Begegnungen mit Christiana Witt in Berlin, mit Professor Witt in der Klinikzentrale und seine Befürchtung, dass Frau Witt zur Abtreibung gezwungen werden könnte.

Wirtz hatte die Tastatur zur Seite geschoben und fuhr sich mit einem angekauten Bleistift übers Kinn.

»Frau Witt ist spurlos verschwunden. Geben Sie eine Suchmeldung heraus«, nuschelte Heimer.

»Nach solchen Erlebnissen neigt man dazu, Zusammenhänge zu sehen, wo keine sind. Das ist verständlich. Ich denke, Sie brauchen Distanz zum Geschehen«, sagte Wirtz.

»Wie oft muss ich es wiederholen? Die werden mir den Hals durchschneiden, wenn ich nicht verschwinde.« Heimer, der die Silben nur unter Schmerzen über die aufgeplatzten Lippen brachte, verlieh seiner Stimme Nachdruck. »Jemand hat die Täter beauftragt, mich einzuschüchtern. Ansonsten hätten die doch meine Brieftasche mitgehen lassen.«

»Sie sind nicht das erste zufällige Opfer, das hier sitzt. Wir haben es wahrscheinlich mit zwei Männern zu tun, die ihren Frust an Ihnen abreagiert haben.«

Heimer erkannte allmählich, dass er die Unterstützung der Polizei verlieren und sogar die Ermittlungen grundsätzlich gefährden würde, wenn er auf seiner Version beharrte, und lenkte ein. »Sie haben Recht, eine hohe psychische Belastung führt oft zu einer verzerrten Wahrnehmung.«

»Etwas Ruhe in den nächsten Tagen wird Ihnen guttun.«

»Danke, Ihren Rat werde ich befolgen.«

Wirtz druckte die Strafanzeige aus und legte sie ihm zur Unterschrift vor. »Unterschreiben Sie bitte rechts auf der letzten Seite mit ihrem vollen Namen. Dann sind wir für heute fertig.«

»Eine Sekunde«, sagte Heimer und überlegte kurz, ob er es riskieren sollte: »Ich glaube, Frau Witt hat die Täter gesehen. Sie ist eine wichtige Zeugin.«

Kurz darauf verließ Heimer die Polizeidienststelle.

Am Abend ließen die geschwollenen Lippen es immerhin zu, dass Heimer im Hotelzimmer eine Suppe schlürfte. Er nippte an einem Glas Wasser, nahm zwei Schmerztabletten, die ihm der Krankenhausarzt mitgegeben hatte, und schlief halbdösend im Sessel ein. Kurz nach zwanzig Uhr wachte er auf und rief Frank an. Heimer nuschelte, was in den letzten zwei Tagen geschehen war. Seine Lippen hatten mehr Worte geformt, als er gehofft hatte, vorbei an diesem dumpfen, pochenden Schmerz. Er hielt inne, sah sich am Ende, wie nach einem Marathonlauf, bei dem man sich überanstrengt hatte. Die Stille irritierte ihn, war die Verbindung unterbrochen? »Hallo, bist du noch da?«

»Bist du noch ganz dicht im Kopf?«, platzte es aus Frank heraus. »Hör auf, Detektiv zu spielen! Setz dich morgen in den Flieger und komm zurück. Das ist –«

»Christiana ist was Schlimmes zugestoßen. Sie schwebt in Gefahr«, fuhr Heimer dazwischen.

»Du bist in Gefahr! Hast du das nicht begriffen?«

»Soll ich Christiana im Stich lassen?«, schrie Heimer und verzog schmerzvoll das Gesicht.

»Christiana, Christiana! Mein Gott, die spielt doch nur mit dir. Sie ist krank!«

»Ich werde bedroht, das beweist ja wohl das Gegenteil. Warum sonst soll ich aus Zürich verschwinden?«

»Was weiß ich! Du bist in etwas hineingeraten, das eine Nummer zu groß für dich ist. Kapier das doch endlich und mach die Fliege.«

»Sobald ich mit ihr gesprochen habe und sie in guten Händen weiß.«

»Bist du noch zu retten? Hast du die Diagnose ihres Mannes vergessen? Mit wem willst du reden? Bei einer dissoziativen Identitätsstörung hast du ja eine gewisse Auswahl.«

»Ich werde es herausfinden.«

»Stefan, hier warten Patienten. Jeden Tag wird die Warteliste länger und du wirst –«

Mit »Bis bald« schnitt er Frank das Wort ab und beendete das Telefonat. Heimer lehnte sich im Sessel zurück, betastete die angeschwollenen Lippen, schloss die Augen und dachte nach. Frank wollte nur sein Bestes, er hätte sich wenigstens bei ihm bedanken müssen. Selbst wenn es ihm gelänge, mit Christiana zu sprechen, was würde das bringen? Seine Gedanken kreisten wie eine

Roulettekugel im Kessel, die endlos hin- und hersprang. Heimer schluckte einen weiteren Pillencocktail aus Schmerzmitteln, Schlaftabletten und einem Fläschchen Hennessy. Im Bett schien der Cocktail allmählich nicht nur die Schmerzen zu betäuben.

9

Die Kaffeetasse zitterte vor seinem Mund. Heimer stellte sie vorsichtig ab und wartete einige Sekunden. Mit zwei Händen führte er sie erneut zur Unterlippe, kippte die Tasse nach oben und schluckte etwas Kaffee. Obwohl er nicht gefrühstückt hatte, stocherte er mit der Gabel auf einem vollen Mittagsteller herum. Die Hoffnung, den benebelten Kopf durch Koffein und ein paar Happen freizukriegen, erfüllte sich nicht.

Am Nachmittag mietete Heimer einen Wagen, kaufte Pfefferspray und sieben Exemplare der Modezeitschrift »The Young Lady.« Eine Viertelstunde verbrachte er in einem Copyshop. Er war entschlossen, seinen Plan umzusetzen.

Gegen sechzehn Uhr dreißig parkte Heimer schräg gegenüber der Villa, aus der vorgestern die Musik gedrungen war. Er ließ das Schiebefenster runter, hielt die Luft an, um am Handy atemlos zu klingen, und wählte die Nummer der Polizei.

»Polizeistation Küsnacht. Wachtmeister Tobler am Apparat. Was kann –«

»Schreie! Da passiert was Furchtbares. Sie müssen kommen!«, schrie Heimer ins Telefon.

»Bleiben Sie bitte ruhig. Sagen Sie uns Ihren Namen und wo Sie sind.«

»Vor dem Haus der Witts! Bergstraße! Küsnacht!« Heimer pumpte Luft in die Lunge, wie ein Athlet nach einem Vierhundertmeterlauf.

»Ihren Namen und Ihre Telefonnummer bitte, die wird nicht –«

»Da! Sie brüllt wieder. Ich stehe vor dem Haus. Kommen Sie, ehe es zu spät ist!«

»Ihren Namen, bitte.«

»Wenn der rauskommt, bin ich erledigt. Ich glaube, er schlägt seine Frau tot.«

»Wir schicken einen Streifenwagen in die Bergstraße.«

»Bitte beeilen Sie sich!«

»Bleiben Sie vor Ort.«

»Ich muss ihr helfen!« Heimer legte auf und rutschte auf dem Sitz nach unten. Sieben Minuten später fuhr ein Polizeiwagen vor. Zwei uniformierte Polizisten stiegen aus und klingelten. An der Gegensprechanlage schien ein heftiger Wortwechsel stattzufinden. Die Uniformierten gestikulierten und sahen sich zwischendurch an, als wären sie nicht einer Meinung. Erneut drückte einer mehrfach auf die Klingel. Heimer hatte jetzt zumindest die Gewissheit, dass Familie Witt in der Villa mit der Hausnummer 11 wohnte. Das Gartentor öffnete sich automatisch, die Polizisten verschwanden hinter den hohen Lorbeerhecken. Nach rund zehn Minuten standen sie wieder auf der Straße und schauten sich um. Heimer rutschte auf dem Fahrersitz tiefer und schloss die Augen. Falls sie an die Fensterscheibe klopften, würde er sich schlafend stellen. Er hörte ein Motorengeräusch, hob vorsichtig den Kopf und sah die Rücklichter des Polizeiwagens.

Heimer stieg aus, nahm die Papiertasche mit den Zeitschriften aus dem Kofferraum und schlenderte zum See. An einer Bank hingen ein paar Kinder rum.

»Möchte jemand zwanzig Franken verdienen?«, fragte Heimer in die Runde.

Die beiden Jungs schauten das Mädchen in ihrer Mitte an. Schließlich sagte sie: »Kommt drauf an.«

»Kannst du diese Zeitschriften in der Bergstraße in die Briefkästen werfen?«

»Bei den Psychos?«

»Nur was einwerfen.«

Das Mädchen sah die Jungs an, die reglos ihren Blick erwiderten. »Zwanzig Franken lassen sich schlecht teilen.«

»Dann dreißig. Einverstanden?«

»Ist ein Deal«, triumphierte das Mädchen.

Heimer überreichte die Papiertasche mit den Modemagazinen. »Eine Villa hat keine Hausnummer. Sie liegt zwischen 9 und 13 und bekommt auch eine Zeitschrift.«

Er drückte ihr dreißig Franken in die Hand. »Ah, fast hätte ich es vergessen. Wartet bitte noch zehn Minuten mit dem Austragen.«

Die beiden Jungs sahen wieder das Mädchen an.

»Okay«, sagte sie.

Heimer saß wieder in seinem Leihwagen und wartete. Einige Minuten später sah er das Mädchen mit den beiden Jungs, die unschlüssig vor der ersten Villa verharrten. Sie schaute links und rechts, steckte eine Zeitschrift in den Briefkasten und sah sich erneut um. Sie rannte zur nächsten Villa und warf dort ebenfalls ein. Die Jungs waren ihr gefolgt und übernahmen die weiteren Zeitschriften. Heimer blieb über eine Stunde im Wagen sitzen und beobachtete die Straße. Auf jedem Friedhof war mehr Leben.

10

Am nächsten Morgen betastete Heimer vor dem Badezimmerspiegel seine geschwollenen Lippen, untersuchte die rötlich-blauen Flecken und das Veilchen. Er sah übel aus, daran änderte auch das Pflaster nichts, das er sich auf die linke Augenbraue geklebt hatte. Nach dem Frühstück rief er Reiner Wirtz von der Kantonspolizei in Zürich an, um sich über den Stand der Ermittlungen zu erkundigen. Wirtz nahm seinen Anruf förmlich entgegen und lud ihn für fünfzehn Uhr vor, ohne ein weiteres Wort zu verlieren.

Heimer wartete eine Viertelstunde auf dem Flur, bevor Wirtz ihn mit ernster Miene begrüßte und schweigend in sein Büro führte. Eine kurze Handbewegung deutete auf einen Stuhl vor dem ramponierten Schreibtisch. Kein Lächeln, kein Blickkontakt. Was war geschehen? Sie saßen einander gegenüber und schwiegen. Sekundenlang war nur das Ticken der Wanduhr zu hören. Eine unterkühlte, fast bedrohliche Stille, die seine Befürchtungen verstärkte: War Christiana tot?

»Herr Heimer, die Zeugenaussagen lassen alles in einem neuen Licht erscheinen«, sagte Wirtz, der Heimer jetzt mit ernstem Blick fixierte.

»Inwiefern?«

»Wir ermitteln wegen Stalking gegen Sie.«

»Wie bitte?«

»Frau Witt fühlt sich durch sie bedroht.«

Heimer öffnete den Mund und blieb doch sprachlos. »Ich verstehe nicht«, sagte er und sah Wirtz in die Augen.

»Wegen Ihnen hat sie sich eine neue Handynummer

zugelegt. Sie traut sich nicht mehr auf die Straße und will nur noch, dass es endlich aufhört.«

Heimer schüttelte den Kopf und sagte aufgebracht: »Nein, das kann nicht sein!«

»Sie observieren Ihr Haus, rufen die Polizei unter falschem Vorwand an, beschuldigen grundlos einen angesehenen Bürger dieser Stadt. Ist Ihnen klar, was Sie da tun?«

»Das stimmt so nicht! Sie hat mich in Berlin aufgesucht und um Hilfe gebeten.« Heimer beugte sich vor, sein Magen zog sich wie eine Schlinge zu.

»Wenn Sie es abstreiten, kommt es auf Basis der Beweise zu einem Strafverfahren. Uns liegen Aufnahmen einer Überwachungskamera vor, die zeigen, wie Sie stundenlang das Haus der Witts observieren.«

»Ich sagte doch –«, setzte Heimer an und schwieg. Wie gelähmt saß er auf dem Stuhl. Seine Gedanken kamen ihm vor wie ein gefrorenes Handbuch, verkrustet und starr. Der Kommissar tippte eifrig auf der Tastatur und drückte schwungvoll die letzte Taste. Er schaute auf und sagte versöhnlich: »Liebe macht nun mal blind.«

»Sie ist meine Klientin, sie ist –«

»Wenn Sie mir versprechen, ihr nicht mehr nachzustellen und sich von den Kliniken fernhalten, lassen wir es auf sich beruhen. Für Professor Witt wäre die Angelegenheit damit auch erledigt. Sind Sie einverstanden?«

»Ja ... sicher, wenn sie es so sieht.« Heimer sprach stockend, seine Hände hatten sich ineinander verhakt, als könnte er sich daran festhalten. »Haben Sie mit ihr ... persönlich gesprochen?«

»Meine Kollegen aus Küsnacht haben das Gespräch geführt.«

Er war auf den bitteren Streich einer gelangweilten Ehefrau hereingefallen. Was war er nur für ein blinder Trottel? Er wollte hier raus, niemanden mehr sehen.

Heimer lag im Hotelbett. Das Licht der Straßenlaterne drang durch einen schmalen Spalt zwischen den Vorhängen, die er vor Stunden zugezogen hatte. Könnte er nur schlafen und alles vergessen. Stattdessen wälzte er sich auf dem Bett herum. Offenbar war sie eine Psychopathin, die skrupellos manipulierte.

Stunden später kam ihm dieser Gedanke unwirklich vor. Er sah ihre Grübchen vor sich, ihren charmanten Blick und das Leuchten in ihren Augen, als sie von ihrem Plan erzählte. Er war gefangen in diesen Bildern. Sie wusste sich zu kleiden, zog die Blicke auf sich, und er war alltäglich, eine graue, nachdenkliche Erscheinung, die man, wenn überhaupt, erst beim zweiten Mal bemerkte. Eine realistische Selbsteinschätzung hätte diesen Schmerz vermieden. Er hatte aus den Begegnungen die falschen Schlüsse gezogen. Christiana traf keine Schuld. Traumatische Ereignisse in der Kindheit, vielleicht Missbrauch oder eine totale Vernachlässigung hatten sie zu dem gemacht, was sie heute ist. Ihm blieben die Vorwürfe, das nicht erkannt zu haben und schlimmer noch, er konnte sich ihr emotional nicht entziehen. Er hatte oft Patienten behandelt, die von ihrer Liebe verschmäht wurden, die sich monatelang mit dem Gedanken quälten, nicht schön genug, nicht interessant genug, nicht lustig genug zu sein. Das Gefühl, nicht gut genug zu sein, versuchte er durch Fragen zu relativieren, um die Botschaft zu platzieren: Dieser eine Mensch war nicht der Maßstab, nicht die Welt, sondern nur einer von Millionen. Gelegentlich baute er die alte Psychologenweisheit, *eine Enttäuschung befreit von einer Täuschung*, ein. Diesmal galt es für ihn. Jetzt sehnte er sich nach Schlaf und wollte alles vergessen. Um den kreisenden Gedanken zu entfliehen, stand Heimer auf, nahm zwei Schlaftabletten und trank dazu einen Weißwein aus der Minibar, dessen Qualität zu seiner Stimmung passte. Seine Gedanken wurden allmählich schwerfälliger und verschwanden.

Heimer schrak im Bett auf. Etwas knirschte an der Zimmertür wie Metall auf Metall, dann eine kurze Pause, dann setzten die Geräusche erneut ein. Er wagte kaum zu atmen, sah sich hilflos um, eine Wasserflasche war die einzige Waffe. Herzrasen setzte ein. Plötzlich hörten die Geräusche auf, seine Panik jedoch nicht. Er versuchte normal ein- und auszuatmen. Vergebens. Die Lungen schienen außer Kontrolle. Raus hier, nach draußen, um nicht zu ersticken. Hose, Schuhe und Jacke lagen griffbereit. Wenige Minuten später stand er auf der Straße, langsam beruhigte sich seine Lunge in der kalten Luft. Etwas stimmte nicht, trieb ihn vom Hotel fort. Dabei war es sinnlos davonzulaufen, denn diese Form der Angst läuft mit. Dennoch traute er sich erst nach einigen Runden zurück. Sein Entschluss stand fest: Morgenfrüh würde er abreisen. Er hätte Christiana gern Lebewohl gesagt. Aber wen würde er antreffen? Die, die er kannte, oder die andere Persönlichkeit in ihr? Ein Forschungsbericht kam ihm in den Sinn, den er vor einigen Jahren gelesen hatte: Bei Multiplen Persönlichkeiten konnte man belegen, dass jede Identität ihr eigenes Netzwerk von Nervenzellen verwendet, um sich zu erinnern. Der Zugang zu den Erinnerungen der jeweils anderen Persönlichkeit war lückenhaft oder gar verwehrt. Bekannte Gesichter wurden zu fremden Menschen, kein Wunder, dass Christiana ihn für einen Stalker gehalten hatte. Sie litt an einer schweren psychischen Erkrankung, und war er der Richtige, um ihre verschiedenen Persönlichkeiten miteinander bekanntzumachen? Er wusste es nicht, aber er konnte Witt nicht trauen, dessen einziges Ziel es war, ihn so schnell wie möglich loszuwerden. Heimer warf den Entschluss der sofortigen Abreise um, er würde einen letzten Versuch unternehmen, der Wahrheit näher zu kommen. Außerdem wäre ein gesagtes »Leb wohl« auch ein Schritt, sich von Christiana freizumachen. Er hatte keine Möglichkeit, es ihr persönlich zu sagen. So blieb ihm nur der Vater, der es hoffentlich ausrichten würde.

11

Professor Beckmann hatte ihn ohne zu zögern hineingelassen und sogar gefragt, ob er etwas trinken wolle. Er schien wie verwandelt, als wäre er von etwas befreit.

Nachdem sie sich gesetzt hatten, hörte Beckmann aufmerksam zu: Heimer schilderte Christianas Verzweiflung in seiner Berliner Praxis, ihren souveränen Auftritt im Adlon und erwähnte den Plan, den sie im Restaurant am Zürichsee geschmiedet hatten. Professor Beckmann schwieg und nickte nur gelegentlich. Als Heimer den Verdacht äußerte, Christianas Persönlichkeit habe sich in der Kindheit gespalten, winkte Beckmann ab.

»Ich würde es wissen, wenn Christiana eine dissoziative Identitätsstörung hätte«, sagte Beckmann und presste die Lippen zusammen.

Heimer hatte keine andere Antwort erwartet. »Hat Christiana noch Kontakt zu ihrer Mutter?«

»Sie starb an Brustkrebs, als Christiana zwölf Jahre alt war. Es war eine schwere Zeit für Christiana, für uns alle.« Am Ende des Satzes hatte er ein trauriges Lächeln auf den Lippen, als hätte er seinen Frieden gefunden.

Heimer hatte weitere Puzzlesteine erbeutet: Der Verlust der Mutter hatte Christiana sicherlich geprägt, ein grausamer Einschnitt in ihrem Leben, und Mädchen neigten dazu, die entstandene Lücke zu füllen. Er würde später darauf zurückkommen. Stattdessen erzählte er, dass die Polizei ihn des Stalkings bezichtige, was ein unglaublicher Vorwurf sei.

»Ich glaube Ihnen«, sagte Beckmann so überzeugt, als wüsste er es.

Heimer nickte erleichtert.

Beckmann betrachtete die Gesichtsverletzungen und

fragte danach. Heimer antwortete ausweichend und verschwieg seine nächtliche Panikattacke.

Beckmann hob den Zeigefinger. »Ihre Angst ist verständlich und steht in einem angemessenen Verhältnis zur Bedrohung.«

Es klang wie die Verkündung einer mathematischen Formel, die in Heimers Kopf nachhallte. Dann ließ er die Gedanken heraus, die er nicht mehr in sich halten konnte. »Ich frage mich, ob vielleicht der Tod von Christianas Mutter und in deren Folge ihre neue Rolle –«

»Nein. Was Sie vermuten, ist nicht der Fall!«, unterbrach ihn Beckmann lautstark.

Es war sinnlos. Morgen würde er in sein altes Leben zurückkehren und diesen Albtraum hinter sich lassen. Vielleicht würde er in ein paar Monaten sogar über seine Schweizer Episode lachen können. Er stand auf und reichte Beckmann die Hand, um sich zu verabschieden.

Wenn es so etwas wie einen psychiatrischen Blick gab, dann war es der Blick, mit dem Beckmann ihn jetzt bedachte. »Wir sind noch nicht am Ende. Bleiben Sie bitte.«

Heimer schaute Beckmann verunsichert an.

»Manchmal höre ich die innere Melodie der Menschen, die vor mir stehen.«

Ein spöttisches Lächeln huschte über Heimers Gesicht. »Und wie klingt meine?«

Beckmann ließ sich Zeit mit der Antwort: »Eine leise, nachdenkliche Melodie, etwas melancholisch auch, was mich an *Wie einst Lilli Marlen* erinnert.«

»Nicht gerade wissenschaftlich.«

»Sie sind in Ihrer Vergangenheit gefangen. Sie müssen sich daraus befreien, sonst werden noch mehr verpasste Gelegenheiten Ihren Weg säumen. Sie haben ein großes Problem, und das ist Ihr geringes Selbstwertgefühl.«

»Eine voreilige Diagnose.«

»Sie sind verliebt in meine Tochter. Anders kann ich mir ihr Verhalten nicht erklären. Aber gestehen Sie sich das ein? Selbst wenn Christiana unverheiratet wäre, hätten Sie nicht den Mut, sie anzusprechen. Ihr Grundproblem ist die Erfahrung, nicht wertvoll genug zu sein, um geliebt zu werden. Sie vermeiden Situationen, in denen Sie Ablehnung erfahren könnten.«

»Das führt zu nichts. Ich leide an keiner sozialen Phobie.«

»Ihr Vermeidungsverhalten ist offensichtlich und das wissen Sie selbst.«

»Ich muss jetzt los.«

»Darf ich Ihnen einen Rat geben?«

»Ja, wenn Sie sich kurzfassen.«

»Warten Sie nicht zu lange mit einer psychologischen Aufarbeitung und sprechen Sie mit Christiana.«

»Mit Christiana!«, brach es aus Heimer hervor. »Das versuche ich doch schon die ganze Zeit! Wie kann ich sie erreichen?«

»Wenn es so weit ist, wird sie sich bei Ihnen melden.«

»Was soll das heißen?«

»Nur Geduld. Ihr Mann hat mir heute einen Brief von ihr gegeben. Sie fragt mich, ob ihr ein Kleid in Hellblau oder Weiß besser steht.« Grinsend schüttelte er den Kopf. »Normalerweise richtet sie sich nie nach meinem Geschmack. Ganz im Gegenteil, früher hat sie bestimmt, welche Krawatte zu meinem Hemd passt.« Er lächelte in sich hinein. »So einen sonderbaren Brief hat sie noch nie geschrieben.«

»Darf ich ihn sehen?«

Beckmann nahm einen Umschlag vom Tisch und zog ein beschriebenes Blatt heraus, die ausgerissene Seite aus einer Modezeitschrift und ein weiteres Blatt, von dem er ablas:

»Am Ende des Tages wird deine
Seele gewogen und ist sie
leichter und reiner als Luft wirst
du schlafen wie in einem Himmelbett.«

Beckmann hielt inne. »Christiana würde gern den Autor kennenlernen, obwohl sie den Autor schon kennt. Ist das nicht merkwürdig? Der gleiche Text steht auf der Website Ihrer Gemeinschaftspraxis.« Beckmann überreichte den Brief. »Lesen Sie nur.«

Lieber Papa, ich hoffe, es geht Dir gut.

Wegen meiner Erkrankung kann ich Dich nicht besuchen, was mich sehr schmerzt. Berthold macht sich nach wie vor große Sorgen. Ich glaube, dass er zu ängstlich ist. So plötzlich wie sie aufgetreten ist, wird sie auch wieder verschwinden. Mach Dir bitte keine Sorgen um mich. Vielleicht kann ich Dich schon in ein paar Wochen wieder regelmäßig sehen, so wie früher. Gemeinsam auf den blauen See schauen und über Gott und die Welt philosophieren.

Eine Bitte noch: Auf dem beigefügten Blatt ist unten ein wadenlanges Kleid abgebildet, das mir sehr gefällt. Ich kann mich allerdings nicht entscheiden, ob ich es in Hellblau oder Weiß bestellen soll. Was denkst Du? Und sag nicht, dass ich beide kaufen soll. So hast Du Dich früher immer davor gedrückt und das Doppelte von dem herangeschafft, was ich eigentlich brauchte.

Neuerdings liegen den Zeitschriften auch Aphorismen bei. Ich möchte diesen Spruch in meinem Zimmer aufhängen. Kannst du den Autor ausfindig machen? Wenn ja, schreib ihm einfach, dass ich gern noch mehr von ihm lesen würde.

Ich vermisse dich sehr!

Christiana

Heimer hielt den Brief noch einige Sekunden in den Händen, ehe er ihn mit den Worten: »Danke, dass ich das lesen durfte« zurückgab. »Sie haben eine bewundernswerte Tochter.«

»Ist etwas mit diesem Brief?«

»Nein, alles in Ordnung.«

Heimer verabschiedete sich hastig. An der Wohnungstür drehte er sich um und rief: »Hellblau!«

»Was?«

»Das Kleid!«

Beckmann ließ sich in einen Sessel fallen und bedauerte, dass er mal wieder zu geschwätzig war. Hoffentlich durchschaute Heimer nicht, was vor sich ging.

Zuversicht breitete sich wie eine Welle in Heimer aus und spülte sämtliche Zweifel weg. Christiana lebte und suchte seine Nähe. Und für einen Augenblick schien alles machbar.

12

»Nahm der Traum ihn an die Hand, um zu bewahren, aber war das Leben nicht dort, wo man liebte?«, schrieb Heimer in sein Tagebuch. Eine Servicekraft, die das Geschirr abräumen wollte, riss ihn aus seinen Gedanken. »Haben Sie noch einen Wunsch? Das Frühstücksbuffet wird gleich abgeräumt.«

Heimer klappte das Tagebuch zu und schob den Teller mit der angebissenen Brotscheibe an die Tischkante. Er brachte ein verspätetes »Danke« hervor und starrte in die leere Teetasse, als sähe er im Bodensatz seine Zukunft.

Die Traumbilder der letzten Nacht nagten an ihm. Er sah wieder vor sich, wie er mit bloßen Händen im Waldboden gegraben hatte, bis seine Fingerspitzen blutig waren, wie die dunkle Stimme ihn gedrängt hatte, immer tiefer zu graben, wie seine Hände plötzlich die eines Skeletts gewesen waren. Es war nur ein Traum, sagte er sich. Träume warnten nicht vor drohendem Unheil, sie prophezeiten nicht die Zukunft, sondern reflektierten die Vergangenheit, in einer eigenen Sprache, bizarr und kryptisch. In den Therapiestunden griff er auf die erinnerten Träume seiner Patienten zurück, in denen Erlebtes verzerrt, verfälscht, vermischt, zu willkürlichen Geschichten zusammengesetzt wurde. Sie öffneten ihm die Tür zu ihrer verborgenen Psyche.

Gegen halb zwölf parkte Heimer vor der Villa mit der Hausnummer 11, schaute sich um und war entschlossen zu klingeln. Vor der Garageneinfahrt stand ein weißer Caddy mit der grünen Aufschrift *Garten- und Landschaftsbau Jonas Frei*. Die Garage war offen und er konnte durch sie hindurch auf eine angelehnte Tür blicken, die zum Grundstück führte. Heimer klingelte mehrmals an der Gartenpforte. Erst verhalten, dann stürmisch. Alles blieb still. Er schaute sich noch einmal um, auf der Straße war niemand zu sehen. Mit ein paar schnellen Schritten betrat er die Garage und spähte durch die Tür in den weitläufigen Garten. In der Mitte flimmerte ein Teich in der Sonne, umgeben von Bambus und Schilf. Am Ende der Wiese ragten große Ahornbäume hervor. Ein Mann in einer grünen Latzhose bestieg eine Leiter und setzte gerade die Kettensäge an, um den Ahorn zu stutzen. Die Säge dröhnte und ratterte in die Stille hinein.

Heimer betrat die Villa durch die offene Glasschiebetür auf der Terrasse und rief mehrfach. Keiner antwortete. Er stand in einem großzügigen hellen Wohnraum. Die Fensterfront zum Garten war in Boden- und Deckenschienen verankert, die eine flexible Anordnung ermöglichten. Der Raum war kühl und geradlinig gestaltet. Die zahlreichen Details und Exponate in einer riesigen, langgezogenen Bücherwand fielen erst auf den zweiten Blick auf. Er fühlte sich unwohl, und sein Magen kommunizierte es ihm schmerzhaft. Wie sollte er das nur erklären, was er hier machte? »Nur der Keller«, flüsterte er seinem Magen zu.

Es waren Vorrats- und Waschräume, die keine Besonderheiten aufwiesen. Leise ging er auf Zehenspitzen Stufe für Stufe in den ersten Stock. In kurzen Abständen lauschte er, ob er allein war. Die weißen Holztüren sämtlicher Räume waren offen. Kühle Luft strömte durch die Etage. Ein Schlafzimmer mit Doppelbett und ein zweites Zimmer mit Einzelbett betrachtete Heimer vom Flur aus. Die Fenster waren gekippt, die Betten waren nicht gemacht, die Bettdecken aber in beiden Räumen zum Lüften umgeschlagen. Die nächste Tür führte ins Arbeitszimmer. Dort hing eine Grafik, die einen traditionellen japanischen Bogenschützen vor dem Hintergrund einer schemenhaft skizzierten Berglandschaft zeigte. Sein gespannter, fast mannshoher asymmetrischer Bogen visierte ein Ziel an, das man nicht sah. Den mit schwarzer Tusche gezeichneten Rock des Schützen berührte er behutsam und ließ eine Fingerkuppe über das poröse Papier gleiten. Strebte Witt nach Gelassenheit und Konzentration? Was wir sehen, erzeugen wir selbst, rief sich Heimer in Erinnerung. In den Bücherregalen stapelte sich psychiatrische Fachliteratur. Nicht wie ein Buch, sondern wie ein Altarbild wirkte *Das rote Buch* des Schweizer Psychologen Carl Gustav Jung. Die bibliophile Faksimile-Ausgabe lag aufgeschlagen auf einem Leseständer und zeigte einen kalligrafisch gestalteten Text. Die farbige Illustration daneben enthielt vermutlich Hinweise auf seine Theorie des kollektiven Unbewussten. Links und rechts davon waren alte Erstausgaben aufgereiht, die ebenso kostbar wirkten wie die japanische Grafik. Heimer betrachtete einige Buchrücken, öffnete Schranktüren und fand einen verschlossenen Tresor, auf dem ein vergilbter handgeschriebener Brief lag. Er war auf den 22. Mai 1949 datiert und mit *Ihr stets ergebener C.G. Jung* unterzeichnet. Adressat war Dr. Wilhelm Witt in Zürich. Handelte es sich um Witts Großvater? Jung bedankte sich darin für das Gespräch in Küsnacht und äußerte den Wunsch nach weiteren Gesprächen. Heimer überflog weitere Briefe, die auf dem Schreibtisch lagen und zog die oberste Schublade ein Stück heraus. Zwei aufgerissene Medikamentenschachteln mit Psychopharmaka lagen zwischen Bleistiften, Büroklammern und Kugelschreibern. In den weiteren Schubladen blätterte er durch alte Rechnungen, Euroscheine und lose Notizzettel. Alles legte er genauso zurück, wie er es vorgefunden hatte.

Im nächsten Zimmer sah ihn ein großer Kuschelbär mit runden Augen an, der in einem weißen Gitterbett saß. Über dem Bett hing ein Mobile mit kleinen Wolkenschäfchen, die vor einem großen Regenbogen schwebten. Auf der Wickelkommode lag ein hellbraunes Schmusetuch mit zwei langen Hasenohren. Die Wände waren in einem hellen, leichten Blau gestrichen. Ein farbiges Wand-Tattoo umrundete mit einem langgezogenen Schweif und sieben Sternen den Schriftzug *Baby Apollon*.

Im Ankleideraum standen zwei achttürige weiße Kleiderschränke. Am seitlichen Ende des Raumes hing ein Garderobenspiegel, gegenüber stand ein modernes rotes Sofa. Vor dem bodentiefen Fenster schaute er dem Gärtner zu, der abgeschnittene Zweige in die Schubkarre warf. Ganz ruhig stand Heimer so da, als wäre er schon eingezogen. Er öffnete den Kleiderschrank und befreite ihren Duft, der sich eingelagert hatte. Ein Hauch von Vanille mit orientalischem Charakter umhüllte ihn. Sie hatte ihre Kleidungsstücke fein säuberlich nach elegant, beruflich und sportlich einsortiert. Unterwäsche, Strümpfe und Accessoires lagen in Schubladen, die er durchkramte. Heimer fand nichts, außer der Erkenntnis, dass sie in diesem Zimmer eine gewisse Form der Pedanterie auslebte. Er schmunzelte kurz. Sie hatte vorgesorgt, der zehnjährige Textilarbeiterstreik konnte beginnen.

Von unten kam Musik. Christiana. Seine Gedanken rasten, wurden panisch. Was würde sie von ihm halten? Er schloss leise die Schranktür und lauschte. Er kannte sich selbst nicht mehr. Es war an Peinlichkeit kaum noch zu überbieten. Was hatte ihn nur dazu gebracht, in dieses Haus einzudringen, ihre Privatsphäre zu verletzen? Seine Angst, sie sei in Gefahr, rechtfertigte nicht alles. Raus hier. Heimer huschte aus dem Zimmer zur Treppe. Kurz überlegte er, die Schuhe auszuziehen, verwarf dann den Gedanken. Neben der Eingangstür standen weißgefleckte, stylische Pumps, die ihm vorher nicht aufgefallen waren. Sie würde sein Eindringen niemals billigen, ihn hinauswerfen wie einen aufdringlichen

Vertreter. Er hatte es vermasselt. Auf der nächsten Stufe blieb er stehen, zu aufgeregt, um einen klaren Gedanken zu fassen. Noch fünf Stufen bis ins Wohnzimmer. Er brauchte eine Erklärung, eine, die sie akzeptieren würde. Sie würde ihn gleich zu Rede stellen. Dann müsste er antworten. Aber was?

»Ich nicht erschrecken wollen. Mir niemand gesagt!«, rief eine junge Frau mit spanischem Akzent, die aus der Küche kam. »Sorry, dann hätte geläutet.«

Heimer versuchte, ein entspanntes Gesicht zu machen, so normal wie möglich zu wirken. Kein Ton entwich seiner Kehle. Dass er sich krampfhaft am Geländer festhielt, wurde ihm erst später bewusst.

»Ich heute früher da. Ich dachte, dass macht nix, weil Herrschaften zum Wandern sind. Im Engadin. Ich wusste nix vom Besuch. Sie auch aus Italien?«

Lächelnd schüttelte Heimer den Kopf. »Kein Problem. Ich war gerade auf dem Weg und werde mit den Witts zu Abend essen. Wissen Sie, wie das Hotel heißt, sonst muss ich den Koffer aufmachen und nachschauen.«

»Hotel schick. In St. Moritz. Residences Kempinso oder so ähnlich.«

»Kempinski?«

»Ja, genau.«

»Gracias! Jetzt muss ich los, sonst wird es mit dem Abendessen nichts mehr.«

Heimer hatte den Haustürgriff in der Hand, als er ein fragendes »Koffer?« hörte.

»Der ist schon im Wagen. Danke nochmals.«

Abends kaufte Heimer in der Innenstadt ein Sakko, eine Jeans, zwei Strickjacken, fünf Hemden, drei T-Shirts, eine Badehose, eine Wanderjacke, Wanderschuhe und Wandersocken. Entgegen seiner sonstigen Gewohnheit ließ er sich ausführlich in den Geschäften beraten, folgte den Empfehlungen der Verkäuferinnen, und achtete nicht auf den Preis. Heimer zahlte alles mit der EC-Karte, um sein Kreditkartenlimit zu schonen. Kurz vor Ladenschluss tauschte er den kleinen Leihwagen gegen einen schwarzen 5er-BMW ein.

Im Hotelzimmer legte er alle Abbuchungsbelege nebeneinander auf den Schreibtisch und kam auf rund dreitausend Franken. Bei der telefonischen Buchung im Kempinski wurde seine Vermutung bestätigt: In der verfügbaren Kategorie kostete eine Übernachtung sechshundertzwanzig Franken, man sah keine Möglichkeit, einen Rabatt zu gewähren. Er buchte für vier Nächte.

An diesem Abend saß er noch lange im Sessel. Ein vernünftiges Leben zu führen, war nie sein Ziel gewesen, es hatte sich einfach so ergeben.

13

Am nächsten Tag blinzelte Heimer auf der Fahrt nach St. Moritz in die Sonne. Fachwerkhäuser, winterliche Berghänge und Wiesen zogen an ihm vorbei. Doch sein Blick verharrte auf der Fahrspur der A3. Er analysierte, deutete, spekulierte fortwährend und kam zu keinem Ergebnis. Christiana blieb ihm ein Rätsel: Ihre anfängliche Verzweiflung in seiner Berliner Praxis, zwei Tage später der souveräne Auftritt im Adlon, das bezaubernde Treffen in Zürich, die luxuriöse Villa mit den getrennten Schlafzimmern und der gemeinsame Kurzurlaub in St. Moritz ergaben ein widersprüchliches Bild. War es so, wie es auf ihn wirkte? Würde sie mit ihrem Mann nach St. Moritz fahren, wenn sie in einer bedrohlichen Beziehung lebte? Wie war der Brief an ihren Vater zu deuten? Hätte sie ihn nicht einfach anrufen können? Zahlreiche Fragmente kreisten in seinem Kopf, ließen ihn nicht zur Ruhe kommen.

Der Verkehrsfunk meldete zum dritten Mal eine Staulänge von acht Kilometern. Auf dem Julier-Pass ruhte der Verkehr. Nach etwa zwei Stunden ging es schrittweise voran. An der Unfallstelle regelte die Polizei den Verkehr, während die Feuerwehr versuchte, ausgelaufenes Benzin mit Bindemittel zu beseitigen. Ein roter Porsche war auf die Gegenfahrbahn geraten und frontal mit einem VW Polo zusammengestoßen. Der Fahrerraum des Kleinwagens war auf einen Bruchteil seiner ursprünglichen Größe zusammengedrückt. Die Reste der Windschutzscheiben lagen wie Hagelkörner auf der Fahrbahn. Nach der Unfallstelle fuhr er mit der zulässigen Höchstgeschwindigkeit weiter. In der Abenddämmerung erreichte er St. Moritz und bog im Kreisverkehr in die *Via Mezdi* ein. Viele kleine Lichter an der verspielten Fassade des Belle-Epoque-Hotels wiesen den Weg und versprachen Geborgenheit und Wärme. Er parkte vor dem Hoteleingang, der Portier öffnete die Autotür und begrüßte ihn mit einem höflichen »Guten Abend. Herzlich willkommen im Kempinski.«

Heimer gab den Autoschlüssel ab und atmete tief durch. Die verspielte Fassade, die in der abendlichen Alpenatmosphäre eine vorweihnachtliche Stimmung auslöste, bannte seinen Blick. An der Rezeption erfuhr er, dass für den Abend keine Tischreservierung mehr möglich war. Die Rezeptionistin bot ihm an, bei einem Stammgast nachzuhören, der ebenfalls allein angereist war. Vielleicht könnte er sich dazu setzen. Zurückhaltend nahm er das Angebot an und bedankte sich.

Gegen neunzehn Uhr betrat Heimer das Restaurant und wurde zu einem Tisch in der vorderen linken Ecke geführt. Über die Speisekarte gebeugt saß dort ein älterer Herr mit einem weißen Einstecktuch in der Brusttasche. Als er aufstand, schloss er den mittleren Knopf seines marineblauen Sakkos.

»Guten Abend, Herr Dr. Heimer. Mein Name ist Peter Hofmeister. Nehmen Sie doch bitte Platz. Ich habe gehört, dass die Nachfrage mal wieder größer ist als das Angebot. Kein Wunder bei dieser ausgezeichneten Küche.«

»Hoffentlich störe ich nicht.«

»Ganz im Gegenteil. Ich freue mich über Gesellschaft. Wissen Sie, meine Frau ist vor einem Jahr verstorben und seitdem reise ich allein. Da sind Gesprächspartner immer willkommen. Und was verschlägt Sie nach St. Moritz?«

»Innehalten, den inneren Kompass finden.«

»Das hat Margarete auch immer gesagt. Ich war heute auf der Schmugglerroute, ein nicht allzu schwerer Wanderweg, den sie sehr gemocht hat. Dort habe ich immer das Gefühl, dass sie mich begleitet, und manchmal frage ich sie um Rat. Verrückt, nicht wahr?«

Hofmeisters Redeschwall versiegte, als der Kellner sich näherte und das *Amuse-Bouche* servierte. »Ein Gruß von unserem Küchenchef. Heute haben wir Garnelen auf Erbsen-Parmesan-Creme.«

Heimer hielt unauffällig Ausschau. Zwei Tische waren frei, einer davon stand am Fenster, der andere in der Mitte. Wenn die Witts das Restaurant betraten, würde sie ihn nicht bemerken, es sei denn, sie drehten sich um.

Hofmeister strich eine graue Haarsträhne nach hinten. »Wo war ich stehen geblieben? Ah ja, meine Frau sagte, ich hätte einen Dickschädel und würde nie auf sie hören, was nicht stimmt …« Hofmeister sprach weiter liebevoll über seine Frau und erzählte von gemeinsamen Erlebnissen. Nur beim Servieren der Speisen hielt er jedes Mal inne und betrachtete fast andächtig die kunstvoll angerichteten Teller. Besonders angetan war er vom Dessert, das der Kellner mit den Worten »Weißer Pfirsich im Karamellgitter auf Proseccoschaum« servierte.

In diesem Moment betrat Professor Witt das Restaurant und wurde zu einem Tisch am Fenster geführt, der für drei Personen gedeckt war. Heimer konzentrierte sich auf seinen Gesprächspartner, der dennoch seinen gelegentlich abschweifenden Blick bemerkte.

»Kennen Sie Herrn Professor Witt?«

»Flüchtig«, antwortete Heimer.

»Er ist Vorstand der Schlosskliniken in Zürich. Sagt Ihnen das was?«

»Ein wenig.«

»Der größte gewerbliche Betreiber von Kliniken in der Schweiz. Vielleicht kommt seine Frau noch. Ich habe sie vor zwei Jahren kennengelernt, eine Erscheinung, wie man sie nicht alle Tage trifft.« Er grinste breit. »Sind Sie ihr schon einmal begegnet?«

»Im Vorbeigehen«, log Heimer.

Hofmeister zwinkerte mit dem linken Auge und beugte sich vor. »Sie gehört zu den Frauen, die mit einem Augenaufschlag alles verblassen lassen. Sie sah«, er zögerte, »in ihrem roten Satinkleid hinreißend aus.« Er lächelte und fächerte mit der Hand vor seinem Gesicht. »Sich ihr zu entziehen, ist nahezu unmöglich.« Er schaute kurz nach oben. »Margarete, verzeih mir.« Hofmeister senkte den Kopf mit einem Lächeln. »Und das in meinem Alter!« Er schmunzelte in sich hinein und hoffte wohl auf Widerspruch, der ausblieb. Er seufzte auffällig.

»Alles hat seine Zeit«, sagte Heimer, weil ihm nichts Geistreicheres einfiel.

»Sie ist zu jung für ihren Mann. So etwas hält nicht auf Dauer, nicht wahr?«

»Witt ist eine interessante Persönlichkeit.«

»Ja, ja, schöne Frauen und Geld.« Er zuckte mit der Schulter. »Aber vielleicht ist das nur ein Vorurteil? Sie haben recht, er ist beeindruckend. Im letzten Jahr saß er neben mir an der Hotelbar. Es war kurz nach Margaretes Beerdigung. Den Urlaub hier zu verbringen, war damals ein Fehler. Ich war noch nicht so weit. Witt hatte etwas bemerkt und bemühte sich, mich in einen Dialog zu verwickeln. Die Bar war schon längst geschlossen, wir saßen allein am Tresen und nippten an unseren Weingläsern. Im Nachhinein war es das wichtigste Gespräch, um den Tod von Margarete in mein Leben einzuordnen. Gegen drei Uhr in der Früh verabschiedete er sich und gab mir seine Visitenkarte. Ich musste versprechen, mich bei ihm zu melden, wenn sich mein Zustand verschlechtert.«

Zwei Herren in dunkelblauen Anzügen saßen inzwischen Professor Witt gegenüber. Ihre weißen Einstecktücher wirkten wie Eintrittskarten, die Zugang zu einer Welt gewährten, die ihnen normalerweise verwehrt war. Die anderen Gäste trugen zum Dinner elegante Freizeitbekleidung. Witt gestikulierte wild, die Gesprächspartner zurückhaltend.

Hofmeister bemühte sich um gemeinsame Themen. »Hätten wir Kinder bekommen, wäre es heute leichter. Margarete wünschte es sich so sehr. Aber, ich ... ich hatte nur die Firma im Kopf, und dann war es zu spät. Haben Sie Kinder?«

»Wenn die Richtige käme, hätte ich gern welche«, sagte Heimer und schaute zu den drei Herren. Witts Gäste sahen finster drein.

»Warten Sie nicht zu lange. Ich habe es bereut und –«

Heimer unterbrach seinen Gesprächspartner: »Kennen Sie die afrikanische Weisheit, dass es ein ganzes Dorf braucht, um ein Kind großzuziehen? Die Kinder dieser Welt sollten drauf vertrauen können, dass sie auch ohne Eltern nicht allein sind.«

»Ein schöner Wunsch«, sagte Hofmeister nickend, »ich weiß, was Sie meinen.«

Da sprang Witt vom Tisch auf, verharrte einen Moment und schob den Stuhl zurück. Die beiden anderen folgten zögernd und sahen einander an. Mit versteinerten Gesichtern gingen sie an Heimer vorbei. Am Ausgang sprach Witt den Kellner an und zu dritt verließen sie das Restaurant.

»Ich muss jetzt leider ein längeres Telefonat führen«, sagte Heimer, ohne auf Hofmeisters letzte Worte einzugehen.

Hofmeister sah ihn überrascht an. »Es kommt noch ein letzter Gruß aus der Küche.«

»Wenn es Ihnen recht ist, sehen wir uns morgen zum Abendessen wieder.«

In der Eingangshalle hielt Heimer Ausschau nach dem Trio. Sie waren weder dort noch in der Hotelbar, auch draußen zwischen den geparkten Limousinen suchte er vergebens. Heimer kaufte an der Rezeption eine Ansichtskarte mit Briefumschlag. Schrieb auf dem Umschlag »*An Herrn Professor Witt, persönlich*« und legte ihn auf die Empfangstheke.

Er ging nach draußen und stand einige Minuten vor dem Hotel, betrachtete die beleuchtete Fassade und atmete tief die kühle Luft ein. Als er wieder an der Rezeption vorbeikam, lag der Umschlag im Fach 302. Zufrieden ging er aufs Zimmer, wechselte die Schuhe, zog Mantel und Schal an, steckte die Lederhandschuhe in die Manteltaschen und verließ das Hotel, um St. Moritz zu erkunden.

Gegen zweiundzwanzig Uhr stand Heimer vor der Tür zu Zimmer 302 und klopfte leicht, da die Tür nur angelehnt war. »Herr Professor Witt, darf ich reinkommen?« Heimer zögerte und rief erneut in die Stille hinein. Er trat ein und ging hinüber in den Wohnraum.

Witt saß in einem Sessel. Sein Kopf hing zur Seite, er öffnete die geschlossenen Augen, als er Heimer bemerkte, und nach einer Weile, in der er das Gesehene zu verarbeiten schien, deutete er auf das Sofa. Vor ihm standen eine halbleere Flasche Hennessy und ein gefülltes Whiskyglas. Neben dem Glas lag ein abgegriffenes, welliges Foto.

Witt wollte etwas sagen. Sekunden vergingen. »Sie müssen wahnsinnig sein«, brachte er hervor.

»Wo ist Christiana?«

»Sie wissen nichts ... gar nichts«, stammelte er.

»Ich frage Sie zum letzten Mal. Wo ist Christiana? Sonst rufe ich die Polizei.«

»Damit machen Sie alles noch schlimmer. Es ist vorbei.«

»Für Sie!«

»Verschwinden Sie, solange Sie das noch können!«

»Ich gehe erst, wenn Sie mir sagen, wo Christiana ist.«

Witt schwieg und senkte den Kopf, als wollte er schlafen.

Hatte Witt sie auf dem Gewissen? War es zu spät? Heimer brüllte, seine Stimme überschlug sich. »Sie sagen mir jetzt sofort, wo sie ist!«

Mit einer ruckartigen Bewegung nahm Witt das Whiskyglas, leerte es in einem Zug und ließ seinen Blick durch den Raum schweifen. »Einmal im Leben falsch abgebogen.«

»Jetzt reden Sie endlich. Wo ist Christiana?«

Witt schloss die Augen und murmelte etwas Unverständliches.

Nach kurzem Zögern ergriff er Witts Handgelenk und prüfte den kaum spürbaren Puls. Er nahm die Flasche, um den restlichen Whisky im Badezimmer zu beseitigen. Auf dem Waschtisch lag eine leere Psychopharmaka-Schachtel. Heimer rannte zum Telefon und rief die Rezeption an. »Im Zimmer 302 liegt jemand bewusstlos im Sessel. Puls und Atmung sind flach. Es besteht Lebensgefahr! Rufen Sie sofort den Notarzt an.« Ohne seinen Namen zu nennen, legte er auf, nahm das Foto vom Tisch und ließ die Zimmertür weit offenstehen.

In seinem Hotelzimmer betrachtete Heimer das abgegriffene Foto. Es war doppelt so groß wie ein Passfoto und Christiana war darauf höchstens siebzehn Jahre alt. Sie saß im Schneidersitz auf einer Wiese voller Gänseblümchen und lächelte. Die Unterarme hatte sie auf die Knie gestützt, die Fingerspitzen hingen locker herab und berührten die grünen Grashalme. Etwa zehn Jahre lagen zwischen der Aufnahme und heute. Waren seine Erinnerungen und die Fotografie alles, was ihm bleiben würde? Er steckte das Bild in seine Brieftasche. Es gehörte ihm nicht, und dennoch fühlte es sich richtig an. In der Ferne ertönte ein Martinshorn. Heimer trat hinter die Gardinen und wartete. Ein rot-weißer Rettungswagen fuhr mit Blaulicht und Sirene die Hotelauffahrt hoch. Zwei Männer sprangen mit ihren Notfallkoffern aus dem Wagen und sprinteten die Treppe hinauf. Kurz darauf fuhr ein Polizeiwagen in Schritttempo an der Auffahrt vorbei und parkte auf dem Kurzzeitparkplatz für Hotelgäste. Das Gesprächsthema beim Dinner stand fest, dachte Heimer, während er vor den Gardinen hin und her ging. Nach etwa zwanzig Minuten holte ein Sanitäter einen zusammengeklappten Rettungsstuhl und trug ihn gemächlich die Treppe hoch. Kurz darauf wurde Witt über eine Rollstuhlrampe in den Wagen geschoben. Er hatte den Hinterkopf an die Kopfstütze gelehnt, der linke Arm baumelte seitlich herab. Der Rettungswagen fuhr ohne Blaulicht davon.

Es klopfte an der Zimmertür. Heimer wartete einen Moment, bevor er öffnete. Der Mann sagte, er sei der Hoteldirektor und hätte ein Anliegen. »Kennen Sie Herrn Professor Witt?«

»Nur flüchtig. Warum fragen Sie?«

»Sie hatten einen Brief auf die Empfangstheke gelegt, adressiert an Professor Witt.«

»Ja«, sagte Heimer und ließ die Hand auf dem Türgriff.

»Die Polizei hat sich am Empfang erkundigt, ob uns etwas Besonderes aufgefallen wäre. Eine Rezeptionistin hat den Brief erwähnt. Ich vermute, dass Sie dazu befragt werden.« Der Hoteldirektor musterte Heimer eine Weile dezent durch den Türspalt.

»Deshalb sind Sie zu mir gekommen? Eine Nachricht zu schreiben ist doch nicht verboten.«

»Dass sehen Sie richtig. Sie wissen nicht zufällig, wer aus Witts Zimmer angerufen hat?«

Heimer sah den Direktor treuherzig an und schüttelte den Kopf. »Keine Ahnung.«

»Ich dachte, dass -«

»Wie geht's Herrn Professor Witt?«

»Er wird ins Spital Oberengadin eingeliefert. Es besteht keine Lebensgefahr Wir würden gern mit seiner Ehefrau telefonieren, aber die hinterlegte Handynummer scheint nicht mehr aktuell zu sein. Haben Sie vielleicht eine Rufnummer für uns?«

»Nein, leider nicht. Geben Sie mir bitte Bescheid, wenn Sie Frau Witt erreicht haben.«

»Ich werde mich darum kümmern. Ihnen noch einen schönen Abend.«

14

Im Konferenzraum des Hotels saß Heimer mit zwei Polizisten zusammen, die sich mehrfach mit Kaffee und Croissants vom Frühstücksbuffet versorgten. Sie debattierten über den FC Basel, kauten genüsslich und nahmen desinteressiert Heimers Personalien auf. Auf die Frage, in welcher Beziehung er zu Professor Witt stehe, hatte sich Heimer vorbereitet. Er beschrieb es als kollegialen Austausch zum Wohle einer gemeinsamen Patientin, deren Behandlung kontrovers gesehen wurde.

Der jüngere Uniformierte trug eine Schulterklappe mit der Bezeichnung »*in Ausbildung*« und tippte erneut auf seinem Smartphone herum. Der ältere Polizist blickte den Kollegen grimmig an, hüstelte künstlich und wandte sich wieder Heimer zu. »Wissen Sie, warum wir Sie befragen?«

»Sie werden es mir sicherlich erklären.«

»Herr Professor Witt bestreitet den Suizidversuch. Er behauptet, dass ihn kurz vor seinem Blackout ein Mann aufgesucht hat.«

»Wie sah der Mann aus?«

»Er war noch zu benommen, um ihn zu beschreiben.«

»Vielleicht verdrängt er den Suizid und schiebt den berühmten Unbekannten vor«, mutmaßte Heimer.

»Wir ermitteln vorläufig wegen versuchten Mordes.«

»Wahrscheinlicher ist, dass er am Verschwinden seiner Frau beteiligt war und vorhatte, sich selbst zu richten.«

»Vorsicht mit solchen Anschuldigungen«, fuhr ihn der ältere Polizist an. »Herr Professor Witt ist ein angesehener Schweizer Bürger.«

»Nehmen Sie bitte zu Protokoll, das Christiana Witt

spurlos verschwunden ist.«

»Waren Sie es, der die Rezeption informiert hat?« Nach einer kleinen Pause ergänzte der Polizist: »Wir wissen, dass der Anruf aus der Suite erfolgte. Ich wiederhole daher meine Frage: Waren Sie es?«

Heimer zögerte, er hatte mindestens die Whiskyflasche und den Telefonhörer angefasst. Ein Abgleich der Fingerabdrücke überführte ihn zwangsläufig. »Ja, ich war in seinem Zimmer.«

»Warum haben Sie ihn aufgesucht?«

»Ich wollte mit ihm über eine gemeinsame Patientin sprechen, aber das ließ sein Zustand nicht zu.«

»Um wen handelt es sich?«

»Das fällt unter die Schweigepflicht.«

»Die Aufhebung des Berufsgeheimnisses werden wir kurzfristig beantragen.«

»Bis dahin bin ich gebunden.«

»Sie sagten gerade, sein Zustand erlaubte es nicht, über den Fall zu sprechen …«

»Zuerst dachte ich, er hätte zu viel getrunken. Um zu verhindern, dass er weiter trinkt, habe ich den Alkohol im Badezimmer weggeschüttet. Dabei ist mir eine leere Tablettenschachtel aufgefallen. Ich habe keine Sekunde gezögert und angerufen«, sagte Heimer mit Nachdruck.

»Warum die Rezeption und nicht direkt den Notarzt?«

»Ich war in Panik. Das verstehen Sie doch.«

Der Polizist stierte Heimer in die Augen, als müsse er nur lange genug hinschauen, um die Wahrheit zu erkennen. »Was für eine Nachricht haben Sie für Herrn Witt im Briefumschlag hinterlassen? Wir haben ihn leer vorgefunden.«

»Ein Terminvorschlag für ein Gespräch«, log Heimer.

»Wir haben die Suite abgesucht und nichts gefunden.«

»Wahrscheinlich hat Witt den Umschlag an der Rezeption geöffnet und den Zettel weggeworfen.«

»Das haben wir in Betracht gezogen. Wurde jedoch vom Hotelpersonal nicht bestätigt. Ist Ihnen noch etwas anderes aufgefallen?«

»Witt saß am Vorabend mit zwei Herren beim Abendessen zusammen. Sie brachen überstürzt auf.«

»Dieser Hinweis deckt sich mit unseren Informationen. Wissen Sie, wohin die Herren anschließend gegangen sind?«

»Nein.«

Hofmeister zelebrierte sein neu erworbenes Wissen in Andeutungen, aß zwischendurch genüsslich, pausierte, redete im Flüsterton, manchmal hinter vorgehaltener Hand und sprach davon, dass die Gespräche beim Afternoon Tea ergiebig gewesen waren. »Aufregend, nicht wahr?«, kam ihm mehrfach über die Lippen. Sämtliche Vermutungen ordnete er zwei Grundversionen zu: Die erste lautete »Selbstmord aus Liebe«, die zweite »Auftragsmord.«

Professor Witt hätte die Trennung von seiner Frau nicht verkraftet und sich entschlossen, hier, wo sie am glücklichsten waren, seinem Leben ein Ende zu setzen. Insbesondere Damen im fortgeschrittenen Alter waren Anhänger dieser Lesart.

Die anderen, mehrheitlich Männer, tendierten zum Auftragsmord. Die junge Ehefrau hätte dabei ihre Finger im Spiel gehabt.

Zurückgelehnt hörte sich Heimer beide Varianten an. »Welche Version sagt Ihnen zu?«

»Die letztere halte ich –«

»Dazu wäre sie nie im Stande. Frau Witt ist eine –«, brach es aus Heimer hervor.

»Verstehen Sie mich bitte nicht falsch«, fuhr Hofmeister dazwischen, »aber vor zwei Jahren saßen wir Silvester gemeinsam an einem Tisch. Ich habe ihr gern zugehört, ihr Gatte wirkte hingegen eher desinteressiert, schaute anderen Frauen nach. Sie haben sich auseinandergelebt.«

»Das ist kein Grund für einen Mord.«

»Da stimme ich Ihnen zu, aber er verfügt über ein beträchtliches Vermögen. Wir sehen nur die glänzende Oberfläche, was darunter liegt, bleibt verborgen. Sie ist möglicherweise die Drahtzieherin.«

»Ist das Ihr Ernst?« Heimer bereute seine Lautstärke.

Hofmeister schüttelte den Kopf. »Weil sie einen wie ein Rehkitz ansieht, ist sie noch lange nicht unschuldig.«

»Sie irren sich«, sagte Heimer und versuchte dabei, besonnen zu wirken.

»Männer werden doch laufend instrumentalisiert und merken es nicht. Gutaussehende Frauen brauchen nur zu lächeln, nicht wahr? Ich würde es nicht so weit wegschieben.«

»Was halten Sie von der anderen Version?«, fragte Heimer.

»Selbstmord? Bei dieser Persönlichkeit? Nein, unvorstellbar!«

»Alles wilde Spekulationen, die uns nicht weiterbringen«, sagte Heimer, um das Thema abzuschließen.

Hofmeister sah kurz zum Kellner. »Vom Concierge habe ich erfahren, dass es unter den Hotelgästen einen Verdächtigen gäbe, der ihm nachgereist sei und zur Tatzeit in seinem Zimmer war. Möglicherweise handelt es sich um den Liebhaber seiner Frau.«

Heimer winkte ab. »Morgen gibt es neue Zutaten für die Gerüchteküche. Ich werde Professor Witt in der Klinik besuchen.«

»Morgen, gleicher Tisch, gleiche Zeit«, sagte Hofmeister verschwörerisch.

15

Heimer klopfte einmal und betrat das Krankenzimmer, ohne abzuwarten. Sonnenlicht fiel durch ein breites Fenster und blendete ihn für einen Moment. Witt saß im Bett und ließ die Tageszeitung nach vorne kippen. Erstaunt sah er ihn an.

»Was wollen Sie?« Witt richtete die schwarze Hornbrille und hob die Zeitung, um weiterzulesen.

»Die Begleitumstände beim letzten Gespräch.« Heimer schaffte nur ein aufgesetztes Schmunzeln. »Was halten Sie von einer Fortsetzung?«

»Nichts! Verlassen Sie sofort mein Zimmer oder ich rufe die Stationsschwester.«

»Sagen Sie mir, wo Christiana ist, und ich bin sofort weg.«

»Ist sie nicht bei Ihnen?«

»Tun Sie doch nicht so«, erwiderte Heimer entrüstet.

»Merken Sie nicht, dass Sie hier unerwünscht sind?«

»In Ihrem Hotelzimmer waren Sie gesprächiger.«

Witt sah verwundert auf. »Sie reden nicht von Ihrem Besuch in Zürich.« Er faltete die Zeitung zusammen und legte sie auf den Nachttisch. Witt setzte sich aufrecht hin, zog das Rückensegment nach und probierte die neue Sitzposition aus, indem er hin und her rückte. »Wir haben schon seit Jahren elektrisch verstellbare Klinikbetten. Und ich bin hier gelandet – in diesem Provinzkrankenhaus. Nehmen Sie sich doch bitte einen Stuhl.«

»Sie erinnern sich nicht?«

»Mir fehlen einige Stunden, mein Gedächtnis braucht noch ein paar Tage.«

»Sie hatten Christiana und ihre Schwangerschaft erwähnt«, bluffte Heimer.

Witt zögerte, in seinem versteinerten Gesicht fielen die Mundwinkel. »Sie ist einfach abgehauen. Wir hatten abends die Koffer gepackt und wollten am nächsten Morgen losfahren. Auf dem Frühstückstisch lag ein Zettel: *Ich fahre nicht mit*, stand darauf. Kein Gruß. Kein Grund.«

Heimer wollte es nicht, nicht ihm gegenüber, aber für einen Augenblick erhellte ein Lächeln sein Gesicht. Er durfte seiner Freude keinen Raum geben, und doch stand er da, voller glücklicher Energie. Erleichtert und hoffnungsvoll sah er Witt an.

»Was ist los?«, fragte Witt irritiert.

»Entschuldigung. Ich hatte einen furchtbaren Verdacht.«

»Wie bitte?«

»Ach nichts«, sagte Heimer und versuchte seine Emotionen zu zügeln. »Warum ist Ihre Frau weggelaufen? Was denken Sie?«, hörte er sich formulieren, abgerutscht in den schablonenhaften Fragestil eines Therapeuten.

Witt sah aus dem Fenster und einen Moment blieb es still. »Gehen Sie!«

»Sie sagten, Christiana hätte Angst vor Ihnen«, log Heimer.

»Seitdem sie schwanger ist, entwickelt sie absurde Angstphantasien. Ich würde meinem Sohn niemals etwas antun«, flüsterte Witt vor sich hin.

»Ihre Befürchtung, am Tag der Geburt sterben zu müssen, macht Sie doch zu einer tickenden Zeitbombe.«

Witt schluckte, seine rechte Hand krallte sich ins Laken. Seine Stimme kehrte zu ihrer normalen, kaum überhörbaren Lautstärke zurück. »Ich werde die Vorbestimmung annehmen.« Er schob ein nachdenkliches »Das verspreche ich« hinterher und schaute zum Fenster.

Um Witts Schweigen zu beenden, räusperte sich Heimer. Witt wirkte abgelenkt, vielleicht hatte ihn etwas verwirrt. Er nickte zum Fenster, als stünde dort jemand.

Nach einer Weile drehte Witt sich um. »Meine Mutter hatte eine Vorahnung vor meiner Geburt. Sie hat gebetet, dass es nicht passiert.« Für einen Moment saß Witt zusammengesunken da, als sei er in einer anderen Welt abgetaucht.

Heimers Gedanken rasten, der nächste Satz war entscheidend. Die Stille aushalten, Witt die Zeit geben, die er benötigte. Ihn da abholen, wo er gedanklich war. Er räusperte sich: »Ihre Mutter hat Sie sehr geliebt.«

»Für sie war ich die Wiedergeburt meines Vaters, Ehemann und Sohn zugleich.«

Heimer glaubte zu verstehen und empfand eine Empathie, die den Weg zu Sympathie ebnete. Das Gespräch hatte sich gewendet, zu einer Brücke geführt, auf der sie sich nun begegnen konnten, offen und verwundbar. »Erinnern Sie sich daran, wann Ihre Mutter das erste Mal über den Tod Ihres Vaters gesprochen hat?«

»Als ich etwa sieben war, ich weiß es nicht genau. Sie sprach von einer göttlichen Fügung. Gott hat ihn zu sich genommen, um mein Leben zu ermöglichen.«

»Wie haben Sie das empfunden?«

Witt sah wieder aus dem Fenster. »Ich war der Mittelpunkt ihres Lebens.« Nach einer Pause stellte er das Rückensegment herunter und grinste Heimer an. »Therapiestunde für heute beendet.« Obwohl er schon lag, sagte er: »Ich lege mich jetzt hin.«

Von der Klinik aus spazierte Heimer durch Samedan und am Inn entlang. Am Flusslauf tankte er Sonnenstrahlen und bewunderte das klare, saubere Wasser, das zwischen den großen Granitsteinen dahinschoß. Seine Gedanken glichen jedoch einem modrigen Tümpel, einem stehenden Gewässer, das auszutrocknen drohte. Irgendetwas braute sich zusammen, er ahnte nur nicht was.

Eine Frau und ein uniformierter Polizist fingen Heimer vor dem Hotelrestaurant ab. Die Frau stellte sich mit ihrem Dienstgrad vor, Leutnant Riedel von der Kantonspolizei Graubünden. »Wir haben noch einige Fragen.«

Heimer bat um einen Moment, sagte Hofmeister Bescheid, der schon am Tisch saß und sich nun noch mehr auf das gemeinsame Abendessen freute.

Leutnant Riedel und der uniformierte Polizist blieben dabei dicht an seiner Seite, was einige Restaurantgäste mit unverhohlenem Interesse verfolgten.

Befürchtete die Polizei einen Fluchtversuch? Er kam sich vor wie ein Schwerverbrecher. In der Lobby hielt sich ein weiterer uniformierter Polizist auf, der gelangweilt den Ausgang sicherte. Riedel führte Heimer in einen Nebenraum des Restaurants. An der Wand lehnte ein Mann, der zur Begrüßung schweigend nickte. Leutnant Riedel forderte Heimer auf, sich an den runden Tisch zu setzen, der für einen festlichen Anlass eingedeckt war. Um Ruhe zu finden, betrachtete er die grüne, kunstvoll zu einem liegenden Tannenbaum gefaltete Stoffserviette, die Platz- und Brotteller sowie das umfangreiche Bestecksortiment, neben dem Wasser-, Weißwein- und Rotweingläser arrangiert waren. Er zog seinen Stuhl weg und hielt Abstand von der Tafel. Leutnant Riedel wartete breitbeinig vor dem Tisch, bis Heimer sich setzte. Sie schob Gläser, Besteck und Platzteller zur Seite. Mit aufgestützten Ellenbogen legte sie los: »Haben Sie Ihr Telefon verloren? Wir haben heute mehrfach versucht, Sie zu erreichen.«

»Es ist seit Tagen ausgeschaltet.«

»Warum?«

»Privatsache.«

»Privatsache!«, schleuderte sie ihm entgegen. »Ab heute schalten Sie es ein, damit Sie jederzeit erreichbar sind. Verstanden?«

»Dazu habe ich keine Veranlassung.«

»Na gut«, sagte sie mit einem Stirnrunzeln. »Ab morgen melden Sie sich jeden Tag um zehn Uhr auf dem Polizeiposten in St. Moritz. Wenn Sie nicht pünktlich erscheinen, schreiben wir Sie zur Fahndung aus. Und Sie dürfen St. Moritz vorläufig nicht verlassen.«

»Jetzt übertreiben Sie.«

»Überlassen Sie das uns«, bestimmte sie, lehnte sich zurück und fuhr nach einer kleinen Pause in gedämpfter Lautstärke fort. »Die Laborergebnisse liegen vor. Bei Witt wurden 1,8 Promille im Blut festgestellt. Der Täter hat ihm eine für uns neue Wirkstoffkombination von Narkosemitteln injiziert, die weiterer Analysen bedarf. Fest steht, dass sie zur Bewusstlosigkeit geführt hat. Witt hätte die Dosis nicht überlebt, wenn sie etwas höher gewesen wäre.«

»Das spricht nicht gegen einen Suizidversuch. Auch Profis unterlaufen Dosierungsfehler und sich selbst eine Spritze zu setzen, gelingt jedem Drogenabhängigen.«

»Die Injektionsstelle haben wir gefunden, die Spritze nicht.«

»Er hätte sie verschwinden lassen können.«

»Warum sollte er das tun? Und wie gesagt, die Dosierung war nicht ausreichend, um den Tod herbeizuführen. Als Arzt kennt er sich mit der Medikation aus.« Leutnant Riedel holte Luft und die Worte schossen aus ihrem Mund. »Sie sind unser Hauptverdächtiger! Sie waren in seiner Suite gegen zweiundzwanzig Uhr. Die Injektion wurde laut ärztlichem Bericht zwischen einundzwanzig Uhr dreißig und zweiundzwanzig Uhr verabreicht. Und Sie haben ein Motiv.«

»Welches Motiv?«

»Seine Frau.«

»Jetzt vergaloppieren Sie sich aber gewaltig. Das ist völlig absurd und aus der Luft gegriffen. Ich kenne sie kaum.«

»Wie bitte?«, fuhr sie ihn an. »In Zürich sind Sie als

Stalker aktenkundig. Ich habe mit Reiner Wirtz von der Kantonspolizei gesprochen. Er hält es für möglich, dass Sie Witt ermorden wollten. Sie sind wegen seiner Frau aus Berlin angereist, die Sie angeblich beauftragt hat, ihren Ehemann zu behandeln. Dieses Märchen glaubt Ihnen hier keiner. Möglicherweise haben Sie das alles mit ihr gemeinsam geplant.«

»Ich will Witt umbringen und veranlasse die Rettung. Lächerlich, was Sie sich da ausdenken. Das kann nicht Ihr Ernst sein!«, erwiderte er bissig.

»Täterreue heißt das im Psychologendeutsch. Sie begegnet uns in der Praxis immer wieder. Ihr Gewissen meldet sich und Sie haben Angst bekommen, mit einem Mord leben zu müssen. Wahr es nicht –«

»Ich würde niemals einen Menschen ermorden«, fuhr Heimer dazwischen. Er saß aufrecht, fast sprungbereit und schluckte. Der Dialog kam ihm wie ein Albtraum vor. Allein der ausgesprochene Verdacht nagte an ihm, fraß sich bis zu seinem Magen durch. Sie hielt es für möglich, meinte es ernst. Was konnte er dem entgegensetzen? Er war nicht in der Lage, diesen fürchterlichen Verdacht zu entkräften, zu viel sprach gegen ihn.

»Ihre Angabe, dass Sie um zweiundzwanzig Uhr in seiner Suite waren, macht Sie zum Hauptverdächtigen. Die Injektion wurde etwa um diese Uhrzeit vorgenommen. Die Wirkzeit der Dosis haben wir ermittelt, sie ist fast auf die Minute bestimmbar.«

»Ich habe mich offenbar geirrt. Möglicherweise war es später.«

»Sie haben genau um zweiundzwanzig Uhr drei angerufen.«

»Ihre Ärzte irren sich! Dann hat er sich die Spritze früher gesetzt.«

»Wir werden morgen Professor Witt vernehmen. Sein Erinnerungsvermögen wird besser. Es ist also nur eine Frage der Zeit. Die Fakten sprechen gegen –«

Ein Polizist platzte herein und schaute Leutnant Riedel kopfschüttelnd an. Ohne eine Bemerkung verließ er den Raum und zog die Tür hinter sich zu.

»Das wäre auch zu schön gewesen«, sagte Riedel enttäuscht. Sie stützte sich mit dem linken Ellenbogen ab und sah auf die Uhr. Zwei Finger ihrer rechten Hand schlugen rhythmisch auf den Tisch, dabei betrachtete sie Heimer schweigend. Sekunden vergingen, die sich wie Minuten anfühlten. Sie warf erneut einen Blick auf ihre Armbanduhr, stand auf und schob den Stuhl grob zurück. Sie sah ihren Kollegen an.

»Kann ich jetzt gehen?«, fragte Heimer.

»Wir haben in Ihrem Zimmer und in Ihrem Leihwagen keine Anhaltspunkte gefunden. Wie gesagt, Sie melden sich morgen um zehn Uhr. Ihnen wird versuchter Mord vorgeworfen.« Sie zögerte kurz. »Für heute sind wir fertig.«

In der Hotellobby begrüßten die beiden Rezeptionistinnen Heimer scheinbar desinteressiert mit einem arglosen »Guten Abend« und blickten dann geschäftig auf ihre Monitore. Einigen Gästen im Restaurant fehlte diese Disziplin, sie starrten ihn unvermittelt an und verstummten. Ihre Blicke wanderten mit ihm zum Tisch, an dem Hofmeister saß und zufrieden lächelte.

»Und wie ist es gelaufen?«

»Sie werden vermutlich eine Ausreisebeschränkung erlassen.«

Ein lautes »Unglaublich« rutsche Hofmeister heraus. Mit hochgezogenen Augenbrauen schaute er sich um und erntete neidische Blicke der neugierigen Gäste. Heimer erzählte von seinem Besuch im Spital Oberengadin. Erzählte über das Gespräch mit der Polizei, erzählte von Zürich, von Berlin, von Christiana. Erzählte und erzählte. Vielleicht kannten morgen alle Gäste seine Geschichte. Es war ihm egal.

Hofmeister nickte gelegentlich. »Da spricht wirklich einiges gegen Sie.« Er lächelte zaghaft und sah Heimer feierlich in die Augen. »Ich glaube Ihnen.«

»Danke«, sagte Heimer nach einer kleinen Pause und sie stießen mit den Weingläsern an.

»Morgen versuche ich, etwas über die eleganten Herren herauszubekommen. Womöglich führt das zu einer neuen Spur.«

Im Bett rekapitulierte Heimer den Tag und malte sich Szenarien aus, die alle bedrohlich endeten. In diesem Spiel, dessen Regeln ihm verborgen blieben, war er nur eine Schachfigur. Jemand schob ihn über das Brett, ohne dass er wusste, wer es war. Bevor er das Licht ausmachte, nahm er sein Smartphone in die Hand und betrachtete es. Er ließ es ausgeschaltet.

16

Eisige Luft wehte Heimer entgegen, seine Schritte knirschten auf dem glitzernden Boden. Die grelle Morgensonne blendete ihn wie eine Verhörlampe. Wie geheißen traf er um zehn Uhr auf dem Polizeiposten ein, um nach einer dreiviertel Stunde Wartezeit zu erfahren, dass er sich um sechzehn Uhr wieder einzufinden habe. Leutnant Riedel fühle sich heute Morgen nicht wohl. Er stand auf und verließ den Wartebereich, ohne ein Wort zu sagen. Eine junge Polizistin rief ihm nach: »Seien Sie pünktlich. Leutnant Riedel kann unangenehm werden.«

Heimer reagierte nicht. Ihn störte nicht nur der Ton, sondern auch die militärischen Dienstgrade.

Eine morgendliche Bergwanderung mit anschließender Siesta gehörte zu Hofmeisters Gewohnheiten. Ebenso der Weckruf um fünfzehn Uhr, damit er den Afternoon Tea nicht versäumte. Er hatte Heimer dazu eingeladen und ihm von den Mandelplätzchen vorgeschwärmt, die zusammen mit dem vorzüglichen Tee Geist und Gaumen schweben ließen.

Wie verabredet wartete Heimer in der Lobby und las in einer Tageszeitung.

Kurz nach fünfzehn Uhr dreißig erschien Hofmeister. »It is Teatime! Kommen Sie.«

»Leutnant Riedel hat mich für sechzehn Uhr einbestellt. Damit ist vermutlich auch das Abendessen hinfällig. Ich habe bereits im Restaurant Bescheid gesagt.«

»Wie bedauerlich! Und rechnen Sie mit Handschellen?«, fragte er schmunzelnd.

Heimer schaute ernst und zuckte mit den Schultern. »Ich habe seit längerem aufgehört, irgendwas auszuschließen.«

»Ich bin mit meinen Nachforschungen weitergekommen«, sagte Hofmeister leise. »Die beiden Herren, die neulich mit Witt zu Abend gegessen haben, sind Investmentbanker aus Zürich und wohnen im Hotel Bergblick. Sie haben sich heute Morgen an der Rezeption nach dem Gesundheitszustand von Professor Witt erkundigt.«

»Könnte etwas von mir ablenken. Ich werde diese Nebelkerze zünden.«

»Danach verbrachten die Herren Banker noch längere Zeit in der Lobby. Sie warteten offensichtlich auf jemanden. Ich bin davon überzeugt, dass sie ihre Finger im Spiel haben.«

»So abwegig ist der Gedanke nicht … Sie verließen gemeinsam mit Professor Witt überstürzt das Restaurant. In der Hotelhalle und vor dem Hoteleingang habe ich sie nicht mehr gesehen, vielleicht waren sie in seiner Suite.«

»Eine wichtige Information für die Polizei, nicht wahr.«

Hofmeister bedauerte, dass das gemeinsame Abendessen ausfiel, und wünschte Heimer Glück beim bevorstehenden Verhör.

Heimer sah nach rechts, dann nach links, sah zur Wanduhr, die einer Bahnhofsuhr glich. Wieder schaute er auf seine Armbanduhr, die zwei Minuten abwich. Er stand auf und schritt langsam im Flur auf und ab, blieb erneut minutenlang am Aushang stehen und sah sich die zur Fahndung ausgeschriebenen Straftäter an. Was hatte es zu bedeuten, dass sich Leutnant Riedel verspätete? Fast Viertel nach fünf. Er setzte sich wieder auf die unbequeme Bank und murmelte »blöde Zicke« vor sich hin. Musste er sich alles gefallen lassen, nur weil ein paar Indizien gegen ihn sprachen?

»Endlich!«, warf er ihr zur Begrüßung entgegen, als Leutnant Riedel den Polizeiposten kurz vor achtzehn

Uhr betrat.

Sie schritt wortlos und ohne ihn eines Blickes zu würdigen vorbei. Wenige Minuten später saßen sie sich gegenüber. »Und?«, fragte sie herausfordernd.

»Was und?«

»Sind Sie jetzt unter Ihrer Mobilnummer erreichbar?«

»Mein Telefon bleibt ausgeschaltet.«

»Wie Sie meinen. Was halten Sie von einer Untersuchungshaft?«

»Wie Sie meinen«, erwiderte Heimer und ärgerte sich über seinen bissigen Ton. Allein ihre gebieterische Ausstrahlung brachte ihn dazu, so unüberlegt und überzogen zu reagieren.

»So kommen wir nicht weiter. Ich bin nicht Ihr Feind.«

»Diesen Eindruck hinterlassen Sie aber.«

»Ich versuche, eine Straftat aufzuklären. Kapieren Sie endlich, dass das auch in Ihrem Interesse sein kann.«

Heimer nickte nachdenklich. »Wie so oft im Leben steht einem das Ego im Wege.«

»Was wollen Sie damit sagen?«

Er zuckte mit den Schultern. »Der Satz war für mich bestimmt.«

»Ist mir schnurzpiepegal«, erwiderte sie gereizt. »Sparen Sie sich die Weisheiten für Ihre Patienten auf. Bei mir gewinnen Sie damit keinen Blumentopf.«

Beide sahen aneinander vorbei. Dann beugte sie sich vor. »Nach einem Datenabgleich mischt sich jetzt die Bundeskriminalpolizei ein. Sie konstruiert einen Zusammenhang mit verdeckten Ermittlungen gegen führende Mitarbeiter der Schlosskliniken Zürich AG und einer Schweizer Bank.«

»Jetzt ist es nicht mehr Ihr Fall.«

»Freuen Sie sich nicht zu früh, so weit sind wir noch lange nicht. Die Bundespolizei ist nur für organisierte Kriminalität, Terrorismusfinanzierung und für komplexe Vergehen der Wirtschaftskriminalität zuständig.

Und selbst dann arbeitet sie mit der jeweiligen Kantonspolizei zusammen. So schnell werden Sie mich nicht los.« Ihre letzten Sätze klangen anders, weniger gehetzt, weniger aggressiv.

Es klopfte und die junge Polizistin, die heute Morgen zur Pünktlichkeit geraten hatte, stürmte herein. Sie holte Luft und platzte fast vor Wichtigkeit, sodass alles andere an Bedeutung verlor. »Die Fedpol hat angerufen! Ich soll ausrichten, dass das Gespräch morgen auf vierzehn Uhr terminiert wurde. Major Schulzenried kommt persönlich. Herr Dr. Heimer ist vorzuladen.«

»Danke«, sagte Riedel mit einem Lächeln und wandte sich Heimer zu. »Jetzt wissen Sie gleich Bescheid. Der Major höchstpersönlich, das schafft kein Kleinkrimineller. Respekt!«

»Damit kommt etwas Bedeutung in Ihr Leben.«

»Vorsicht!«, zischte sie. Ihr Gesicht rückte näher, wie das einer Kobra, die sich vor dem Biss in Stellung bringt.

»Wenn Sie keine Verwendung mehr für mich haben, würde ich jetzt gern spazieren gehen.« Heimer stand auf und verließ den Polizeiposten, ohne eine Antwort abzuwarten. Die Tür schlug er zu. Heimer überquerte die Uferstraße und lief am See entlang. Wütend trat er gegen einen Stein und sah zu, wie dieser in den See platschte. Er musste endlich Klarheit gewinnen, die Wahrheit herausfinden, ehe er sich in etwas verstrickte, aus dem es kein Entrinnen gab. Auf seinem Spaziergang beruhigte ihn allmählich die stille Gelassenheit des Sees. Er blieb stehen, schaute aufs Wasser und atmete tief ein. Auf der spiegelnden Oberfläche schimmerten geruhsam die Lichter der Laternen und Hotels. Nach einer Weile sah er in den Nachthimmel, die Sterne schienen näher als sonst. Was hatte ihn hierhergeführt, das Schicksal? Für viele hatte dieses Wort seinen göttlichen Nimbus verloren. Nicht für ihn, er wollte glauben, und unter diesem Sternenzelt war er Gott nahe.

17

Leutnant Riedel sah Heimer mit geneigtem Kopf an. Ihr gutmütiges Lächeln irritierte ihn.

»Vielen Dank, dass Sie pünktlich erschienen sind«, sagte einer der Herren, denen Heimer gegenübersaß. »Leutnant Riedel kennen Sie ja bereits. Wir kommen von der Bundeskriminalpolizei aus Bern.«

»Ich weiß. Was hat das mit mir zu tun?«

»Das ist mein Kollege Hauptmann Pöll und ich heiße Schulzenried, Major Schulzenried.« Trotz des schmächtigen Körpers strahlte er Autorität aus. Seine hellwachen Augen musterten Heimer. »Ich leite die Abteilung Wirtschaftskriminalität. Wir ermitteln teilweise direkt, manchmal in Absprache und koordinieren hauptsächlich kantonsübergreifende Angelegenheiten.« Schulzenried wartete auf eine Reaktion, die ausblieb. »Stellen Sie gern Fragen, wenn Ihnen etwas unklar ist.«

»Darauf können Sie sich gefasst machen«, entgegnete Heimer.

Schulzenried überhörte die provokante Formulierung, lehnte sich gemächlich zurück und sprach gelassen weiter. »Wir ermitteln verdeckt gegen die Schlosskliniken Zürich AG.« Erneut zögerte er und schaute Heimer durchdringend an. »Wir vermuten, dass Sie in einen der größten Fälle der Schweizer Kriminalgeschichte hineingestolpert sind.«

Heimer lehnte sich demonstrativ zurück. »Was geht mich das an?«

»Es besteht die Gefahr, dass Sie es vermasseln!«, Schulzenrieds Stimme war lauter geworden, er saß plötzlich aufrecht da.

Heimer betrachtete die drohende Gebärde. »Ich weiß

nicht, wovon Sie reden«, erwiderte er ungerührt.

»Sie gefährden unsere Strafverfolgung!«

»Dann stehe ich nicht im Fokus Ihrer Ermittlungen?«

»Ein Hauptverdächtiger waren Sie nie.«

»Dann kann ich ja jetzt gehen.«

»Sie haben ein ganz anderes Problem.«

Heimer stand auf und sah Schulzenried an. »Welches denn?«

»Sie begreifen nicht, wie riskant es ist, sich in deren Geschäftspraktiken einzumischen. Sie benötigen unseren Schutz.«

Heimer zögerte und setzte sich wieder. »Klären Sie mich bitte auf.«

»Ich schlage einen Deal vor. Sie erzählen uns alles, was Sie über die Professoren Beckmann und Witt wissen. Im Gegenzug bekommen Sie von uns Informationen zum Verbleib von Christiana Witt. Einverstanden?«

Heimer nickte. »Fangen Sie an. Sonst erfahren Sie nichts.«

Schulzenried fuhr hoch und beugte sich über den Tisch. Die Hände, mit denen er sich auf der Tischplatte abstützte, rutschen nach vorne. »Sie überschätzen Ihre Position.«

Die sprungbereite Haltung erinnerte Heimer an einen Geparden, der sich in Stellung brachte. »Hatten Sie nicht eben gesagt, dass ich Ihre Ermittlungen vermasseln könnte?«

Schulzenried drehte den Kopf zu seinem Kollegen, der mit den Schultern zuckte. Schließlich wandte er sich wieder Heimer zu und setzte sich.

»Die Kantonspolizei Zürich hat im Frühjahr eine anonyme Anzeige erhalten. Dem ärztlichen Führungspersonal der Schlossklinik wird darin vorgeworfen, die Erinnerungen von Patienten ohne deren Wissen zu manipulieren. Es wurden Episoden ins Gedächtnis eingepflanzt, die nie geschehen waren. Von den Manipulationen sind hunderte Menschen betroffen, die meisten davon leben in der Schweiz.«

Heimer rückte nach vorne. »Wie haben sie das hinbekommen?«

»Lassen Sie mich bitte ausreden. Der anonymen Strafanzeige ist die Kantonspolizei in Zürich nicht nachgegangen. Aktenkundig ist nur der Eingang, dass Schreiben selbst ist nicht auffindbar. Vier Monate später sind eine Kopie der Anzeige sowie weitere Hinweise beim Bundeskriminalamt eingegangen. Die Aufzeichnungen waren detailliert und stammen höchstwahrscheinlich von einem Insider. Zur gleichen Zeit wurde eine Leiche aus dem Zürichsee geborgen. Unsere Forensiker fanden Spuren von Gewalteinwirkung. Es handelt sich um Dr. Ralf Fassauer, der als Oberarzt in der psychiatrischen Klinik beschäftigt war. Seitdem gab es keine weiteren Hinweise. Wir vermuten, dass er die Anzeige verfasst hat.«

Heimer nickte und schwieg.

Nach einer kurzen Pause fuhr Schulzenried fort. »Weiterhin ist nicht geklärt, ob die Klinik von der Kantonspolizei Zürich gedeckt wurde oder ob die nicht auffindbare Anzeige nur Schlamperei war. Der Oberstaatsanwalt hat die Stelle für interne Ermittlungen beauftragt, dies zu klären.« Wieder wartete er darauf, dass Heimer etwas sagte. Als er schwieg, zog Schulzenried die Augenbrauen zusammen. »Na gut, dann fahre ich fort. Hauptverdächtig sind Berthold Witt und der Hauptgesellschafter und Ex-Vorstand der Kliniken Martin Beckmann.«

»Wie wurden die Erinnerungen manipuliert?«

»Die Patienten erhielten ein Barbiturat, das sie in schlafähnlichen Zustand versetzte. In dieser Verfassung sahen sie über eine 3D-Brille mit künstlicher Intelligenz erzeugte Filme, in denen realitätsgetreue Avatare ihnen eine veränderte Vergangenheit vorspielten. Dieser Vorgang wurde mehrfach wiederholt, um die Szenen im Gedächtnis zu verankern.«

»Wie funktioniert die Verknüpfung zu den tatsächlichen Erlebnissen? Freischwebende, unzusammenhängende Inhalte sind schwer im Gedächtnis zu behalten.«

»Uns liegen nur rudimentäre Informationen vor. Die Drehbücher der gefälschten Filmszenen enthalten auch wahre Erinnerungen, die von Fotos aus Familienalben oder von privaten Videos stammen.«

Heimer versuchte, sein aufflammendes Interesse zu verbergen, und geriet dennoch ins Dozieren: »Bevor wir solche Methoden anwenden, müssen wir doch zuerst einmal ethische Diskussionen darüber führen, inwieweit es Ärzten erlaubt ist, Erinnerungen zu verändern. Wer darf entscheiden, welche Erinnerungen erträglich sind und welche nicht?« Heimer lächelte ein wenig verlegen, als er in verständnislose Gesichter blickte. »Ziel einer Gesprächstherapie ist es, gemeinsam mit dem Patienten krankmachende Denk- und Wahrnehmungsweisen herauszuarbeiten und in einen neuen Kontext zu stellen. Ein langwieriger und schwerer Prozess, dessen Ausgang oftmals ungewiss ist. Wenn wir aber die Ursachen für die Psychosen, die größtenteils in der Kindheit liegen, direkt an der Wurzel packen, dürften die Heilungschancen wesentlich höher liegen.«

»Wir reden hier über Kapitaldelikte. Haben Sie das vergessen?«, fragte Schulzenried.

»Natürlich nicht! Kennen Sie die Zusammensetzung des Barbiturats?«

»Nein. Jetzt sind Sie dran. Was wissen Sie über Witt?«

»Noch eine letzte Frage. Welche Patienten wurden behandelt?«

»Ein Hinweis bezog sich auf einen hochrangigen Politiker. Andere Hinweise deuten auf Manipulationen hin, um den Verkauf eines schweizerischen Unternehmens zu begünstigen. Der kriminelle Anwendungsbereich ist gigantisch.« Er schluckte und sprach weiter: »Zeugenaussagen, Erbschaften, Schenkungen, Spenden, politische Überzeugungen et cetera.«

»Und wer steht noch unter Verdacht?«

»Sie haben Ihre letzte Frage schon gestellt.«

»Aber zu wenig Informationen bekommen.« Schweigend starrten sie sich an und wer jetzt nachgibt, wird auch künftig nachgeben, dachte Heimer.

»Eine Krankenschwester und zwei Führungskräfte der Investmentabteilung einer Schweizer Bank. Die Rolle von Beckmann ist undurchsichtig, wir vermuten in ihm den Initiator, der sich zurückgezogen hat. Über Witt läuft die eigentliche Abwicklung. Wenn er kippt, kippen alle anderen mit.«

Zögerlich stellte Heimer die Frage, die ihm nicht mehr aus dem Kopf ging. »Wird seine Ehefrau verdächtigt?«

»Nach meiner Einschätzung hat sie zumindest Kenntnis von den Straftaten. Zudem ist sie öfter mit Dr. Fassauer gesehen worden.«

»Danke«, sagte Heimer und beugte sich vor. »Ich kann Ihnen kaum etwas berichten, das sie weiterbringen dürfte. Witt ist eine Koryphäe auf dem Gebiet der Schizophrenie. Seine Fallstudien über den Einfluss des Gedächtnisses auf Wahnvorstellungen und Halluzinationen haben in Fachkreisen weltweit große Beachtung gefunden.«

Schulzenried blickte düster. »Das bringt uns nicht weiter«, fuhr er Heimer an. »Warum haben Sie Professor Witt im Hotel aufgesucht?«

»Seine Frau ist meine Patientin. Gemeinsam mit ihrem Mann ist eine Therapie erfolgversprechender«, sagte Heimer.

»Warum benötigte Frau Witt Ihre Unterstützung?«

Heimer hatte mit dieser Frage gerechnet. Eine glaubwürdige Antwort würde ihn weiterbringen und endgültig vom Verdacht befreien. »Sie hat mich in meiner Berliner Praxis wegen Panikattacken aufgesucht. Es ist nicht selten, dass werdende Mütter von dunklen Gedanken befallen werden. Lustlosigkeit, fehlende Energie für die Herausforderungen des Tages führen manchmal zu Krisen, im schlimmsten Fall zu einer Schwangerschaftsdepression. Ich vermute, dass die Gründe für ihre Angstphantasien und Attacken in ihrer Kindheit liegen. Sie braucht dringend psychologische Unterstützung. Sagen Sie mir also bitte, wo sie sich aufhält.«

»So weit sind wir noch nicht. Warum hat sie gerade Ihre Praxis aufgesucht?«

»Zufall, die Nähe zum Hotel, zur Charité oder weil der Termin gerade passte.« Heimer schaute nachdenklich auf den Tisch. »Wir haben uns danach noch zweimal getroffen.«

»Um eine Schwangerschaftsdepression zu heilen, fahren Sie von Berlin nach Zürich und reisen Professor Witt in den Urlaub hinterher? Klingt nicht gerade glaubwürdig.«

»Ich habe eine hohe Anzahlung für die Therapie erhalten. Zwanzigtausend Franken sind ein überzeugendes Argument.«

»Im Durchschnitt werden fünfundzwanzigtausend Franken für einen Auftragsmord gezahlt. Sie haben schlecht verhandelt«, sagte er trocken.

»Ich sage kein Wort mehr.«

Schulzenried blickte versöhnlich. In seinen Mundwinkeln meinte Heimer, sogar ein Lächeln zu erkennen. »War nicht ernst gemeint. Kommen wir zum Thema zurück. Was meinen Sie, warum ich Ihnen das alles erzähle?«

Heimer zuckte mit den Schultern. »Keine Ahnung.«

»Wir bitten Sie offiziell, sich mit Professor Witt anzufreunden. Durch Ihr gemeinsames Forschungsfeld kommen Sie vermutlich an den inneren Zirkel heran.« Schulzenried sah Heimer offen in die Augen. »Unsere Beweislage ist dünn. Die Hinweise stammen vermutlich von einem Whistleblower, der jetzt schweigt oder zum Schweigen gebracht wurde. Wir haben eine Unternehmenstransaktion, die vor kurzem keiner für möglich gehalten hat, einen Politiker, der gegen seine früheren Überzeugungen entscheidet. Immobilien wurden zu Spottpreisen verkauft. All diese Fälle haben eine Gemeinsamkeit: Die involvierten Personen waren Patienten der Schlosskliniken, alle hatten eine Operation unter Vollnarkose.«

»Sie haben eine Wasserleiche, die möglicherweise im Zusammenhang steht. Und Sie haben meine Aussage, dass ich zusammengeschlagen und bedroht wurde. Warum legen Sie nicht einfach los?«

Schulzenried schüttelte den Kopf. »Angesehene und verdiente Bürger der Schweiz werden von einem Unbekannten beschuldigt, ohne hinreichende Beweise. Das genügt nicht. Jeder mittelmäßige Strafverteidiger würde unsere Argumentation in Minuten auseinandernehmen. Die Hintergründe und Motive sind reine Spekulation, kein Richter würde uns glauben. Auch mein Antrag zur Gründung der Sonderkommission *Fake memories* wurde aus diesen Gründen abgelehnt. Wir sind auf Ihre Hilfe angewiesen, um die Drahtzieher und eventuell auch Mörder zu überführen. Wären Sie dazu bereit?«

Heimers Blick wanderte zwischen Pöll und Schulzenried hin und her. Sie warteten auf eine Antwort. Die Drohung der Jogger ließ ihn schweigen. Würde sein Leben ausgeblasen, wie das einer Kerze, wie das von Fassauer? »Wo hält sich Christiana Witt auf?«

»Wir wollen zuerst Erfolge sehen.«

Kurz stieg Wut in ihm hoch, die er in seiner Faust kanalisierte. Wahrscheinlich wussten sie gar nicht, wo sich Christiana aufhält. »Geben Sie mir bis morgen Bedenkzeit?«

»Ist nachvollziehbar und auf den einen Tag kommt es nicht an«, sagte Schulzenried.

Hauptmann Pöll nahm aus dem Koffer, den er an der Wand abgestellt hatte, ein kleines, schwarzes Telefon und überreichte es Heimer. »Die PIN lautet 4711. Werden Sie nicht vergessen, da Köln Ihre Geburtsstadt ist. Melden Sie sich täglich um neun Uhr. Telefonieren Sie ausschließlich darüber mit uns, nutzen sie keine andere Verbindung.«

Heimer grinste starr, um sich die nagende Angst nicht anmerken zu lassen.

»Nur damit«, befahl Hauptmann Pöll. »Und sagen Sie niemandem, was wir heute besprochen haben. Für Dritte bleiben Sie weiterhin unter Verdacht. So protokollieren wir es. Verstanden?«

»Sprechen Sie nur mit Polizisten, die von uns avisiert wurden«, fügte Schulzenried in einer angenehmen Lautstärke hinzu. »Wir vermuten ein Leck in unseren eigenen Reihen.«

»Wenn ich das Telefon verliere, was dann?«, fragte Heimer.

»Nehmen Sie keinen Kontakt zu uns auf. Wir finden Sie.«

Gegen zweiundzwanzig Uhr lag Heimer im Bett und die Wasserleiche geisterte durch seine Gedanken: Fäulnisgase sorgen nur für einen kurzzeitigen Auftrieb einer Leiche, danach blieben sie in den Tiefen verschollen. Ihre Entdeckung war ein erstaunlicher Zufall. Warum hatten die Täter sie nicht beschwert? War es Schlamperei oder Absicht, um andere Mitwisser abzuschrecken? Seine Überlegungen wurden schemenhafter und wichen der Schläfrigkeit. Er drehte sich zur Seite und zog noch einmal das Kissen nach.

18

Zwei Telefone lagen auf dem Frühstückstisch. Das eine würde die Tür zu Frank öffnen, zu seiner vertrauten Welt. Hören, was es Neues gäbe. Er vermisste die Oranienburger Straße, das abendliche Gedränge auf den Bürgersteigen, die skurrilen nächtlichen Passanten, die Innenhöfe, die Gespräche über das Menschsein in den Berliner Kaffeehäusern. Das andere führte zu Lügen und Täuschungen in einem Spiel ohne Regeln. Er würde auf Menschen treffen, denen jedes Mittel recht war, um ihr Ziel zu erreichen. Und wahrscheinlich schreckten sie auch vor Mord nicht zurück, es war Teil ihres Geschäftsmodells. Christiana war mittendrin. Er nahm das schwarze Telefon, aktivierte es und wählte die eingespeicherte Nummer.

»Was soll ich tun?«

»Versuchen Sie das Vertrauen des Professors zu gewinnen«, sagte Schulzenried. »Wir werden ihm heute vermitteln, dass Sie ihm das Leben gerettet haben.«

»Wo finde ich Witt?«

»Sobald er im Hotel eintrifft, erhalten Sie die Textnachricht ›WH‹. Er wird morgen abreisen, umso wichtiger ist es, dass Sie heute noch mit ihm sprechen.«

»Wo hält sich Frau Witt auf?«

»Geduld, das erfahren Sie noch früh genug.«

Heimer hielt sich den ganzen Tag im Hotel auf und wartete vergeblich auf die SMS. Abends saß er mit Hofmeister beim Essen und erzählte ihm eine abgeschwächte Version der Ereignisse. Er sah dabei in ein ungläubiges Gesicht, was er Hofmeister nicht verübeln konnte. Je länger er über den gestrigen Tag sprach, desto unglaubwürdiger erschien es ihm selbst. Am Ende seiner Schilderungen rechnete er mit einer abschätzigen Bemerkung, die ausblieb.

Hofmeister atmete tief ein. »Irgendwas wird dran sein, nicht wahr?« Er sah Heimer betroffen an. »Du musst auf dich achtgeben«, rutschte es Hofmeister heraus. Sie waren dann wie selbstverständlich zum Du übergegangen, ohne darauf anzustoßen. Beiden fehlte die Stimmung dazu.

»Hunderte von Menschen leben demnach in der Schweiz mit manipulierten Erinnerungen und haben vermutlich Entscheidungen getroffen, die sonst anders ausgefallen wären«, sagte Heimer.

»Wenn das nur die Spitze des Eisbergs ist, was dann?«

»Vielleicht agiert eine elitäre Gruppe im Geheimen und steuert alles?«

Hofmeister nickte. »Einige Politiker kommen mir wie Marionetten vor, aber das ist wohl nicht der Grund, nicht wahr?«

Heimer zuckte mit den Achseln. »Vielleicht ist es schon zu spät und sie sitzen an den Schaltstellen der Macht, aber das ist Spekulation. Sicher ist, dass sie vor Mord nicht zurückschrecken und mit äußerster Brutalität vorgehen.«

Hofmeister fuhr mit belegter Stimme fort: »Du musst auf dich aufpassen, versprich es mir! Ich möchte nicht an deinem Grabstein stehen.«

Heimer fuhr sich mit den Fingern ans Kinn. Ein Angstbeschleuniger war jetzt das Letzte, was er brauchte. Kurz darauf verabschiedete er sich für die Nacht und ging in sein Zimmer.

19

Heimer hatte ausgedehnt gefrühstückt, nicht wegen seines Appetits, sondern weil er hoffte, Witt im Frühstücksraum anzutreffen. Als die letzten Gäste gegangen waren, verließ er entmutigt den Saal und schlenderte zum Zimmer. War Witt direkt nach Zürich abgereist und ließ sich seine Sachen nachsenden? Beim Kofferpacken hätte er fast das zweimalige Surren überhört, das eine Textnachricht ankündigte. Auf dem Display stand »WH.« Es war so weit! Er stellte sich ans Fenster und sah ein Taxi die Hotelauffahrt hinunterrollen.

Einige Minuten später klopfte Heimer an Witts Tür.

Witt öffnete sofort. »Haben Sie mich abgepasst? Ich habe gerade erst meinen Mantel abgelegt.«

»Entschuldigen Sie bitte die Störung. Ich reise heute ab und würde mich gern verabschieden. Wenn ich ungelegen komme, telefonieren wir vielleicht in den nächsten Tagen?«

»Kommen Sie rein. Eigentlich sollte ich Ihnen dankbar sein.«

»Eigentlich«, sagte Heimer und schaute Witt dabei mit einem breiten Grinsen an.

Witt zeigte auf die Couch und setzte sich in den Sessel, in dem Heimer ihn fast bewusstlos vorgefunden hatte. »Danke«, sagte Witt und starrte vor sich hin. »Wissen Sie, manchmal sieht man keinen Ausweg, dabei gibt es immer einen. Hätten Sie nicht gehandelt, wäre es jetzt vorbei.«

»Suizid? Das passt nicht zu Ihnen und verwundert mich.«

»Mich auch«, sagte Witt und schüttelte fast unmerklich den Kopf.

Heimer wartete. »Die Polizei hat die Spritze in Ihrer Suite nicht gefunden.«

»Im Hotelpark habe ich die Dosis injiziert, Spritze und Kanüle ... in eine Abfalltonne geworfen.« Seine Worte klangen monoton, sein stumpfer Blick haftete am Boden.

Heimer hatte Fragen, die er nicht länger aufschieben wollte. Vielleicht war er kurz davor, die Wahrheit zu erfahren. »Wie sind Sie dann unbemerkt ins Zimmer gelangt? Das Hotelpersonal hat Sie zur fraglichen Zeit nicht hereinkommen sehen.«

»Ich habe den Lieferanteneingang ... gewählt.«

»Der ganze Aufwand, warum?«

»Der Selbstmord des Vorstandssprechers der Schlosskliniken AG hätte viele Fragen aufgeworfen, und ich wollte auch keine Witwe hinterlassen, die sich Vorwürfe macht.« Kurz schaute er Heimer in die Augen. »Christiana zuliebe sollte es nicht nach einem Suizid aussehen.«

»Ich verstehe«, sagte Heimer. »Man trägt Verantwortung über den Tod hinaus«, schob er leise nach.

Witt schien sich von den Erinnerungen zu lösen und entspannte sich allmählich.

»Aber was war der Grund?«, fragte Heimer behutsam.

»Kann ich etwas für Sie tun? Ich würde mich gern erkenntlich zeigen.«

Heimer ließ sich Zeit, als hätte er mit dieser Frage nicht gerechnet. »Ich habe einige Veröffentlichungen zu Ihren Forschungsprojekten gelesen. Ihr Team ist in der Gedächtnisforschung weltweit führend. Ich wäre gern dabei.«

Witt schmunzelte. »Wenn das alles ist. Ich muss noch überlegen, wie wir das am besten angehen. Was halten Sie von einem befristeten Beratervertrag?«

»Das wäre ganz in meinem Sinne. Danke. Wann kann ich anfangen?«

»Interessiert Sie Ihr Honorar denn gar nicht?«, fragte

Witt mit gerunzelter Stirn. Er legte den Kopf schräg und musterte Heimers Mienenspiel, der hustend den Blick erwiderte.

Heimer zuckte mit den Schultern und lächelte. »Es geht mir vor allem um das Renommee. Und ich werde allemal mehr verdienen als in Berlin, oder irre ich mich?«

»Wären Sie mit einem Tagessatz von siebenhundert Franken einverstanden?«

Heimer nickte.

»Ich rufe heute noch den Personalchef an. Wenn Sie wollen, können Sie gleich morgen anfangen.«

»Das passt gut.«

»Melden Sie sich morgen früh in der Personalabteilung. Die Adresse kennen Sie ja bereits.« Witt hielt kurz inne, um seinen Worten Gewicht zu verleihen. »Und halten Sie sich von meiner Frau fern!«

Das Hotel in Zürich erschien Heimer beengt, fast wie eine billige Absteige. St. Moritz, die mondäne Hotelanlage und das luxuriöse Zimmer wirkten nach, hatten seine Ansprüche verändert. Er saß in seinem Zimmer, die Beine hochgelegt, den Reißverschluss seiner Weste komplett geöffnet und schaltete sein Smartphone ein. Es dauerte bis das Telefon zur Ruhe kam. In kurzer Folge gingen Mitteilungen ein und jede hatte eine Antwort, hatte Respekt gegenüber dem Menschen verdient, der sie gesendet hatte. Es waren seine Patienten, die da auf Rückruf warteten. Er rief zunächst Frank an, der mehrfach versucht hatte, ihn zu erreichen.

Mit der barschen Begrüßung: »Was willst du?«, hatte er nicht gerechnet. Frank war verärgert, das hörte Heimer deutlich. Er hatte Frank zu viel zugemutet. Verständlich, dass er jetzt die Quittung bekam. Heimer wagte kaum, es ihm zu sagen, denn er wusste, was folgen würde. Behutsam, fast entschuldigend begründete er seinen Entschluss, weitere acht Wochen in Zürich zu verbringen.

Er hatte seinen letzten Satz nicht beenden können, es platzte aus Frank heraus: »Bist du meschugge? Was wird aus unserer Praxis?«

»Ich brauche eine Auszeit, dringend«, log er.

»Dann muss ich mir wohl einen neuen Partner suchen.«

»Stell eine Vertretung ein.«

»An deine Patienten lässt du doch sonst niemanden ran.«

»Nur für zwei Monate. Versprochen.«

»Na gut. Ich suche jemanden. Wenn der erfolgreich ist, verlierst du alle Patienten. Gibt dann nicht mir die Schuld.«

»Ich weiß, was ich tue.«

Frank verabschiedete sich mit »Alles klar« und beendete das Telefonat ohne ein weiteres Wort. Es klang wie »Du kannst mich mal!« In Heimers Kopf hallte es nach wie ein Ruf in den Bergen. Die vertrauten und intensiven Gespräche kamen ihm in den Sinn. Alles, was sie in den letzten Jahren verband, schien verloren. Das Frank so kurz angebunden war, geschah ihm recht. Heimer wählte die nächste Nummer.

20

Gegen elf Uhr dreißig unterschrieb Heimer den Beratervertrag und die Vertraulichkeitsvereinbarung in der Personalabteilung der Schlosskliniken AG. Der Personalleiter überreichte Heimer einen vorläufigen Dienstausweis und ein Namensschild mit einem QR-Code, der es ihm erlaubte, alle Abteilungen zu betreten. Er fügte hinzu: »Direkte Anweisung vom Chef.« Er sah Heimer geheimnisvoll an und zwinkerte mit dem linken Auge. »Er hat wohl einiges mit Ihnen vor.«

Die Personalreferentin Sarah Taler, eine junge Frau, die elegant auf ihren High Heels voranschritt, führte ihn zum Konferenzzimmer. Dort hatten sich seine künftigen Kolleginnen und Kollegen aus dem Qualitätsmanagement versammelt und warteten schon auf den Neuen. Sie standen um einen langen, braunen Tisch, keiner hatte Platz genommen.

Der Leiter Qualitätsmanagement, Urs Brandtner, eröffnete die Runde und bat Heimer, sich vorzustellen. Heimer erwähnte sein Studium, seinen beruflichen Werdegang, die Gemeinschaftspraxis und dass er Herausforderungen in der Wissenschaft suche. Zum Schluss schob er nach: »Es ist eine Ehre, in einem weltweit führenden Unternehmen der psychiatrischen Forschung einen Beitrag leisten zu dürfen. Ich freue mich auf die Herausforderungen im Qualitätsmanagement und besonders auf die Zusammenarbeit mit Ihnen.«

Nach einem kurzen, anerkennenden Applaus reihten sich alle ein, um ihm nacheinander die Hand zu geben, sich vorzustellen und ihm einen erfolgreichen Start zu wünschen; einer nach dem anderen verließ den Raum.

Zuletzt stand ihm Urs Brandtner gegenüber. Er hob den geierartigen Hals und musterte Heimer durch runde, schwarzumrandete Brillengläser. »Wir haben seit Jahren niemanden mehr ohne ein mehrstufiges Auswahlverfahren eingestellt.« Er sah ihn fragend an: »Vitamin B?«

Heimer lächelte. »In einem Assessment-Center gewinnen die Bewerber, die die meiste Assessment-Center-Erfahrung gesammelt haben. Nicht die Besten. Vertrauen Sie darauf, dass ich einiges an Wissen mitbringe.«

»Mag sein. Wir duzen uns hier alle. Ich bin Urs.«

»Stefan.«

»Hat die Charité dich empfohlen?«

»Nein.«

»Wie ist er dann auf dich gekommen?«

»Er hat mein Buch zum Erinnerungsmanagement gelesen. Insbesondere die Fallbeispiele zum Nachweis von Erfolgssteigerungen haben ihn überzeugt. Er sprach von einem noch weitgehend unbekannten Meilenstein der Wissenschaft. Ich hoffe, dass wir auf diesem Gebiet neue, bedeutsame Erkenntnisse gewinnen werden.«

»Jetzt bist du erst mal auf der anderen Seite. Im Qualitätsmanagement suchen wir Fehler und Spezifikationsabweichungen. Wir führen in der Pilotphase der Studien Kontrollinterviews mit den Probanden durch, um die Qualität des Studiendesigns zu sichern.«

»Haben wir ein Vetorecht?«

Urs Brandtner streckte den leicht gekrümmten Hals nach oben. »Ohne uns läuft nichts! Wir geben den Startschuss für die Studien. Und dann kommt die Budgetkontrolle: Jeder Studienantrag bis zu einem Budget von zweihundertfünfzigtausend Franken wird von uns freigegeben. Oberhalb davon entscheidet die Geschäftsleitung.«

Urs führte Heimer zu seinem Einzelbüro und erwähnte, dass in der Kantine für leitende Angestellte ein ehemaliger Sternekoch arbeitet.

»Wenn du einen Platz haben willst, musst du pünktlich um zwölf Uhr da sein.«

Heimer schüttelte den Kopf und lächelte. »Ich zähle nicht zu den Führungskräften.«

»Hier hält sich jeder dafür. Nur Häuptlinge, keine Indianer. Geh einfach hin.«

Heimer saß vor zwei riesigen Computermonitoren. Links auf dem Schreibtisch lag der Einarbeitungsplan für die nächsten Tage. Er öffnete den verschlossenen Umschlag mit der Aufschrift *Zugangsdaten Stefan Heimer*, den er von der Personalabteilung erhalten hatte. Beim Ändern seines Eröffnungspasswortes klingelte das Telefon. Es war Urs, der ihn zu einer Besprechung mit Professor Witt um sechzehn Uhr einlud. Es geht um eine gemeinsame Einschätzung des Projekts C-214. Heimer rief die Projektdaten auf und klickte auf *Abstract*. In wenigen Augenblicken erfasste er den Inhalt:

…untersucht werden Erinnerungsinterpretationen, unbewusste Erinnerungsfilter … Interdependenzen zwischen Karriereerfolg und aktivem Erinnerungsmanagement … inwieweit wird dadurch die psychische Realität konstruiert … welchen Einfluss haben Therapiestunden auf Gedächtnisinhalte … 104 Probanden aus der Wirtschaft für Tiefeninterviews vorgesehen und 12 Einwilligungen von Psychologen liegen vor, die Führungskräfte behandelt haben … im Rahmen der Studie sind die Validationskriterien aus B-192 zu verwenden …

Heimer wandte den Blick ab, das Themenspektrum kannte er bestens. Die Studien dazu kamen alle zum gleichen Ergebnis, waren bekannt. Seltsam war nur, dass die Therapeuten anonym bleiben sollten. Für Patienten war das selbstverständlich, aber warum sollten die Psychiater und Psychologen anonym bleiben? Er rief Urs an.

»Habe ich vermutet, dass du Fragen hast«, sagte Urs ohne Begrüßung in den Hörer.

Heimer atmete tief durch. »C-214 war vor Jahrzehnten relevant und ist seit langem Basiswissen. Warum ...«

»Was ist denn deiner Meinung nach Basiswissen?«, unterbrach ihn Urs.

»Ach komm, Urs, das ist alles alter Kaffee: Dass wir Gedächtnisinhalte unbewusst nach unseren Gefühlen und Bedürfnissen umformen, dass der Umgang mit Erinnerungen unsere Karriere beeinflusst. Das muss man nicht mehr beweisen. Es gibt genügend Studien dazu.«

»Langsam junger Mann. Die Studie beschäftigt sich nur vordergründig damit. In Wirklichkeit geht es um die Frage: Wie weit würden Psychologen und Psychiater gehen, um ihre Patienten zu heilen? Würden sie Erinnerungen manipulieren, wenn das der einzige Weg zur Heilung wäre? Therapeuten, die mit diesem Gedanken spielen, äußern sich nicht öffentlich dazu, sie haben Angst, ihre Reputation zu verlieren. Darum geht's. Das hast du übersehen.«

»Deshalb das anonyme Design.«

»Ich habe schon genug Zeit verloren.« Urs legte auf.

Heimer las den Einarbeitungsplan. Drei Forschungsabteilungen würde er in den nächsten Wochen durchlaufen. Die Villen für die superreichen Patienten waren nicht dabei. Er rief Sarah Taler an und fragte, ob er vorbeikommen könne.

Sie antwortete mit einem langgezogenen »Okay«, das sie langsam ausklingen ließ. »In 10 Minuten.«

Sarah Taler hatte ihre rot geschminkten Lippen nachgezogen. Ihre langen, schwarzen Haare glänzten, als hätte sie sie gerade gebürstet. Sie lächelte Heimer an. »Was kann ich für dich tun?«

»Ich vermisse die Außenstelle in Küsnacht. Wäre es möglich, sie in den Einarbeitungsplan aufzunehmen?«

»Keine Chance.« Sarah beugte sich nach vorn. »Die Villen gehören zur verbotenen Zone. Dort wird die absolute Top-Prominenz aus Politik und Wirtschaft untergebracht. Du glaubst nicht, wer alles schon da war und was darüber erzählt wird, ist voll krass«, flüsterte sie. Sie legte den Zeigefinger auf den Mund. »Über die Villen und ihre Patienten dürften wir nicht reden. Auch intern ist es strengstens untersagt und kann zur fristlosen Kündigung führen. Okay?«

Heimer nickte und schob ein »Ja.« hinterher.

»Beckmann und Witt sind ausschließlich mit einem kleinen Team dort tätig.« Ihr Lächeln verschwand, sie fuhr mit gesenkter Stimme fort. »Ralf gehörte auch dazu.« Sie zögerte und ihr Blick ging durch Heimer hindurch. »Schrecklich. Er war ein richtig netter Kollege. Ich kann es kaum glauben, dass er sich das angetan hat.« Sie schluckte. »Dr. Ralf Fassauer hat sich umgebracht.«

Auf dem Rückweg ins Büro erschien sie ihm für einen Augenblick wie ein surreales Wesen. Wie versteinert stand Heimer da und konnte es nicht begreifen. Mitten auf dem Flur stand Christiana und schäkerte mit einem Mann. Sie kicherte, strich eine Haarsträhne nach hinten und als ihr Gegenüber ihr etwas ins Ohr flüsterte, lachte sie und stemmte die Hände in die Hüften. Dann sah sie Heimer. Schlagartig verstummte ihr Lachen und sie starrte Heimer ungläubig an. Der Mann, mit dem sie gesprochen hatte, folgte ihrem Blick, lächelte, und als sie Heimer weiterhin wortlos fixierte, verabschiedete er sich. Auf dem Flur, nur wenige Meter voneinander entfernt, sahen sie sich an, als wären sie auf einer Großwildjagd. Jäger und Beute. Reglos. Lautlos. Die Frage war nur, wer war wer?

Er brach das Schweigen. »Da bist du ja! Ich hatte Angst, dass dir etwas passiert sein könnte. Ich wollte schon –«

»Bist du total übergeschnappt?«, flüsterte sie hektisch. In ihrem nervösen Gesicht bebten die Nasenflügel. Ihre Augen sondierten den Flur. Christiana ließ zwei Kolleginnen passieren, die kichernd aus einem Büro kamen.

»Ich arbeite hier.«

»Wie bitte?«

»Ich habe einen Beratervertrag.«

»Hör mit dem Unsinn auf! Was machst du hier?«

»Ich arbeite im Qualitätsmanagement. Wenn du mir nicht glaubst, frag doch Urs. Können wir irgendwo ungestört reden? Bitte.«

»Hast du ein Einzelbüro?«

»Ja.«

»Zimmer?«

»205.«

Christiana drehte sich um und ließ ihn stehen.

Auf dem Schreibtischstuhl spürte er, wie sich alles in ihm schmerzhaft zusammenschnürte. Endlich! Endlich hatte er Christiana gefunden. Er hatte sich oft ausgemalt, wie ein Wiedersehen ablaufen würde. Aber so hatte er es sich ganz bestimmt nicht vorgestellt. Immer wieder dachte er daran, was er gerade auf dem Flur gesehen hatte: Wie nah sie beieinandergestanden hatten, wie ein verliebtes Paar, alle Signale ließen nur einen Schluss zu. Was er gesehen hatte, reichte ihm. Er hatte sich in ihr getäuscht, sich etwas eingebildet. Ihr Mienenspiel, ihr kokettes Verhalten, alles zielte drauf ab, Aufmerksamkeit zu erhaschen. Sie war das Gegenteil von ihm, der lieber in der zweiten Reihe blieb. Ihr die Bühne, ihm der Rang. Er war auf eine verwöhnte, gelangweilte Ehefrau reingefallen, die an einem skurrilen Spiel ihren Spaß hatte. Sah sie in ihm den biederen Psychologen, den modernen Professor Unrat, dessen spießbürgerliche Weltanschauung sie reizte?

Kurz vor sechzehn Uhr betrat Christiana sein Büro.

»Ich muss jetzt zu einer Sitzung«, sagte Heimer sachlich und stand auf, obwohl er noch einige Minuten Zeit hatte.

»Setz dich wieder. Ich habe Berthold gebeten, dass er das Projekt C-214 allein mit Urs bespricht.«

»Ah ja! Ich habe vergessen, dass die Milliardärstochter hier die Chefin ist. Wie lange willst du dieses miese Spiel noch fortsetzen?«

In ihrem Gesicht zuckte es und einen Moment lang wirkte sie wie geblendet. Sie wollte etwas sagen, verschluckte die erste Silbe, holte Luft. »Was redest du für einen Unsinn!«, fuhr sie ihn schließlich an.

»Wieso hast du dich nicht gemeldet? Hast du eine Vorstellung davon, was ich durchgemacht habe? Ein Anruf, eine SMS hätte genügt!« Seine Stimme überschlug sich fast.

»Ich konnte mich nicht melden.«

»Ich glaube dir kein Wort. Sag endlich die Wahrheit!«

»Kann ich nicht!«

»Wieso nicht?«

»Wenn es herauskommt, ist alles verloren.«

Die ersten Tränen blinzelte sie weg, dann half sie mit dem Handrücken nach. Sie senkte den Kopf und wartete einen Moment.

Heimer schwieg.

Graziös richtete sie sich auf, strich gewohnheitsmäßig eine Haarsträhne nach hinten und suchte seinen Blick.

Sie führte ihr Spiel auf seine Kosten fort. Nur diese Gewissheit hielt ihn davon ab, sie in die Arme zu schließen. »Kannst du bitte deutlicher werden?«, forderte er schroff.

»Ich habe schon zu viel gesagt«, stieß sie hervor. Weinend verließ sie das Büro und ließ die Tür offen.

Zurückgelehnt schaute er ihr nach. Sie hatte ihn eingewickelt; dass es Stacheldraht war, hatte er zu spät bemerkt. Er hämmerte beliebige, undurchdachte Fragen zum Projekt C-214 in die Tastatur.

Zwei Stunden später packte Heimer seine Sachen, nach einigen Schritten Richtung Ausgang blieb er stehen und kehrte um. Er brauchte Ablenkung, um den kreisenden Gedanken zu entrinnen. Sarah saß noch in ihrem Büro. Er trat ohne anzuklopfen ein und setzte sich vor ihren Schreibtisch. »Hast du heute Abend schon was vor?«

»Kommt drauf an.«

»Darf ich dich zum Essen einladen?«

»Nur zum Essen?«, sagte sie mit gespielter Empörung.

»Zum Essen«, bestätigte er trocken.

»Dann nein!« Sarah schaffte es nicht, ihr Lachen zu unterdrücken.

Stockend schloss sich Heimer an.

»Ich kenne einen guten Italiener …«, sagte sie und fuhr in der monotonen Tonlage einer Navigationsstimme fort, »… Schmalengasse 21. Am Hauptausgang geradeaus, etwa fünfhundert Meter entfernt. Auf der linken Seite. Okay?« Ihr melodisches Okay, das sie mit einem intensiven Blick verband, war nicht einfach nur ein Wort. Es strömte aus ihr heraus. Nachdem der letzte Ton verklungen war, blieb ihr Mund offen, wie bei einem angedeuteten Kuss.

»Ist ja nicht zu verfehlen«, sagte Heimer.

»In einer halben Stunde.« Sie wandte sich der Tastatur zu.

»Ich freue mich. Bis gleich«, sagte Heimer, der sich über seine Dreistigkeit und den Erfolg gleichermaßen wunderte.

Nach dem Hauptgang bestellte Heimer eine zweite Flasche Barolo. Auf das Dessert verzichtete Sarah. Er schloss sich an. Sie redete gern und viel, was ihm entgegenkam. Wenn er zu lange zögerte, überbrückte sie seine Wortkargheit geschickt.

»Ich habe gehört, dass du ein Buch geschrieben hast.«

»Ja, das stimmt.«

»Das ist ja echt cool!« Ihre Augen glänzten im Kerzenlicht. »Und? … Erfolgreich?«

»Es war auf der Bestsellerliste.«

»Wow!«

Schweigend genoss er ihre Begeisterung.

»Ralf wollte auch ein Buch schreiben und eine Privatpraxis in Zürich eröffnen. Er meinte, dass er in drei bis vier Jahren genug Geld an die Seite gelegt hätte. Er war –« Sie unterbrach, um dem Kellner zu danken, der ihre Weingläser nachfüllte.

Heimer nickte ihm freundlich zu und lenkte das Gespräch auf die verbotene Zone. »Hatten die Schlosskliniken mal ein Datenleck?«

»Wie meinst du das?«

»Wegen der Prominenten, die sich hier behandeln lassen. Die Boulevardmedien würden Millionen zahlen für solche Informationen.«

»Absolut! Ralf hat mir mal erzählt, dass die Promis in den Tiefgaragen der Hotels in einen Wäschereiwagen steigen und dann erst nach Küsnacht gebracht werden. Unser Geschäftsmodell basiert auf absoluter Diskretion.«

Sarah setzte ihr Weinglas zur Seite und legte ihre schlanken und gepflegten Hände auf den Tisch. Langsam schob sie die Hände Heimer entgegen und er war versucht, sie zu nehmen.

»Und warum interessierst du dich dafür?«, fragte sie nach einer kurzen Pause.

»Drei Millionen britische Pfund, die ich mit einem Paparazzo teile«, antwortete Heimer trocken.

Sarahs Gesichtsausdruck änderte sich schlagartig. Heimer nahm nun doch ihre Hände. »Hey, das war ein Witz.«

Sie zog die Hände zurück. Ohne ihn anzuschauen, sagte sie: »Ich weiß.«

Ihm fiel nichts ein, was er in die bedrückende Stille hinein sagen sollte. Ehe er ein passendes Wort fand, stand Sarah auf und bedankte sich für den schönen Abend.

Heimer sah sie unverwandt an. »Darf ich dich nach Hause begleiten?«

»Danke, das ist nett. Aber ich wäre jetzt lieber allein.«

Heimer begleitete sie zur Garderobe und half ihr in den weit geschnittenen Mantel. Sie schaute in den Garderobenspiegel, musterte kurz ihre Proportionen und zog den Gürtel fest, sodass ihre schmale Taille zur Geltung kam. Draußen vor der Restauranttür legte sie einen Arm sanft auf seine Schulter. Einen Moment standen sie sich so gegenüber. Sie reckte sich nach oben und gab ihm einen flüchtigen Kuss auf die Wange. Instinktiv umfasste er sie. Sie wich lächelnd einen Schritt zurück und sagte Adieu mit den Augen. Elegant schlüpfte sie zwischen zwei parkenden Autos hindurch und überquerte die Durchgangsstraße. Auf der anderen Seite drehte sie sich um. Heimer hob die Hand, doch sie war schon losgelaufen, eilig mit wehendem Haar. Zurück am Tisch lehnte er sich an, betrachtete das halbvolle Rotweinglas mit den roten Lippenspuren im Kerzenschein. Nachdenklich leerte er ihr Glas.

21

Am nächsten Morgen rief Heimer Hauptmann Pöll an und berichtete, dass er einige vielversprechende Kontakte geknüpft habe. Ansonsten gäbe es keine neuen Erkenntnisse.

»Wo sich Frau Witt aufhält, brauchen wir Ihnen ja jetzt nicht mehr zu sagen«, spottete Pöll.

»Haben Sie verdeckte Ermittler in der Klinik?«

»Auf einem Bein steht es sich schlecht. Halten Sie Frau Witt bitte auf Distanz und sagen Sie uns künftig alles. Selbst Kleinigkeiten können entscheidend sein«, erwiderte Pöll gemächlich. Seine Worte wirkten, als würde er jede Silbe abbremsen, um nicht auf die nächste aufzufahren.

»Ja, natürlich. Dann bis morgen um –«

»Sekunde! Wer ist die Dunkelhaarige?«

»Wen meinen Sie?«

»Das Model beim Italiener.«

»Eine Sekretärin aus der Personalabteilung.«

»Gut. Bleiben Sie an ihr dran.«

Nach zehn Uhr saß Heimer vor seinen beiden Flachbildschirmen und checkte das neu eingerichtete Postfach. Die erste E-Mail zur Begrüßung und zum Verhaltenskodex überflog er. In der zweiten und letzten bat Urs um eine Rückmeldung, wann der Sonderauftrag für Professor Witt erledigt sei.

Heimer schrieb, dass er von drei bis fünf Tagen ausgehe, und dass sein Einarbeitungsplan entsprechend angepasst und mit den Abteilungen abgestimmt werden müsse. Den Gedanken, Christiana anzurufen, schob er zur Seite und suchte stattdessen im Internet nach psychiatrischen Fallbeschreibungen, die Parallelen zu ihrem Verhalten aufwiesen. Doch nichts war auch nur entfernt vergleichbar und die Websites über Seelenwanderungen klickte er weg. Sie unbemerkt im Büro aufzusuchen, war nahezu unmöglich. Ihm blieb nur der Anruf. Sie nahm nach dem ersten Läuten ab.

»Was willst du?«, bellte sie ins Telefon.

»Mit dir sprechen.«

»Das kannst du jetzt.«

»Persönlich.«

»Warum?«

»Weil ich dir viel zu sagen habe«, antwortete Heimer nach einer kleinen Pause.

»Du meinst vorzuwerfen.«

»Ich war gestern zu emotional.«

Für Sekunden war nur ihr Atmen zu hören.

»Christiana, was ist?«

»Im Keller, vor der Archiv-Tür, gegen siebzehn Uhr dreißig.« Er hörte, wie sie den Hörer auflegte.

Heimer schaute auf seine Armbanduhr, bis dahin waren es noch fast vier Stunden. Er wandte sich wieder den Bildschirmen zu und verschaffte sich einen Überblick. Studien, zu denen er Zugang hatte, bestätigten den Stand der Wissenschaft. Für die neueren fehlte ihm die Berechtigung. Sie wurden jeweils nur mit dem Titel angezeigt. Er nahm sich vor, Urs darauf anzusprechen. Nach über drei Stunden am Computer war es an der Zeit, sich zu bewegen. Er besuchte Sarah im Büro, die ihm den Stuhl vor ihrem Schreibtisch anbot. Nach einer Weile beendete Heimer den Small Talk und lenkte das Gespräch auf den gestrigen Abend. »Habe ich dich gestern gekränkt?«

Sarah wirkte unschlüssig und sagte zögerlich, »Nein. Du hast mich an Ralf erinnert. Er hat das Gleiche gesagt wie du, wortwörtlich.«

»Was denn?«

»Da wären Millionen drin und dass die Presse die

Villen umlagern würde.«

»Hat er es versucht?«

»Was?«

»An das Geld zu kommen.«

»Nein, um Gottes willen, es war nur ein Gedankenspiel.« Sie zögerte erneut. »Beim Rotwein, nur so wie gestern Abend.« Sie schwieg und sah nach unten.

Heimer schaute sie an und wartete.

»Du erfährst es ja sowieso. Wir haben uns heimlich getroffen, ein-, zweimal die Woche.« Sie mied seinen Blick.

»Ich verstehe.«

Verhalten sagte sie: »Ein knappes Jahr, dann habe ich Schluss gemacht.«

»Weil er seine Frau nicht verlassen wollte?«

»Das war mir beim ersten Date klar. Er hätte seinen Kindern niemals eine Trennung zugemutet.«

»Aber warum hast du es dann beendet?«

»Ich habe ihn mit der Frau vom Chef erwischt. Sie tuschelten und als er mich bemerkte, trat er einen Schritt zurück. Er hatte gleich zwei Affären ...«

Heimer schluckte. »Bist du sicher?«

»Ich habe ihn zur Rede gestellt. Er faselte von einer dienstlichen Besprechung, die Top Secret wäre. Lächerlich.«

»Kann doch sein?«

»Dass da mehr war, war offensichtlich! Aber das Beste kommt noch: Einmal hatte Ralfs Assistentin ihren Hausschlüssel auf dem Schreibtisch liegen lassen und war zurückgekehrt. Dabei hat sie eindeutige Geräusche aus Ralfs Zimmer gehört. Du weißt, was ich meine?«

Heimer nickte.

»Und im Büro von der Witt war niemand. Nur ihre Tasche.«

»Dennoch besteht die Möglichkeit, dass es eine andere war.«

»Theoretisch ja, aber Ralf interessierte sich sehr für sie.

Er war ständig in der Marketingabteilung. Ich glaube, wenn er nicht auf sie hereingefallen wäre, würde er heute noch leben.«

Ohne eine Miene zu verziehen, fragte Heimer: »Wusste Professor Witt davon?«

»Die Betroffenen erfahren es zuletzt.«

»Vielleicht hat ihm jemand was gesteckt?«

»Der Chef ist außen vor, das traut sich keiner. Und wenn er selbst betroffen ist, dann schon gar nicht. Die tun hier alle so, als seien wir eine große Familie, in Wahrheit suhlen sie sich im Unglück der Kollegen.« Ihre Augenbrauen zogen sich zusammen und eine winzige Falte trat auf der Stirn hervor. »Ich weiß, wovon ich spreche!« Ihre Stimme bebte. »Und wenn sie nichts finden, erfinden sie was!«

»Tut mir leid, dass deine Beziehung zu Fassauer Thema war.«

»Selbst meine beste Freundin hat mitgemischt.«

Heimer suchte nach Worten. Ihre Wunde war frisch, der Tratsch hatte sie noch vertieft. Die Kränkung, die Enttäuschung, all das lief gerade in ihrem Kopf ab, ein wiederkehrender Film. Er suchte nach tröstenden Sätzen: »Ich würde mich auch verraten fühlen. Auf so eine Freundin kann man verzichten«, sagte er schließlich und sah sie lächelnd an. »Was ist so verwerflich an einer Affäre? Du warst verliebt und es ist einfach passiert, na und.«

Sie saß still da und schaute mit halbgeschlossenen Augen ins Leere.

Er stellte sich hinter sie, schob ihr Haar in die Mitte und legte die Hände auf ihre Schultern. »Professor Witt hätte ein Motiv gehabt, sofern er von der Affäre wusste«, flüsterte er.

Sarah ließ einige Sekunden vergehen und nickte nachdenklich. »An einen Selbstmord glaube ich nicht.«

»Warum bist du dir so sicher?«

Sie drehte sich auf ihrem Schreibtischstuhl um. »Wer ein Ziel hat, bringt sich nicht um. Oder?«

Heimer zuckte mit der Schulter. Er schaute in ein trauriges Gesicht und lächelte einfühlsam. »Es war schön mit dir gestern Abend. Bis bald.« Er bemerkte, dass Sarah ihm nachsah. Zurück im Büro saß er mit geschlossenen Augen am Schreibtisch. Was er gewagt hatte, erstaunte ihn.

Pünktlich wartete Heimer im Kellergeschoss vor der verschlossenen Eisentür zum Archiv. Je länger er über Sarahs Vermutung nachdachte, desto unwahrscheinlicher kam es ihm vor, dass Christiana eine Affäre im Büro riskieren würde. Oder war das der Reiz? Ungeduldig blickte er immer wieder zum Aufzug.

»Seit siebzehn Uhr ist hier Feierabend«, sagte Christiana, als sie aus dem Aufzug kam. Sie öffnete mit ihrem Schlüssel die Kellertür und verriegelte sie von innen. Als Heimer den Lichtschalter berührte, sagte sie, »Lieber nicht.« Wortlos schritt sie den schummrigen Flur entlang und blieb vor der grünen Notbeleuchtung am Archivbüro stehen. Im Halbschatten lehnte sie sich entspannt mit dem Rücken an. »Hier sind wir ungestört.«

Eine Handlänge entfernt zögerte er, sie duftete nach Vanille, orientalisch, dezent. Ihr Atem strich über seine Wange. Sie fesselte alle seine Sinne und die Welt bestand nur aus ihren roten Lippen und dem raschen Heben und Senken ihrer Brust. Seine Hände glitten über ihre Taille und sie schmiegte sich an. Kaum hörbar hauchte sie: »Ja.«

Es war zu schnell, zu routiniert. Misstrauen und Zweifel explodierten in Heimer, setzten die Magie des Augenblicks außer Kraft und nährten seinen Verdacht. »Welche Rolle hat Fassauer in deinem Leben gespielt?«, brach es aus ihm hervor.

Sie erstarrte, setzte zum Sprechen an, blieb jedoch stumm. Sie schien in sich zusammenzufallen, kraftlos, verzweifelt. Dann wandte sie sich dem Ausgang zu. Nach zwei Schritten drehte sie sich um. »Deshalb wolltest du mit mir reden?«

»Nein!« Sein lauter Ruf hallte im Kellerflur.

Christiana wartete. Ihr Blick ruhte in seinen Augen. »Warum dann?«

Er atmete tief ein. »Mit jedem Versuch, dir näher zu kommen, entferne ich mich von mir.«

Sie blieb reglos.

»Ich weiß, dass du psychische Probleme hast.«

Die grüne Notbeleuchtung im Gang ließ nur ihre Umrisse erkennen.

»Sag mir die Wahrheit, bitte«, schob er drängend nach.

Christiana schaute auf den Boden und ließ sich Zeit. »Hat dich mein Mann eingestellt?«

»Ja.«

»Warum?«

»Ich habe ihm das Leben gerettet. Er hat mir diesen Wunsch aus Dankbarkeit erfüllt.«

»Andere hätten sich Geld gewünscht.«

»Ich dachte, du bist in Gefahr und bin fast gestorben vor Angst.«

Der Hauch eines Lächelns huschte über ihr Gesicht. »Ich bin entführt worden.«

Irritiert blickte er sie an. »Wann?«, fragte Heimer.

»In der Tiefgarage des Seerestaurants! Ich wurde neben meinem Auto überfallen. Jemand hat mir von hinten ein stinkendes Tuch auf die Nase gepresst. Ich habe noch versucht, mich zu wehren, dann wurde mir schwarz vor Augen.« Sie rang um Fassung. »Alles ... alles hätte passieren können.«

Heimer zögerte. Ihr Mann hatte sie als pathologische Lügnerin bezeichnet. »Gleich nach unserem Treffen?«

»Ja, keine fünf Minuten später. Ich kann mich erst wieder daran erinnern, dass Berthold auf dem Bett saß und mich umarmte. Er sagte, sie haben mich vorsichtig hereingetragen und ins Bett gelegt.« Sie stockte. »Ich hatte einen totalen Blackout«, log sie. In ihrer Stimme schwang Verzweiflung mit, die sie zu überwältigen drohte.

»Wie lange?«

»Vier Tage. Ich habe keine Erinnerung, was in dieser Zeit passiert ist. Sie hätten«, schluchzte sie, »alles mit mir treiben können.«

Obwohl er es immer noch nicht glauben konnte, schmerzte ihn der Gedanke. Sprachlos sah er, wie sie anscheinend versuchte, ihre Wut zu beherrschen. Sie war eine ausgezeichnete Lügnerin.

»In den ersten Tagen danach kam ich mir wie eine Maschine vor, als wäre ich nicht ich, als wäre in mir niemand, eine Hülle, die nur funktioniert, unterbrochen von Panikattacken.«

»Du brauchst professionelle Hilfe«, sagte er, um auf ihr Schauspiel einzugehen.

»Berthold meinte, dass meine emotionale Taubheit und meine Angst in ein paar Tagen nachlassen würden und dass es besser sei, erst einmal zu Hause zu bleiben. Er hatte die Security der Klinik beauftragt, zwei Männer zu meinem Schutz abzustellen. Ich dachte zuerst, er wäre besorgt, aber dann habe ich am Telefon mitgehört, dass seine Geschäftspartner mich entführt hatten. Der Sicherheitsdienst hatte den Auftrag, mich vorläufig von der Außenwelt abzuschirmen. Sie unterbanden alle meine Versuche, nach außen Kontakt aufzunehmen, mit Ausnahme des Briefes an meinen Vater. Angeblich sorgen sie für die Sicherheit in den Kliniken, dabei überwachen sie uns und unsere Telefone.« Die aufkeimende Wut wich aus ihrem Gesicht. Hilflos sah sie ihn an und wartete.

Heimer nickte und schwieg, weil er nicht wusste, was er sagen sollte.

»Berthold hatte mich angefleht, dass wir uns fügen müssen. Es steht zu viel auf dem Spiel. Mehr hat er nicht gesagt.«

»Nimmst du Medikamente?«, fragte Heimer, weil ihm die Geschichte immer abstruser vorkam.

Sie nickte. »Natürlich. Wie soll man denn sonst mit den akuten Folgen einer Entführung umgehen?«, fragte sie fast belustigt.

Heimer überlegte, ob er sie mit seinen Fragen weiter in eine Lügenwelt drängte, oder ob er an der Wahrheit kratzte. »Ist die Polizei informiert?«

»Keiner darf etwas erfahren und die Polizei schon gar nicht.«

»Warum nicht?«

Sie zögerte und sah ihn mit großen Augen an. »Weil mein Vater zu weit gegangen ist!« Sie hielt erneut inne und wog anscheinend ihre Worte ab. »Es war seine ärztliche Pflicht. Er hat gelobt, sein Leben in den Dienst der Menschen zu stellen.« Ihre Augen schienen zu leuchten. »Stell dir vor, psychische Erkrankungen, die bisher nicht heilbar waren, wurden nicht nur gelindert, sondern ihre Symptome verschwanden ganz. Ein gigantischer Erfolg und wir waren –«

Heimer unterbrach ihren Redeschwall. »Was meinst du mit zu weit gegangen?«

»Meinem Vater gelang es mehrfach, Patienten in seinen Sitzungen von ihren quälenden Gedanken zu befreien. Keine langjährigen Therapien mehr! Allerdings wurden die Patienten nicht eingeweiht, da dies den Heilungsprozess vereitelt hätte.«

»Das ist strafbar«, stellte Heimer trocken fest. »Und du hast mitgemacht?«

Sie schüttelte den Kopf. »Nur anfangs.« Als er schwieg, sprach sie weiter. »Wir benötigten Informationen aus dem Leben der Patienten. Nur dabei habe ich geholfen. Ein paarmal. Wir haben niemandem geschadet.«

»Du solltest trotzdem die Polizei einschalten.«

»Und meinen Vater ins Gefängnis bringen? Niemals!« Sie schüttelte den Kopf. »Der Skandal! Es würde ihn umbringen. Die Kliniken sind sein Lebenswerk und dann wäre alles verloren.« Sie blickte zu ihm empor. »Akzeptiere das bitte.«

»Wir finden einen Ausweg«, hörte er sich sagen. Es klang wie ein Versprechen.

Sie starrte auf den Boden, ihre Schultern fielen herab und sie schien für einen Moment weit entfernt. »Berthold will mich zur Abtreibung drängen. Wenn ich den Termin platzen lasse, geht er zur Polizei und erstattet Selbstanzeige. Er kann beweisen, dass mein Vater Erinnerungen verändert hat. Dabei war er es, der daraus ein Geschäftsmodell entwickelt hat.«

»Würde er sich selbst belasten?«

»Das ist ihm egal. Er meint, dass er als Kronzeuge locker aus der Sache rauskommt. Ich habe keine Wahl.« Sie verstummte und senkte den Kopf.

Heimers Gedanken wanderten zu dem himmelblauen Kinderzimmer, das so liebevoll eingerichtet war, zu dem Teddybären, der unter dem Mobile mit den Wolkenschäfchen saß. Er deutete in Richtung Ausgang.

Im Aufzug sah sie ihn beschwörend an. »Alles bleibt unter uns, bitte.«

Sein Nicken begleitete ein leises »Ja, ich verspreche es.« Er sah auf die Aufzugstür, die sich gleich öffnen würde. »Wir werden einen Weg finden.«

Sie näherte sich, griff nach seiner Hand und hielt sie gedrückt.

Der Aufzug vibrierte und kam zum Halten. Sie streifte seinen Arm beim Hinausgehen.

Er nahm die entgegengesetzte Richtung.

22

»Auf die Sekunde genau wie ein Schweizer Uhrwerk«, begrüßte ihn Pöll am Telefon.

»Stimmt. Punkt neun«, erwiderte Heimer nach einem kurzen Blick auf die Uhr. »Warum sind die Schweizer eigentlich so pünktlich?«

»Das haben wir … im Blut. Keine Ahnung, woher … das kommt. Sind wir so pünktlich, weil unsere Uhren so präzise sind, oder sind unsere Uhren … so präzise, weil wir so pünktlich sind?«

Am liebsten hätte Heimer ihn angefeuert, um ihn auf Trab zu bringen, sein Redefluss glich einem tropfenden Wasserhahn. Dennoch meinte Heimer, einen Hauch von Euphorie in seiner honorigen Stimme herauszuhören.

»Wir haben eine anonyme Nachricht erhalten. Fassauer hatte vor, die Presse zu informieren. Und er hatte eine Affäre mit Sarah Taler. Wussten Sie das?«

»Ja«, sagte Heimer und schwieg.

»Warum berichten Sie das nicht? Sie haben doch vorgestern lange mit Frau Taler bei Kerzenschein … geflirtet? Wir vermuten, dass sie wichtige Informationen zurückhält.«

»Wir haben über Belangloses geredet.«

»Sie haben nichts von ihrer Beziehung zu Dr. Fassauer gehört? Merkwürdig. Die ganze Belegschaft wusste Bescheid. Ich dachte, Sie hätten sie deshalb zum Essen eingeladen.«

»Sie ist sympathisch, das hat sich einfach so ergeben. Erst beim Essen hat sie über ihre Beziehung zu Dr. Fassauer gesprochen.«

»Besorgen Sie uns mehr Informationen.«

Heimer überlegte. Er musste bald liefern, sonst war er

nicht mehr im Spiel. »In Ordnung«, sagte er schließlich. »Wie lange bleiben Sie bei der Version von Fassauers Suizid?«

»Noch einige Tage, dann rücken wir davon ab.«

»Sind Sie kurz vor der Aufklärung?«

»Kein Kommentar. Versuchen Sie herauszubekommen, was Fassauer der Presse berichten wollte.«

»Ich gebe mein Bestes.«

»Ehe ich es vergesse: Wir wissen, dass Fassauer auch ein enges Verhältnis zu Christiana Witt pflegte. Hören Sie sich mal bei Ihren neuen Kollegen um, ob da was dran ist. Eifersucht zählt zu den häufigsten Mordmotiven.«

»Steht Professor Witt unter Verdacht?«

»Nicht wir berichten, sondern Sie«, sagte Pöll nachdrücklich.

»Ich glaube, Sie wissen das schon: Die Affäre zwischen Taler und Fassauer liegt schon länger zurück. Taler hat die Beziehung beendet.«

»Das ist mir neu. Warum?«

»Weil Fassauer sich nicht von seiner Familie trennen wollte.«

»Und dann hat er sich an die Witt herangemacht. Uns interessiert, ob Professor Witt davon Kenntnis hatte.«

»Inwieweit der Tratsch bis zu ihm vorgedrungen ist, habe ich noch nicht herausbekommen. Ich versuche Frau Witt damit zu konfrontieren. Möglicherweise wird sie nervös und macht einen Fehler«, sagte Heimer, ohne es in die Tat umsetzen zu wollen.

»Die Witt ist nicht ohne. Sie inszeniert sich mal als kleines, unschuldiges Mädchen, mal als verführerische Frau. Die Dosis macht das Gift und davon hat sie zu viel.«

»Für ihre Attraktivität kann sie nichts.«

Pöll atmete tief ein. »Oh je!« Sein nachgeschobenes Seufzen klang gekünstelt. »Wir wissen, dass Sie Frau

Witt ...«, er zögerte, »sympathisch finden. Aber sehen Sie der Wirklichkeit ins Auge.«

»Sie ist meine Patientin und ich bin verpflichtet, ihr zu helfen.«

»Ich habe Sie gewarnt.« Pöll ließ den Worten Raum, um ihre Wirkung zu steigern. »Ich habe selten in einem Verhör eine so ausgebuffte Person erlebt. Mich täuscht sie nicht, sie gehört zu den Insidern.«

»Sie befinden sich auf dem Holzweg«, sagte Heimer laut. Es klang nicht so überzeugend, wie er es sich wünschte.

»Ich irre mich selten. Nehmen Sie meinen Rat ernst, denn ich weiß, wovon ich rede: Die Witts manipulieren ihr Umfeld nach Belieben. Sie sind nur eine beliebige Figur in ihrem Schachspiel.«

Nach dem Telefonat ließ ihn das Bild des Schachbretts nicht mehr los.

Heimer lief in der Klinikzentrale herum, suchte die Teeküchen auf und übte sich in Small Talk. Wie immer wollte man den Neuen mit Insiderwissen und Lästereien über die Kollegen beeindrucken. Einiges erschien ihm übertrieben. Wenn er Christiana Witt und Dr. Fassauer erwähnte, deutete keiner eine Affäre an. Meistens ging es dann um Sarah Taler. Von Christiana Witt sprach niemand mehr.

Am Nachmittag hörte Heimer, dass Professor Witt in Küsnacht sei. Das war weit genug entfernt, um es zu wagen: Er suchte Christiana in ihrem Büro auf. Sie sah ihn schweigend an. Er setzte sich ihr gegenüber.

»Ich werde abtreiben«, flüsterte sie, als dürfte es keiner wissen.

Heimer nickte und der Teddy kam ihm in den Sinn, mit dem Baby Apollon niemals spielen würde. »Ich weiß«, sagte er und saß eine Weile schweigend da.

»Übermorgen um zehn ist der Termin.«

»Vielleicht kannst du noch ein wenig Zeit gewinnen.«

»Ich habe keine.« Ihre Stimme klang monoton und ihr Körper hatte jegliche Spannung verloren. Heimer suchte ihren Blick.

Sie sah ihn an. »Das Lebenswerk meines Vaters steht auf dem Spiel.«

Er hätte sie gern in den Arm genommen. »Bist du wirklich sicher, dass dein Mann zur Polizei geht?«

»Ja«, sagte sie halblaut.

»Auch wenn er damit riskiert, wegen Mordes angeklagt zu werden?«

»Wieso Mord?«

»Eifersucht ist ein häufiges Mordmotiv. Du hattest eine Affäre mit Fassauer, und dein Mann ist dahintergekommen.«

»Ich hatte keine Affäre«, zischte sie, doch ihr wütender Blick verschwand schnell. »Er ist überhaupt nicht mein Typ. Vertrau mir doch.«

»Auch wenn ich dir glaube, die Polizei glaubt vielleicht etwas anderes. Dein Mann war außer sich vor Wut, hat dir eine Szene gemacht und Fassauer bedroht. Nachdem ihm klar wurde, dass du ihn verlassen wirst, sah er nur einen Ausweg.« Er zögerte einen Moment. »Die Story ist plausibel.«

Sie schüttelte mit einem verzweifelten Lächeln den Kopf. »Er ist von seinem Schicksal überzeugt. Für ihn gibt es kein Entrinnen. Es dürfte ihm egal sein, ob er im Gefängnis oder außerhalb stirbt.«

»Einen Versuch ist es wert.«

Am Abend saß Heimer wieder mit Sarah beim Italiener. Der Kellner hatte sie wie langjährige Stammgäste begrüßt und zum Tisch geleitet. Seitdem bewegten sich ihre roten Lippen unentwegt. Der tanzende Kerzenschein ließ ihre Augen erstrahlen, die kleine Nase warf Schatten auf die gleichmäßigen Gesichtszüge. Doch

Heimers Aufmerksamkeit galt anderen: Alle Gäste, die nach ihnen das Restaurant betraten, waren verdächtig. Sie wurden ganz sicher observiert, nur durch wen? Ein junger Mann, der allein saß, sah ruckartig weg, als Heimer ihn musterte.

»Was ist los?«, fragte Sarah und schaute sich um. »Kennst du hier jemanden?«

»Entschuldige. Manchmal schaffe ich es nicht abzuschalten.« Er lehnte sich mit geneigtem Kopf nach vorn. »Der Termindruck ist daran schuld.«

»Die Kollegen erzählen, dass du ganz schön viel Zeit in der Teeküche verbringst und einen Haufen Fragen stellst.«

»Die übertreiben, ich bin vielleicht nicht so gut im Smalltalken.«

Aus ihrem Mund strömte ein langgezogenes »Okay«, sie hielt kurz inne, »Sie sagen, dass du ganz nach oben berichtest.«

»Ein Sonderauftrag, nicht so wichtig. Was gibt es denn Neues aus der verbotenen Zone?«

»Sonderauftrag von Frau Witt?«, fragte sie bissig.

»Von Professor Witt.«

»Wieso bist du dann so oft bei ihr?«

»Ich ziehe sie bei Fragen zurate.«

»Ah ja! Nennt man das heute so? Du flirtest doch mit ihr.«

»Nein! Was denkst du von mir?« Er lehnte sich kopfschüttelnd zurück und bereute sogleich seine abweisende Geste.

Die Gäste an den Tischen sahen zu ihnen herüber.

Sie beugte sich vor. »Man sagt, ihr kennt euch schon länger und du bist ihr nachgereist«, flüsterte Sarah aufgebracht. Eine leichte Röte überzog ihre Wangen.

»Hör bitte nicht auf das dumme Geschwätz. Neben Pünktlichkeit scheint Klatsch und Tratsch die eigentliche Domäne der Schweizer zu sein.«

Ein älterer Herr am Nebentisch drehte sich räuspernd um und warf Heimer einen strengen Blick zu. Offenbar hatte er die letzten Sätze mitbekommen.

Sarah verdrehte die Augen und schmunzelte.

Heimer legte den Zeigefinger auf seine grinsenden Lippen und atmete tief durch. Er lenkte das Gespräch auf die Kliniken und erfuhr, dass sie vor Jahren am wirtschaftlichen Abgrund gestanden hatten, weil die Forschungsausgaben ständig erhöht wurden. Wenn Heimer jedoch die verbotene Zone ansprach, reagierte Sarah wortkarg. Nach einigen Versuchen gab er auf und ließ sie schließlich die Themen bestimmen. Was anfangs aus Höflichkeit geschah, zog ihn allmählich in ihren Bann. Mit angenehmer Stimme erzählte sie von ihrer Jugend, von ihrer ersten Liebe und untermalte passende Stellen mit einem gekonnten Augenaufschlag. Ihre Blicke versanken ineinander. Heimer schwenkte verlegen sein Rotweinglas, roch daran und nahm einen Schluck, den er langsam im Mund herumwandern ließ. Sarah schloss sich an. Er traute sich nicht, ihr noch einmal so tief in die Augen zu schauen, also sah er sich wieder im Raum um, in dem sich inzwischen nur noch ein weiterer Gast aufhielt. »Hast du noch einen Wunsch?«, fragte er, um den Aufbruch einzuläuten.

»Sollte ich einen haben?« Sie lächelte.

Er zögerte und Sarah schlug für übermorgen ein indisches Restaurant vor, was er mit einem Nicken bestätigte.

»Darf ich dich nach Hause begleiten?«

Jetzt war sie es, die nickte.

Auf dem Heimweg spazierten sie einige Schritte nebeneinander, dann hakte sie sich ein. Minutenlang war nur das gleichmäßige Klappern ihrer Absätze zu hören. Vor ihrer Haustür blieb sie stehen und zog ihn an seinem Mantel heran.

»Wir sind da.«

Er umarmte sie. Ihr Mund war plötzlich ganz nah.

Sie wich einen Schritt zurück und sah ihm fragend in die Augen. »Bis morgen«, sagte sie, und als er nicht antwortete, drehte sie sich um und zog ihren Schlüssel aus der Tasche.

»Es war ein schöner Abend«, sagte er in ihrem Rücken.

Sie öffnete die Haustür und warf einen Blick über die Schulter. »Ich war das erste Mal seit Langem wieder glücklich.« Die Tür fiel langsam hinter ihr ins Schloss. Ehe sie die Treppe hinaufstieg, drehte sie sich kurz um und lächelte ihn durch die Glastüre an.

Er blieb noch einige Sekunden, bevor er sich auf den Weg zum Hotel machte.

23

Nach dem Frühstück saß Heimer mit geschlossenen Augen in seinem Hotelzimmer. Er schwebte in vergangenen Bildern, die ihm so gegenwärtig erschienen, als wären sie gerade erst geschehen. Jeder Moment, jede Geste, jeder Blick, alles an ihr war wichtig, hatte einen Platz in seinem Herzen, und doch blieb ihm ihre Seele verborgen, denn Christiana war für ihn wie ein Spiegel, der seine Sehnsüchte offenbarte. Gegen neun Uhr klopfte das Zimmermädchen an der Tür und Heimer kam es vor, als hätte er schon den ganzen Vormittag so dagesessen.

»In einer halben Stunde ist das Zimmer frei!«, rief er.

»Entschuldigung!«, drang es durch die Tür.

Heimer telefonierte mit Professor Beckmann und vereinbarte ein Gespräch für halb elf. Im zweiten Telefonat teilte er Urs mit, dass er heute wegen eines Magen-Darm-Infekts ausfalle. Bevor er aufbrach, sendete Heimer eine Textnachricht an Pöll: »Nichts Neues, melde mich morgen.« Dann schaltete er das schwarze Smartphone aus.

Vor der Seniorenresidenz Seeblick stand wieder die ältere, elegant gekleidete Dame. Sie wartete an derselben Stelle.

»Haben Sie meine Tochter gesehen? Sie wollte mich abholen.«

Und erneut sagte er: »Sie wird bestimmt gleich kommen.«

Heimer fragte am Empfang, ob der Heimleiter zu sprechen wäre.

»Er ist im Haus unterwegs. Ich piepse ihn an. Einen Moment bitte.«

Kurz darauf erschien er im Foyer. »Grüezi, der Herr

Psychologe!« Er hob die Hand zum Gruß. »Was kann ich diesmal für Sie tun?«

»Die ältere Dame am Eingang fragt mich ständig nach ihrer Tochter. Sie ist dabei so hoffnungsvoll und ich muss sie immer wieder enttäuschen.«

Der Heimleiter zögerte und machte eine kurze Handbewegung in Richtung Eingang. »Jeden Tag steht sie da und abends bringen wir sie in ihre Wohnung zurück.« Er stockte einen Moment. »Sie hat sich nach dem Unfall in ihre eigene Welt zurückgezogen.«

»Unfall?«

»Ihre Tochter und Enkelin hatten sich mit ihr zu einem Ausflug in die Berge verabredet. Auf dem Weg hierher sind beide bei einem Verkehrsunfall tödlich verunglückt. Wir haben die Nachricht drei Stunden später erhalten, da stand sie immer noch am Eingang. Ich habe versucht, es ihr zu sagen, bin aber nicht zu ihr durchgedrungen. Am Abend haben wir sie in ihre Wohnung gebracht und auf morgen vertröstet. Wir hatten gehofft, dass es ihrem Schwiegersohn am nächsten Tag gelingen würde, doch wie Sie sehen, verhält sie sich so, als wäre nichts geschehen. Jeden Morgen gibt sie Bescheid, dass ihre Enkelin und ihre Tochter kommen. Man sieht es ihr schon beim Frühstück an, wie sie sich freut. Inzwischen bringt es keiner mehr übers Herz, das Unglück anzusprechen.«

Heimer schwieg einen Moment und sagte schließlich, »Wird sie von einem Traumatherapeuten behandelt?«

»Ich glaube nicht. Ihr Schwiegersohn hat sie seit dem Unfall nur einmal besucht.«

Zwei Teetassen, ein Sahnekännchen und eine Schale mit braunem Kandiszucker schienen Heimer ein gutes Omen für ein Gespräch zu sein. Auf dem Teestövchen thronte eine elfenbeinfarbene Teekanne, die sparsam mit Kornblumen verziert war. Blaue Servietten lagen millimetergenau neben den Tassen. Professor Beckmann zeigte auf einen Platz am ovalen Wohnzimmertisch und zündete eine Kerze an.

»Ich hoffe, Sie mögen Assam? Mit dem Kandis entsteht ein zarter Karamellgeschmack. Nehmen Sie etwas Sahne dazu?«

»Danke, lieber ohne.«

»Was führt Sie zu mir?«

»Ich möchte Sie um Ihren Rat bitten.«

Beckmann schmunzelte. »Ein guter Anfang.«

»Es geht um Ihre Tochter. Ich habe den Verdacht, dass sie unter einer dissoziativen Störung leidet.«

»Was wollen Sie damit sagen?«

»Christiana ist oftmals weggetreten, scheint neben sich zu stehen. Sie hat sich wahrscheinlich eine zweite Welt aufgebaut, um Erinnerungen an ein schweres Trauma zu drängen.«

Beckmann zog seine Augenbrauen zusammen und schüttelte den Kopf. »Was Sie erzählen, ist blanker Unsinn! Christiana leidet an keinem Trauma. Das wüsste ich! Ich denke, dass Sie –«

»Es muss etwas in ihrer Kindheit passiert sein!«, unterbrach ihn Heimer.

»Sie irren sich.« Er sah Heimer verständnislos an.

Heimer trank einen Schluck Tee und fügte einen weißen Kandisklumpen hinzu. Er rührte in seiner Tasse und nippte dann daran. Nachdenklich sah er auf. »Wechseln wir das Thema. Ich glaube, Sie täuschen Demenz vor. Seit Tagen frage ich mich, warum.«

Beckmann nahm sich Zeit. »Es ist für alle die beste Lösung.«

»Damit ist die Frage noch nicht beantwortet.«

»Mehr erfahren Sie dazu nicht.«

»Ihre Tochter ist der Grund, warum ich hier bin.«

»Ich bin im Bilde«, sagte Beckmann nickend.

»Verzeihen Sie, wenn ich noch einmal frage: Ist Christiana psychisch krank?«

Beckmann lachte. »Wie kommen Sie denn nur darauf?« Amüsiert fuhr er fort. »Wer ist aus der Sicht eines Psychiaters schon gesund? Er sah in Heimers ernstes Gesicht und passte sich an. »Sie ist mein tapferes Mädchen, belastbarer als die meisten Menschen.«

»Ich arbeite inzwischen für Witt und glaube –«

»Christiana hat mir alles erzählt.« Beckmann verschränkte die Arme vor der Brust und zögerte. Sein angespanntes Gesicht schien etwas zu verbergen. Er fuhr mit den Fingern über sein lichtes Haar. »Was ich jetzt sage, muss unter uns bleiben. Versprechen Sie das?«

»Wie kann ich etwas versprechen, ohne zu wissen, um was es geht?«

Beckmann zauderte. »So kommen wir nicht –«

»Bitte vertrauen Sie mir. Ich will weder Ihnen noch Christiana schaden.«

»Es wäre nicht das erste Mal, dass gute Absichten in die Katastrophe führen.« Beckmanns Gesicht hatte sich verwandelt, es wirkte milder als zuvor und seine wachen Augen fanden Ruhe. »Bitte«, sagte er und ein bittender Aufblick folgte. »Wenn Sie zu der Überzeugung kommen, dass das Leben von Christiana auf dem Spiel steht, geben Sie mir dann Ihr Wort?«

Heimer nippte an der Teetasse. »Einverstanden.«

Beckmann griff ebenfalls zur Tasse, stellte sie aber, ohne einen Schluck zu trinken, wieder hin und holte Luft. »Also gut.«

Heimer sah ihn schweigend an.

»Ein Patient mit Panikattacken wurde bei uns eingeliefert. Weder mit Verhaltenstherapie noch mit Medikamenten haben wir seine Angststörung in den Griff bekommen. Letztere lösten sogar einen anaphylaktischen Schock aus. Wir sahen nur die Möglichkeit einer Überblendung der Erinnerungen, die zu diesen Panikattacken führten. Wir besprachen es mit seinem Bruder, der sofort einwilligte. Dass der Mann ein Mafia-Boss war, haben wir nicht gewusst. Drei Monate nach der erfolgreichen

Behandlung tauchte der Bruder wieder auf. Diesmal bat er uns, die Erinnerungen eines Zeugen zu überblenden, der in einem Prozess gegen ihn aussagen sollte. Er bot uns zunächst hunderttausend Franken an, als wir bei dreihunderttausend immer noch zögerten, drohte er Christiana auf die Grabliste zusetzen. Das ist eine Liste der Mafia und wer darauf steht, wird lebendig begraben. Sie würde qualvoll in einem Sarg ersticken, wenn wir uns weiterhin weigerten.«

»Was haben Sie da nur angerichtet?«, hörte Heimer sich vorwurfsvoll fragen. Er war nicht mehr er selbst.

»Wir sind den Menschen verpflichtet, jeder hat das Recht auf medizinische Behandlung. Das kriminelle Potential der Überblendungen hatten wir nicht erkannt.«

»Und warum schalten Sie die Polizei nicht ein?«

»Selbst wenn der Auftraggeber verhaftet wird, hat das keinen Einfluss auf den Auftrag. Niemand kann von der Grabliste wieder gestrichen werden, weil der Totengräber unbekannt ist. Über einen Briefkasten erfolgen Auftragserteilung und Bezahlung. Hätten wir nicht innerhalb von vierundzwanzig Stunden zugestimmt, wäre Christiana auf die Liste gesetzt worden.« Tränen schienen sich in seinen Augen zu sammeln, er senkte den Kopf.

Heimer schwieg.

»Können Sie sich einen so grauenvollen Tod vorstellen?« Verzweifelt schaute er zu Heimer auf. »Sie ist das größte Geschenk meines Lebens.«

Heimer schaffte es nicht, einen einzigen klaren Gedanken zu fassen. Er sah Christiana vor sich, wie sie verzweifelt von innen gegen einen Sargdeckel schlug, bis ihre Hände blutig waren und ihre Fingernägel abbrachen. Er hörte ihre Schreie von anderthalb Meter Erde verschluckt. Sie rang, hechelte vergebens nach Luft und erstickte qualvoll. Auf dem Höhepunkt seiner Verzweiflung entstand eine analytische Ruhe in seinem Kopf.

Heimer begann, das Gehörte zu sortieren. Er versuchte, in Beckmanns Augen zu lesen, die ihm offen und ehrlich schienen. Für sein Kind war er zum Handlanger der Mafia geworden.

»Was hätten Sie getan?«, fragte Beckmann.

Heimer sprach leise. »Ich weiß es nicht.« Was Beckmann erzählte, klang plausibel. Die Kliniken waren zum verlängerten Arm der Mafia geworden, die die Forschungseinrichtungen für ihre Zwecke missbrauchte. Es war nur noch eine Frage der Zeit, wann die Mafia dieses Geschäft selbst betreiben würde. Er hörte sich mechanisch sagen: »Weiß Christiana davon?«

»Nur Berthold und ich wissen über die Grabliste Bescheid.«

»Hat Christiana bei den Überblendungen mitgemacht?«, fragte Heimer leise, als würde er Zahlen im Kopf addieren.

»Ich habe sie rausgehalten. Als sie noch zur Schule ging, haben wir öfters mal über Gedächtnismanipulationen phantasiert: Dass eine Zeit kommen wird, in der es Gedächtnistankstellen geben wird, die neue Erinnerungen schaffen, bestehende verändern oder sogar entfernen. Meine späteren Experimente habe ich natürlich vor ihr verheimlicht.«

Heimer wählte seine Worte mit Bedacht. »Christiana hat etwas anderes erzählt.«

Beckmann zuckte zusammen. Sein Kinn wirkte hart und kantig, die Mundwinkel spannten sich nach unten. »Ja, mag sein, dass sie etwas mitbekommen hat. Sie war gelegentlich bei geringfügigen Überblendungen behilflich. Nicht direkt beteiligt, eher mittelbar. Verstehen Sie, was ich meine?«

»Ich denke schon«, sagte Heimer und fühlte sich verraten, ahnte, dass Beckmann ihn wie alle anderen für seine Zwecke instrumentalisierte. »Seit wann führen Sie diese Eingriffe durch?«, fragte Heimer in der Gewissheit, erneut belogen zu werden.«

»Vor rund fünfzehn Jahre haben wir zum ersten Mal 3D-Animationen eingesetzt. Christiana hatte grandiose Ideen beigesteuert: Eine Patientin sah und roch, wie Urin aus Zigaretten tropfte.« Seine Augen blitzten auf. »Einem Übergewichtigen haben wir Bilder gezeigt, wie Schokolade aus Exkrementen geformt und im Papier seiner Lieblingssorte verpackt wurde. Der Ekel ist für uns ein wichtiger Verbündeter, wenn wir Verhaltensänderungen herbeiführen wollen.«

»Mit Einwilligung der Patienten?«

»Es hat etwas Erhabenes, Schöpferisches, um nicht das Wort göttlich zu benutzen, ohne Wissen der Patienten zu handeln. Aber immer in ihrem Sinne. Aus einem notorischen Fremdgänger wurde ein treuer Familienvater. Einem Suizidgefährdeten haben wir Lebensmut eingeflößt. Er ist bis heute einer der glücklichsten Menschen, denen ich je begegnet bin.« Beckmann musterte Heimer. »Wissen Sie, die Hölle, die Hölle ist nur im Kopf.«

»Ich kenne das. Bitte, erzählen Sie weiter.«

»Berthold erkannte sofort die Möglichkeiten, die meine Forschungen boten. Gemeinsam haben wir unser System immer wieder angepasst, verbessert und haben nun eine anwendbare Therapie konzipiert. Stellen Sie sich vor, sie käme in jeder psychiatrischen Praxis zum Einsatz. Es wäre der Höhepunkt der Medizingeschichte in diesem Jahrhundert, mehr noch, es würde die Menschheit in neue Dimensionen führen.«

»Und Ihre finanziellen Probleme beheben«, schob Heimer ein.

»Dass das Ganze nicht zum Nulltarif zu haben ist, versteht sich von selbst. Mir persönlich ist Geld egal, ich habe alles in die Forschung gesteckt. Wir müssen vorankommen und dürfen keine Zeit mit ethischen Fragestellungen verlieren.«

»Letztlich gestalten Sie Menschen nach Ihren Vorstellungen, Ihren Präferenzen.«

Beckmann schüttelte den Kopf. »Es ist ... zum Wohl der Patienten. Wir können Menschen helfen, für die es bisher keine Hoffnung gab«, sagte er mitreißend, und jedes Wort verlieh ihm mehr Schwung und Lebendigkeit.

Heimer nickte kaum merklich und wahrte seine kritische Distanz, obwohl es ihm schwerfiel, sich dieser Begeisterung, diesem Optimismus zu entziehen.

»Die meisten Erkrankungen aus dem Spektrum der Schizophrenie werden wir heilen!«, fuhr Beckmann dozierend fort. »Es wird keine Suchtkranken mehr geben! Wir schalten das Suchtgedächtnis dauerhaft aus, weniger Drogen- und Alkoholtote. Wir müssen nur handeln.«

»Gemeinsam mit der Mafia?«

»Jetzt lassen Sie mich bitte ausreden, dann werden Sie schon verstehen«, flüsterte Beckmann verärgert. »Unsere Ausgaben für Technik und Forschung betrugen zuletzt rund hundertfünfzig Millionen Franken, und wir brauchten weitere Millionen. Um das nötige Geld zu beschaffen, boten wir unser Verfahren einem kleinen Kreis von Millionären an.« Beckmann schwieg einen Moment. »Alles wäre gut gegangen, wenn wir nicht diesen Mafiaboss behandelt hätten. Dann verlangten sie, dass wir die Missbrauchserlebnisse einer Dreizehnjährigen in ihrem Gedächtnis überblenden. Ich habe das schluchzende Mädchen in meinen Armen gehalten. Mit der Überblendung haben wir ihr geholfen und sie von ihrem Trauma befreit. Zwei Monate später kam eine Elfjährige zu uns.« Beckmann stockte. »Ich war am Ende, konnte nicht mehr und habe nach einem Ausweg gesucht. Ich habe Demenz vorgetäuscht, weil ich Angst hatte, dass sie mich sonst zwingen würden, weiterzumachen. Berthold führt seitdem die Behandlungen allein durch. Wir haben keine Wahl, sonst werden sie Christiana lebendig begraben. Verstehen Sie?«

Heimer schluckte und sah in das verzweifelte Gesicht.

Sein Blick löste sich von den traurigen Augen. Eine seltsame Ruhe breitete sich in ihm aus, als schwebte er über den Dingen. Herabschauend sah er die Konstellationen, die Zwänge und er spürte eine Distanz zu den Geschehnissen. Es war, als stünde er vor der letzten Weichenstellung seines Lebens. »Wer hat Christiana entführt?«, fragte er nach einer Weile.

»Die Mafia. Irgendwann hat auch Berthold sich geweigert weiterzumachen. Nach der Entführung riefen sie ihn an, noch sei Christiana nichts geschehen. Berthold hat sofort eingelenkt.«

»Was weiß sie davon?«

Beckmann schüttelte den Kopf. »Von den Mafia-Aufträgen haben wir sie ferngehalten.«

Heimer nickte, doch sein Misstrauen blieb. »Glaubt Christiana an die Demenz-Story?«, fragte Heimer.

»Ja, sie glaubt es!«

»Sie einzuweihen, auf die Idee sind Sie nicht gekommen?«

»Nein!«, schrie Beckmann. Er beruhigte sich sofort wieder. »Sie hat ein ausgeprägtes Gerechtigkeitsempfinden und würde ihr Leben aufs Spiel setzen, wenn sie es wüsste. Sagen Sie es ihr bitte nicht.« Einige Sekunden lang herrschte eine bedrückende Stille, die Beckmann mit feuchten Augen unterbrach. »Sie ist alles, was ich habe.«

Heimer trat ans Fenster und schaute auf den Zürichsee. »Bei unserem ersten Gespräch waren Sie so abweisend, weil Sie Angst hatten, ich könnte ein Spitzel der Mafia sein. Deshalb sagten Sie auch, Ihre Tochter sei Ihnen gleichgültig.«

»Sie hätten aber auch im Auftrag der Polizei ermitteln können.«

»Das war der Grund, warum Sie sich so deutlich gegen die Manipulation von Erinnerungen ausgesprochen haben.«

»Die Angst um meine Tochter macht mich fast wahnsinnig.«

»Ich werde Christiana nicht gefährden. Das verspreche ich.« Nach einer kurzen Stille fragte Heimer: »Wer hat Fassauer auf dem Gewissen?«

»Die Mafia!«

»Haben Sie Beweise?«

Beckmann zuckte mit den Schultern. »Vor einigen Monaten hat Fassauer ein paar Sonderaufträge für Berthold in der Villa 9 erledigt und hat sich dabei wohl gründlich umgeschaut. In dieser Zeit hat er auch versucht, über Christiana an weitere Informationen zu gelangen. Schließlich hat er Videomaterial entwendet und uns damit erpresst.«

»Und dann haben Sie ihn an die Mafia ausgeliefert?«

»Nein, wir haben seine Forderung erfüllt. Er hat den Umschlag mit der gewünschten Summe erhalten. Eine Woche später hat er ihn zurückgegeben.«

»Was wollte er stattdessen?«

»Dass wir aufhören und unsere Aufzeichnungen vernichten.« Beckmann schüttelte den Kopf. »Er hat gedroht, wenn wir uns nicht selbst anzeigen, wird er es tun. Ich habe ihn gewarnt! Die Polizei steckt mit denen unter einer Decke!« Beckmann schluckte. »Leider hat er mir nicht geglaubt.« Er verschränkte die Arme vor der Brust und sah Heimer an. »Mehr konnte ich nicht tun.«

Heimer nickte nachdenklich. »Sicherlich.«

»Wir haben noch ein zweites Problem, das ich anfangs unterschätzt habe: Berthold ist besessen von der Vorstellung, dass er während der Geburt seines Sohnes sterben muss. Ich würde –«

»Ich weiß«, unterbrach ihn Heimer. »Zeigt er noch andere Symptome, die auf eine Psychose schließen lassen?«

»Er ist ein intelligenter Psychopath, von Ehrgeiz zerfressen und mit extremer Willenskraft ausgestattet. Ich habe Jahre gebraucht, um ihn zu durchschauen, und dann war es zu spät. Christiana wollte es nicht wahrhaben. Wenn Ihre Tochter den Falschen heiraten will, was können Sie dagegen ausrichten?«

»Nichts!«

»Berthold agiert realitätsdicht und analytisch, wie man es von einem Psychiater erwartet. Christiana glaubt mir bis heute nicht, dass sie mit einem hochintelligenten Psychopathen verheiratet ist. Nur die seltsame Wahnvorstellung, sein Leben sei durch die Geburt bedroht, lässt sie zweifeln.«

»Was ist, wenn er recht hat?«

Beckmann stutzte, lächelte süffisant und erforschte Heimers Gesicht. »Brauchen Sie psychiatrische Hilfe?«

»Nicht nur ich«, sagte Heimer.

»Ich habe einen Vorschlag, der nur funktioniert, wenn Sie mitmachen: Wir sagen Berthold, dass Sie der Vater sind.«

»Ich!«

»Dieser Gedanke kam mir, als ich eine Fallbeschreibung in Ihrem Buch las. Es ist unmöglich, Berthold von seiner fixen Idee abzubringen. Also ändern wir die Umstände: Christiana beichtet, dass sie mit Ihnen geschlafen hat, und Sie gestehen die Affäre, wenn er Sie danach fragt.«

»Was sagt Christiana dazu?«

»Sie werden es ihr vorschlagen und sie davon überzeugen, ehe es zu spät ist.«

»Ich habe eine bessere Lösung. Wir nehmen bei Witt eine Überblendung vor.«

»Wenn das so einfach wäre, hätte ich das schon längst veranlasst. Berthold befürchtet genau das. Er hat deshalb seine Ängste archiviert und erhält regelmäßig eine Nachricht darüber. Wenn es uns gelänge, diese Erinnerung zu überblenden, würde Berthold davon erfahren.«

»Und wenn wir verhindern, dass er die Nachricht erhält? Wie hat er es abgesichert?«

»Das hat er mir natürlich nicht gesagt, vielleicht automatisierte E-Mails, vielleicht über eine dritte Person, die im Hintergrund agiert.«

Heimer schüttelte den Kopf. »Es wird immer verrückter!«

»Für ihn ist das die logische Konsequenz. Er ist überzeugt, dass eine transzendente Macht dies für seine Blutlinie vorherbestimmt hat. Wenn Sie vor der Wahl stünden: Ihr Leben oder die Abtreibung, wie würden Sie sich entscheiden?«

»Es hat was von Notwehr«, antwortete Heimer.

»Genau, moralische Bedenken werden ihn nicht von seinem Vorhaben abbringen. Am Ende siegt wie bei allen Menschen der Wille zum Überleben.«

Heimers Gedanken formten sich um dieses neue Szenario. Beckmanns Vorschlag hatte Substanz, die Dinge könnten sich in seinem Sinne entwickeln.

Beckmann hob die Augenbrauen und fixierte Heimer. »Machen Sie mit?«

Schweigend sahen sie sich an.

»Ich werde es versuchen«, sagte Heimer.

»Danke!«

»Wenn Christiana ihre Rolle überzeugend spielt, sollte es klappen.«

»Mit ihrem schauspielerischen Talent hat sie schon ganz andere Sachen gemeistert, sagte Beckmann mit einer Prise Euphorie.

Beckmanns Vorschlag war verblüffend und nahezu genial. Er agierte nicht in starren Denkmustern eines siebzigjährigen Psychiaters. Vielleicht hatte er auch einen Plan, wie sie sich der Mafia entledigten. »Was ist mit der Mafia? Die töten Menschen, und Sie helfen ihnen, es zu vertuschen.«

»Ich sehe das anders. Wir retten Leben. Was wäre denn die Alternative? Diese Menschen würden sonst liquidiert.«

»Das ist nicht Ihr Ernst?«
»Todernst.«

Am Ausgang der Seniorenresidenz stand wieder die ältere Dame. Sie setzte zu ihrer Frage an, doch Heimer kam ihr zuvor. »Liebe Grüße von Ihrer Tochter und von Ihrer Enkelin!« Nachdem er keine Reaktion bemerkte, fuhr er fort: »Die beiden sind traurig, weil Sie hier warten. Vorbeikommen werden sie nicht mehr.« Heimer schaute kurz zum Himmel.

Sie fuhr mit den Fingern über ihre linke Hand. Die bedrückende Leere in ihren Augen blieb.

»Erinnern Sie sich an die ersten Gehversuche Ihrer Tochter: Sie ist oft hingefallen und wieder aufgestanden. Jetzt sind Sie dran.«

Sie betrachtete Heimer reglos.

»Ihre Tochter liebt Sie. Es wäre ihre größte Freude, wenn Ihre Trauer ein Ende finden würde.«

Die ältere Dame stand reglos da, kein Laut kam aus ihrem geöffneten Mund.

24

Am nächsten Morgen sandte Heimer wie schon am Vortag eine Textnachricht: »*Nichts Neues. Melde mich demnächst.*« Kurz darauf vibrierte das schwarze Telefon. Es war Pöll, der auf eine Begrüßung verzichtete. »Sie sind in Gefahr! Verlassen Sie sofort die Schweiz und tauchen Sie irgendwo unter.«

»Wieso? Was ist passiert?«, fragte Heimer überrumpelt.

»Gestern Abend wurde die Leiche eines Kollegen gefunden.« Pöll klang schrill und gehetzt, seine sonore Stimme war kaum wiederzuerkennen. »Er wurde gefoltert. Wir vermuten, dass er geredet hat. Reisen Sie ab!«

»Ich … Ich überlege es mir«, sagte Heimer, der nach Luft rang.

»Haben Sie nicht verstanden? Ihre Tarnung ist aufgeflogen. Der Kollege hatte Zugang zu den Akten.«

»Ich denke darüber nach. Bis morgen.«

»Er wurde mit einem Lötkolben bearbeitet. Ist Ihnen klar, in welcher Gefahr Sie schweben?«

Heimer legte auf. Das Telefon vibrierte erneut. Er schaltete es aus und sperrte es in den Zimmersafe. Wenig später klingelte das Festnetztelefon. Er verließ das Zimmer.

Nach dem Frühstück blieb Heimer lange sitzen, bestellte eine zweite Kanne Assam Tee und rief sich die letzten Tage ins Gedächtnis. Er nahm sein schwarzes Notizbuch hervor. Auf einer leeren Seite schrieb er in der Mitte den Namen Christiana und umrahmte ihn. Ferner notierte er Villa 9, Witt, Beckmann, Patienten, Kantonspolizei, Bundespolizei, Mafia, Grabliste, Fassauer, Sarah und umkreiste diese. Er zog Striche zwischen den Rahmen und Kreisen. Kleine Kommentare kritzelte er dazu, zeichnete Pfeile mit Abzweigungen in verschiedene Richtungen und manchmal setzte er neben den Linien ein Fragezeichen. Er sah Abhängigkeiten, analysierte den Informationsfluss und schuf sich so eine Distanz zum Geschehen. Heimer prägte sich das Mindmap ein. Auf dem Weg zur Klinik entstanden neue Verbindungen, vergrößerten sich Elemente, andere verschwanden. Beim Betreten der Zentrale nahm sein Plan konkrete Formen an.

Heimer wartete im Flur, bis er eine Kollegin auf dem Gang sah, dann betrat er das Büro. Bevor er die Tür schloss, rief er so laut »Hallo, mein Mäuschen«, dass man es bis in den Flur hören konnte.

Christiana sah ihn verblüfft an. »Was soll das? Du kompromittierst mich!«

»Ich habe gestern mit deinem Vater gesprochen. Es ist sein Plan.«

»Dass ich dein Mäuschen bin?«

»So in etwa.«

»Da hat mein Vater was verwechselt. Hast du vergessen, dass er krank ist?«

»Auch demente Menschen können gute Ideen haben.«

»Bloßstellen!«

»Lass es mich bitte erklären: In Berlin haben wir uns verliebt und dann ist das Malheur passiert. Wenn dein Mann glaubt, dass ich der genetische Vater bin, wird seiner Psychose der Boden entzogen.« Er lächelte sie an.

Ihre gerunzelte Stirn entspannte sich langsam, sie stand auf und ging um den Schreibtisch herum. Sie beendete die Stille mit einem Zwinkern: »Keine unsympathische Lösung.«

»Wenn wir die Rollen gut spielen und glaubwürdig wirken, könnte es gelingen«, sagte Heimer.

»Rollen?«

Heimer versuchte zu antworten, schaffte es aber nicht. Christiana küsste ihn.

Heimer presste sie an sich. Was auch immer kommen würde, dieser Augenblick war es wert. Und jetzt sagte er, was er schon seit langem sagen wollte: »Ich liebe dich.«

Sie legte ihren Zeigefinger sanft auf seinen Mund. »Ich weiß.« In diesem Moment öffnete sich die Bürotür und eine Frau schaute herein. Sie ließen abrupt voneinander ab.

Besser hätten sie es nicht spielen können, dachte Heimer später.

Am Nachmittag saß Heimer im Büro, beantwortete E-Mails und las den Entwurf einer neuen Versuchsanordnung. Seine Gedanken schweiften dabei immer wieder zu Christiana und alles andere verblasste, wurde zweitrangig, unwichtig. Sie erweckte in ihm eine Kraft, die er schon lange verloren glaubte.

Kurz vor siebzehn Uhr betrat Sarah sein Büro. Ihr beschwingter, aufrechter Gang, die grauen High Heels und das figurbetonte Kleid im gleichen Grau der Schuhe zogen Heimers Blicke an. Ihre knallroten Lippen rundeten ihren modelähnlichen Auftritt ab. Sie warf das Haar zurück und blickte Heimer herausfordernd in die Augen.

»Die gute oder die schlechte Nachricht zuerst?«, fragte sie in einem Ton, der nur Gutes vermuten ließ.

»Die schlechte zuerst.«

»Okay! Mein Inder hat heute geschlossen.«

»Schade. Dann verschieben wir unser Essen.«

»Frag nach der guten Nachricht.«

»Spann mich nicht auf die Folter.«

»Ich kann indisch kochen. Hast du Lust?«

Sein Schweigen war ihm peinlich. Je länger er schwieg, umso unangenehmer wurde es.

»Ich fühl mich nicht gut. Lieber nächste Woche, wenn es dir recht ist?«

»Recht?« Ihr Lächeln war verschwunden. »Okay«, sagte sie und als er schwieg, verließ sie das Büro.

25

Lange bevor der Wecker klingelte, war Heimer aufgestanden und summte im Badezimmer vor sich hin. Dass er die Melodie von *My Heart Will Go On* verfehlte, störte ihn nicht im Geringsten. Verschwenderisch verteilte er das Rasierwasser bis zum Nacken. Im Frühstückssaal war er der erste Gast, trank zügig einen Cappuccino und nahm ein Croissant für unterwegs mit. Kaum in der Klinik angekommen, lief er auf dem Weg zur Teeküche an Christianas Büro vorbei und schaute hinein. Ihr Schreibtisch war noch unberührt, wie üblich um diese Uhrzeit. Aber er wollte den Platz sehen, an dem sie so viele Stunden verbrachte. Im Büro rief Heimer den Online-Kalender auf. Die Sekretärin hatte den Termin mit Professor Witt für elf Uhr bestätigt. In den nächsten zwei Stunden ging er dreimal vergebens an Christianas Büro vorbei, dazwischen beschäftigte er sich mit einer neuen Studie, dann fiel ihm ein, dass er Hauptmann Pöll vergessen hatte, der sich vermutlich inzwischen Sorgen machte. Heimer aktivierte das schwarze Handy und bekam drei entgangene Anrufe angezeigt. Heimer tippte: »*Ich bleibe in Zürich und versuche selbst auf mich aufzupassen*«, drückte auf Versenden und schaltete das Telefon aus. Die verbleibende Zeit bis zum Termin verbrachte Heimer vor dem Computermonitor. Seine Augen wanderten pro forma über eine Studie, die Gedanken aber waren schon beim Gespräch mit Professor Witt, das alles entscheiden würde.

Am Konferenztisch polierte Professor Witt die Brillengläser seiner schwarzen Hornbrille und hielt sie mehrfach gegen das Lampenlicht. Heimer saß ihm gegenüber und starrte auf die in Spiritus eingelegten Präparate, auf den einäugigen Säugling in der Vitrine. Die leere Augenhöhle klaffte mittig wie ein schwarzes Abflussloch in der Stirn. An der niedlichen Stupsnase hatten sich Fäden gebildet. Hatte es jemals so gelächelt wie alle Babys, unschuldig und liebenswert? Was hatte die kleine Seele mitgemacht, die in dieser trüben Brühe gefangen war? Hatte es die entsetzten Schreie der Mutter, den Aufschrei der Hebamme gehört? War es eine Totgeburt, oder hatte man nachgeholfen? Gott hatte sie alle verlassen. Und was war mit ihm? Ein Anruf von Witt nach dem Gespräch genügte, und die Mafia würde den Rest erledigen.

Witt setzte endlich die Brille auf und sah Heimer an. »Demnächst werde ich meine Sammlung um eine Rarität aus dem Jahr 1852 ergänzen. Beim Preis liegen wir nicht mehr weit auseinander.«

Heimer fragte nicht nach. Er hatte sich schon die ersten Sätze zurechtgelegt. »Professor Beckmann hat mir alles anvertraut. Ich möchte daher –«

»Was hat er Ihnen erzählt?«, unterbrach ihn Witt.

»Wie die Kliniken in die Fänge der Mafia geraten sind.«

Witt schaute auffällig nach links und rechts, er streifte mit dem Zeigefinger kurz die Lippen und beugte sich vor. »Ah so! Die Mafia hat nur ihre Netze ausgebreitet und schon waren wir drin. Hat er auch seine Rolle als Drahtzieher auf höchster Ebene erwähnt? Die verdrängt er nämlich gern«, flüsterte Witt hastig.

»Er hat von Erpressung gesprochen und davon, dass Christiana getötet wird, falls die Polizei hinzugezogen wird.«

»Wer sich mit dem Teufel ins Bett legt, darf sich nicht wundern, wenn er anschließend seine Kinder frisst.« Witt sprang auf, sein unsteter Blick irrte umher, er zögerte kurz und setzte sich wieder. »Was wissen Sie noch?«

»Beckmann hat zugegeben, dass er die Demenzerkrankung vorgetäuscht hat.«

»Nicht nur das, er heuchelt und trickst, inszeniert sich als väterlicher Pate. Passen Sie auf, dass er nicht gleichzeitig sein Messer zückt, wenn er Ihnen freundlich die Hand auf die Schulter legt. Wenn seine Tochter nicht wäre, hätte er mir längst die Mafia auf den Hals gehetzt. Aber jetzt hat er die Kontrolle verloren und ich sage, wo es lang geht.«

Dass ein Psychopath vor ihm saß, daran hatte Heimer jetzt keinen Zweifel mehr. Witt demaskierte nicht nur Beckmann, sondern auch sich selbst. »Sehen Sie es genauso, dass wir weder die Polizei noch Christiana einweihen dürfen?«

»Mit wem haben Sie noch darüber gesprochen?«

»Mit keinem. Sie sind der Erste.«

»Ist Ihnen klar, dass die überall Augen und Ohren haben?«

»Gibt es Spitzel in der Klinik?«

»Der Sicherheitsdienst besteht aus Mafiosi. Ein Geschenk von denen, dass wir nicht ablehnen konnten. Gehen Sie davon aus, dass es hier noch weitere undichte Stellen gibt.« Witt schaute sich fahrig um. »Sie können niemandem vertrauen. Niemandem!« Sein linkes unteres Augenlid zuckte leicht. »Sie sind verrückt. Die Prügel waren nur ein kleiner Vorgeschmack. Verstehen Sie denn nicht, dass Sie sich mit Killern anlegen. Es wird keine zweite Warnung geben.« Witt holte geräuschvoll Luft. »Es ist Ihre Entscheidung, ob Sie Ihr Leben riskieren, aber Sie bringen uns alle in Gefahr.« Er stand wortlos auf und ging zum Schreibtisch. Aus der Schublade holte er eine Schachtel, nahm zwei Pillen und warf sie sich in den Rachen. Das Wasserglas kippte er so heftig, dass ihm Wasser über das Kinn lief. Witt ging auf Heimer zu, stellte sich ihm gegenüber und sah auf ihn herab wie ein Richter, der gleich sein Urteil verkünden würde. Er beugte sich vor und stützte sich mit beiden Händen auf den Konferenztisch ab. »Die gehen bestialisch vor!« Mit einem gequälten Blick fügte er hinzu: »Wenn Sie einmal in deren Händen sind, werden Sie um Ihren Tod betteln.«

»Ich habe einen Plan, wie wir aus der Sache rauskommen«, sagte Heimer.

»Na bravo! Wie heißt es doch so schön, junge Helden sterben früh.«

Heimer runzelte die Stirn. Ohne Witt würde sein Plan scheitern, dann wäre alles verloren. »Wir machen es rückgängig. Wenn die Behandlungserfolge nicht von Dauer sind, wird die Mafia das Interesse verlieren.«

»Sie sind aber von Dauer.«

»Wir behandeln ihre Patienten erneut und legen die wahre Vergangenheit frei.«

»Das ist unmöglich.« Witt nahm seine Brille ab und fasste sich mit der linken Hand an die Nasenwurzel.

»Wir konstruieren neue Erinnerungen, die ihnen schaden.«

»Und was dann?« Witt setzte die Brille auf. »Die werden es rauskriegen und uns abschlachten.« Er schaute Heimer eindringlich an.

Heimer ließ sich nicht beirren. »Was wäre deren empfindlichste Stelle? Wo sind sie angreifbar?«

Witt überlegte nicht lange. »Geldwäsche. Über die Gräfliche Swiss Invest Bank werden seit Jahren illegale Transaktionen abgewickelt. Dabei sind dreistellige Millionenbeträge keine Seltenheit, die sie in Schweizer Firmen und Immobilien investieren. Wenn diese Vermögenswerte konfisziert werden, haben die ein echtes Problem, dann rollen Köpfe.«

»Wir müssen nur die Geldwäsche beweisen.«

»Nur?«

»Woher stammen diese Informationen?«

Witt stand auf und stellte sich ans Fenster. Er schien mit sich zu ringen und wandte sich wieder Heimer zu.

»Von einem Wirtschaftsprüfer, dessen Erinnerungen wir verändert haben. Hohe Bareinzahlungen einiger Bankkunden waren ihm aufgefallen. Sie wurden als bargeldlose Zahlungseingänge gebucht und auf deren Kundenkonten gutgeschrieben. Daraufhin meldete er den Verdacht der Innenrevision. Einen Tag später wurde er hier abgeliefert. Man hatte ihn mit Knockout-Tropfen lahmgelegt.«

»Und dann?«

»Ich habe die Überblendung vorgenommen. Danach gab es eine Schnapsdusche und wir haben ihn in Zürich ausgesetzt. Wie erwartet, torkelte er, fiel hin und zog sich einige Prellungen zu. Er erinnerte sich an nichts mehr.«

»Er ist der Richtige«, sagte Heimer schwungvoll. »Das Mafiasystem wird implodieren, sie werden sich gegenseitig zerfleischen.«

»Sie riskieren sein Leben. Wenn die befürchten, dass er plaudern könnte, werden die nicht lange fackeln.«

»Hören Sie sich doch erst einmal an, was ich vorhabe.«

26

Dieter Schmid war Wirtschaftsprüfer, Fachanwalt für Steuerrecht und Partner der Kanzlei *Breitenbach & Söhne*. Heimer hatte im Internet recherchiert und ein Foto von ihm ausgedruckt, um eine Verwechslung auszuschließen, ein Durchschnittstyp, circa fünfzig. Seit kurz vor zwölf stand Heimer vor dem Verwaltungsgebäude von *Breitenbach & Söhne* und wartete. Gegen dreizehn Uhr verließ eine Person das Gebäude, die Ähnlichkeiten aufwies. Auf dem Foto war ein jüngerer Mann mit voller Haarpracht und weniger beleibt abgebildet, doch die knubbelige Nase war unverkennbar. Heimer nahm sein Smartphone, er hatte die Rufnummernunterdrückung schon aktiviert und wählte die recherchierte Mobilnummer, um sicherzugehen. Schmid holte sein Telefon aus der Manteltasche. Heimer legte auf. Schmid schaute auf das Display und behielt das Telefon in der Hand. Als er das Restaurant betrat, steckte er es wieder in die Tasche. Heimer telefonierte erneut, diesmal mit Witt und folgte Schmid ins Lokal. Schmid saß allein am Fenster und hatte seinen Wintermantel auf dem Nebenstuhl abgelegt. Er blätterte die *Neue Zürcher Zeitung* durch.

Heimer hängte seinen Mantel an der Garderobe auf, ignorierte die zahlreichen freien Plätze und fragte, ob er sich dazusetzen dürfe.

Schmid sah ihn abweisend an. Er schaute zu einem freien Tisch, zögerte einen Moment und presste ein »Ah, ja … gern« heraus.

Heimer blätterte in der Mittagskarte und fragte, ob Schmid etwas empfehlen könnte.

»Beim Mittagsmenü stimmt das Preisleistungsverhältnis«, kam es kurz angebunden zurück.

Heimer bestellte und wartete auf eine Gelegenheit. Weder bei der Vorspeise noch beim Hauptgang ergab sich eine. Schmid aß zügig und würdigte Heimer keines Blickes. Die letzte Chance war der inkludierte Cappuccino, der gleich serviert werden würde. Heimer stand auf und telefonierte am Tresen mit vorgehaltener Hand. Der Kellner kam mit zwei Tassen Cappuccino und einem kleinen Gebäckteller an ihm vorbei. Heimer legte auf und setzte sich wieder zu Schmid, dessen Telefon in diesem Augenblick klingelte. Er meldete sich mit »Breitenbach & Söhne, Dieter Schmid.« Kurz darauf sagte er erfreut: »Ah, Sie, Herr Professor Witt. Eine Sekunde bitte, ich gehe nach draußen, da dürfte der Empfang besser sein.«

Heimer hatte zwei Pillen und ein Tütchen mit. Er entschied sich für das Tütchen, das wie ein Zuckertütchen aussah.

Wenige Minuten später war Schmid wieder an seinem Platz und trank seinen Cappuccino.

»Ich überlege die ganze Zeit, ob wir uns nicht schon begegnet sind?«, fragte Heimer.

»Ich glaube nicht.«

»Haben Sie nicht in der Gräflichen Swiss Invest gearbeitet?«

»Ja«, sagte Schmid und musterte Heimer. »Im Rahmen einer Jahresabschlussprüfung. Vielleicht haben Sie mich dort gesehen.«

»Darf ich Sie zu einem zweiten Cappuccino einladen?«

Schmid schüttelte den Kopf, stand auf und rückte den Stuhl zurecht. »Einen schönen Tag.«

»Professor Witt ist übrigens ein guter Bekannter von mir. Wie klein die Welt doch ist.«

Schmid blieb stehen und starrte Heimer an. »Das sind mir ein bisschen zu viele Zufälle!« Sein Blick schweifte umher. »Was wollen Sie?«

»Wirklich kuriös«, sagte Heimer und lachte betont locker. »Er war mein Doktorvater in Heidelberg und wir tauschen uns bis heute regelmäßig aus. Ich habe Psychologie studiert.«

Schmid lächelte verhalten. »Manchmal sind die Dinge nicht so, wie sie scheinen.«

Nach einer gewonnenen Minute zögerte Heimer den Aufbruch erneut hinaus. »Ich muss auch in diese Richtung. Darf ich Sie begleiten?«

»Gern.«

Heimer holte gemächlich den Mantel und schaute beim Verlassen des Restaurants auf die Uhr. Schmid stand kerzengerade auf dem Bürgersteig und wartete. Eine Reaktion war längst überfällig. Er blieb dicht neben ihm und blufte nach etwa hundert Metern: »Geht es Ihnen nicht gut?«

»Mir ist übel.« Schmid stockte. »Vielleicht habe ich das Essen nicht vertragen.« Er sah Heimer an.

»Eine Allergie?«

Schmid setzte den Weg fort. »Alles so in Watte.« Nach einigen Schritten torkelte er leicht, blieb erneut stehen und hielt die Hand vor dem Mund. »Mir ist schlecht. Ich muss mich übergeben.«

»Es könnte ein Herzinfarkt sein.«

»Ich war ... beim Check-up.« Er schwankte.

Heimer umfasste Schmid, stützte ihn ab, um einen Sturz zu verhindern. Er ließ ihn vorsichtig zum Boden gleiten und glaubte ein »Danke« zu hören. Gegen eine Hauswand gelehnt, saß Schmid auf dem Pflaster. Einige Passanten blieben stehen, einer bot seine Hilfe an. »Alles im Griff«, sagte Heimer und telefonierte.

Wenige Minuten später fuhr ein Krankenwagen mit Blaulicht und Sirene vor. Die Sanitäter bahnten sich einen Weg durch den Halbkreis der Schaulustigen und luden den Bewusstlosen ein.

Heimer betrat wie vereinbart um sechzehn Uhr die Villa 9 in Küsnacht. Ein kräftiger Krankenpfleger im weißen Kittel führte ihn zum Behandlungsraum, klopfte an die Tür und öffnete sie, ohne abzuwarten. Witt saß hinter einem schmalen Schreibtisch und hielt zur Begrüßung eine rote Mappe hoch. »Wer schreibt, der bleibt.«

Schmid lag ausgestreckt auf einer Behandlungsliege, das Kopfteil war leicht nach oben angewinkelt. Sein Kopf war mit Elektroden verkabelt und ein Monitor an der Wand zeigte Schmids Gehirnströme an, deren grafisch umgesetzte Wellen sich im unteren Skalenbereich, zwischen einem und drei Hertz, bewegten. Heimer beugte sich über Schmid, legte seine Hand auf die feuchte Stirn und schob ein Augenlid hoch. Die starre Pupille deutete darauf hin, dass er mit Halluzinogenen vollgepumpt war.

»Machen Sie jetzt auf Arzt?«, rief Witt von seinem Schreibtisch aus.

Heimer fühlte in aller Ruhe nach dem Puls. »Wie geht es ihm?«

»Er hat jetzt den tranceähnlichen Alpha-Zustand erreicht.«

»Narkotikum Propofol?«

»Wenn der Herr Psychologe nichts dagegen hat, fange ich jetzt an.«

»Ich vermisse die Computertechnik, von der Sie gesprochen haben.«

»In seinem Fall haben wir keine andere Möglichkeit, deshalb müssen wir konventionell vorgehen: Wir verwässern seine Erinnerungen schrittweise mit neuen Informationen und bleiben so lange in dieser therapeutischen Schleife, bis die alten Erinnerungen verblasst sind. Im ersten Schritt fokussieren wir den Bezugsrahmen, im zweiten positionieren und verknüpfen wir die Details der neuen Geschichte darin.« Witt schaute auf die Uhr und setzte sich ans Kopfende. »Dieter, hörst du mich?«

Witt schlug ihm mit den Fingern leicht auf die Wange.

Schmid öffnete die Augen.

»Dieter!«

Ein leichtes Kopfzucken, begleitet von einem schläfrigen »Oh ... ja«, war alles, wozu Schmid fähig war.

»Denk an die Gräfliche Swiss Invest Bank. Wenn du dir das Bankgebäude der Gräflichen vorstellen kannst, dann nicke mit dem Kopf.«

Schmid nickte.

»Dieter, stell dir den Direktor der Gräflichen vor. Siehst du ihn?«

Es dauerte, bis Schmid den Kopf bewegte.

»Dieter! Ich lege dir jetzt einen Kopfhörer an. Konzentriere dich auf den Direktor.« Witt betrachtete Schmid zufrieden. »Es sieht gut aus«, sagte er, ohne Heimer anzusehen.

»Was hört er jetzt?«, fragte Heimer.

»In den nächsten zehn Minuten wird fünfmal das Gleiche abgespult, nur durch kleine Pausen ... unterbrochen.« Witt wirkte plötzlich unruhig und schaute nervös umher.

Heimer fragte erneut, »Was hört er?«

»Das Gespräch mit dem Direktor, so wie er es mir geschildert hat.« Witt fand zu seiner alten Souveränität zurück. »Mit einigen Ergänzungen, die ich mir erlaubt habe.«

»Wir hatten verabredet, uns auf Schmids Wissen zu beschränken«, sagte Heimer.

Witt grinste selbstgefällig. »Warum nicht sein Wissen etwas aufpäppeln?«

Heimer beschlich eine ungute Vorahnung. »Das könnte uns verraten!«

Witt schüttelte den Kopf. »Ich konnte es mir nicht verkneifen, die Hintermänner zu nennen und zusätzliche Hinweise einzubauen. Die Grabliste wird lang, die werden ihre eigenen Reihen auslichten.«

Die Tür wurde aufgerissen. Beckmann steckte den Kopf herein. Er nickte Heimer zu und sah Witt an. »Wie weit bist du?«

»Wir brauchen noch siebzig Minuten.«

»Ich lasse meinen Probanden in vierzig Minuten auf die Menschheit los«, sagte Beckmann triumphierend, als würden sie einen zeitlichen Wettkampf austragen.

»Kein Wunder.«

»Bis später«, sagte Beckmann und schlug die Tür kraftvoll hinter sich zu.

»Wieso kein Wunder?«, fragte Heimer.

»Martin verwendet Avatare, die mit Hilfe künstlicher Intelligenz in Sekundenschnelle generiert werden. Körperproportionen, Gesichtszüge und Stimme sind von der realen Person kaum zu unterscheiden. Während der Überblendung spricht Martin in ein Mikrofon und gibt den Avataren in Echtzeit Anweisungen. So gesehen, erleben Sie bei Schmid eine Behandlung auf Steinzeitniveau.«

»Warum nicht bei Schmid?«

»Bei Schmid fehlen Bilder und Tonbandaufzeichnungen. Martin arbeitet im Auftrag einer Ehefrau, die umfangreiche Informationen geliefert hat. Darüber hinaus stand sie für die Avatar-Entwicklung zur Verfügung. Wir haben mit sieben Sensoren ihre Mimik in unterschiedlichen Gemütszuständen gescannt. Die Qualität ist –«

»Warum das alles?«, unterbrach ihn Heimer.

»Sie will ihre Ehe retten und hat deshalb großartig mitgearbeitet. Ich denke, es wird gelingen.« Witt grinste süffisant. »Der Ehemann hat keine Chance, wahre und falsche Erlebnisse mit seiner Frau zu unterscheiden.«

»Ihre Ehe retten?«

»Sie gestand ihrem Mann, dass sie eine Affäre hatte. Er konnte sich danach ein Zusammenleben mit ihr nicht mehr vorstellen und reichte die Scheidung ein. Deshalb überblenden wir die Erinnerung an ihr Geständnis und sorgen mit zusätzlichen Erinnerungen dafür, dass er sie begehrenswert findet. Lang lebe die Ehe!«

Heimer sah Schmid an. »Bei ihm haben wir keine Verbündeten.«

»Mit anderen Worten: Ungleiche Startbedingungen! Unser Ausgangsmaterial ist nicht annähernd so gut wie das von Martin. Und dennoch werden wir es schaffen.« Witt schrieb etwas in die Dokumentation und setzte einen schwungvollen Haken.

Heimer wartete, bis Witt die Mappe zur Seite legte. »Je länger ich mich mit Erinnerungsmanipulationen beschäftige, umso höher erscheinen mir die Missbrauchsrisiken der Technik.«

»Sobald die Verfahren ausgereift sind, muss die Politik die Rahmenbedingungen festlegen. Ich werde mich dafür starkmachen, dass Ärzte diese Technik nur einsetzen, wenn ein Gerichtsbeschluss dies ausdrücklich gestattet«, sagte Witt.

Nach einer kurzen Pause fragte Heimer: »Wie viele Manipulationen wurden bisher vorgenommen?«

»Martin kennt die Zahlen. Seitdem ich dabei bin, ungefähr hundert. Überwiegend kleinere Veränderungen und eher zufällig. Gelegenheit macht …« Witt stockte. »Wir haben viele Experimente mit Obdachlosen gemacht, die in die Notfallaufnahme eingeliefert wurden. Wenn etwas schief gegangen wäre, hätte es niemand bemerkt. Einige von ihnen führen heute wieder ein erfolgreiches und glückliches Leben. Das haben sie uns zu verdanken. Über einen von ihnen berichtete sogar die *Neue Zürcher Zeitung*. *Vom Berber zum Sternekoch* war die Headline.«

Heimer nickte. »Haben Sie eine Langzeitstudie, die –«

Witt kümmerte sich wieder um Dieter Schmid. »Hallo Dieter, kannst du mich hören.« Schmid zuckte. »Dieter! Dieter, was fällt dir zu Geldwäsche ein?«

Es holperten »Gräfliche Swiss« und »Mafia« aus seinem Mund heraus. Schmid schloss die schläfrigen Augen.

Witt ließ nicht locker und es folgten weitere Wortbrocken. Am Ende der Prozedur sah er Heimer an. »Je öfter wir Scheinerinnerungen abrufen, desto stabiler werden sie. Ich habe eine Befragungscheckliste für Sie. Würden Sie die nächste Befragung übernehmen?«

»Danke ... heute lieber nicht«, sagte Heimer. Die Frage hatte ihn aus seinen Gedanken gerissen: Witt und Beckmann hielten Wissen zurück, sie hatten nur einen Bruchteil preisgegeben. Drei Behandlungsräume, der routinierte Ablauf, all das ließ auf eine deutlich höhere Zahl von Behandlungen schließen. Zudem hören Wissenschaftler niemals auf, weiter zu forschen. Heimer bluffte erneut: »Beckmann sprach davon, dass er Menschen dazu befähigen kann, ihre Erinnerungen ohne fremde Hilfe zu optimieren.«

»Das hat er Ihnen gesagt?«

»Ja«, sagte Heimer so überzeugend wie möglich.

»Martin hat Selbstversuche vorgenommen und dabei die Medikation variiert. Er war besessen von dem Gedanken, Erinnerung durch Selbstsuggestion zu löschen. Die Zeitabstände wurden kürzer und der Griff in den Arzneischrank gewagter.«

»Ich hätte ihn für vernünftiger gehalten«, sagte Heimer.

»Er hat das gegen meinen ausdrücklichen Rat getan. Ich habe seine Gehirnaktivitäten am Bildschirm verfolgt. In den Scans sahen wir wiederkehrende neuronale Muster, die immer dann auftraten, wenn er eine bestimmte Erinnerung verändern wollte.«

»Wollte er etwas Konkretes damit loswerden?«

»Nein.« Witt zögerte kurz. »Wir sind wissenschaftlich vorgegangen: Das Setting bestand aus fünfzehn verschiedenen Fotografien aus Martins Jugend. Ein Foto aus diesem Set wurde ausgelost. Martin hatte die Aufgabe, die mit dem Foto verbundenen Gedächtnisinhalte durch Selbstsuggestion zu verändern. Es ging darum, dem Foto eine neue Bedeutung zu geben, die ursprüngliche bis zur Vergessenheit verblassen zu lassen. Nach der Durchführung legten wir ihm alle Bilder vor. Raten Sie mal, bei wie vielen Bildern die geschilderten Erinnerungen nicht mehr übereinstimmten?«

»Fünf.«

Witt schüttelte den Kopf. »Alle Erinnerungen stimmten noch mit der ersten Version überein. Aufgeben war jedoch für Martin keine Option und die Medikamentendosis wurde immer besorgniserregender. Die frustrierenden Ergebnisse haben ihn fast in eine Zwangsneurose getrieben. Nach Versuchsnummer 36 hatten wir erstmalig ein anderes Resultat: Bei acht Fotos stimmten die Erinnerungen nicht mehr überein.«

»Es ist gelungen und Sie kennen die Medikation?«, fragte Heimer.

»Ja, aber die Folgen nicht. Er führt seinen Zusammenbruch auf die Belastung durch die Mafia zurück. Ich wäre mir da nicht so sicher.« Witt schaute auf die Uhr und stand auf. »Möchten Sie auch einen Kaffee?«

»Danke, nein. Ich brauche jetzt frische Luft.«

Heimer schlenderte durch die Fußgängerzone und ließ seine Gedanken treiben. Er wünschte sich, Christiana würde ihn anrufen, ihn von dem ungeheuerlichen Verdacht ablenken. Seit fast zwei Jahrzehnten war Beckmann mit seinem Team aktiv. Wahrscheinlich liefen Hunderte von Menschen mit einem manipulierten Gedächtnis herum. Jede Vollnarkose bot ihnen die Gelegenheit, Erinnerungen zu verändern. Obwohl beide möglicherweise gute Absichten hatten, waren sie zu modernen Frankensteins verkommen. Ihr Ziel waren veränderte Erinnerungen, die bessere Menschen formten, neue Verhaltensweisen. Vielleicht sahen sie darin den Ausweg aus dem menschlichen Dilemma der immerwährenden Konflikte, der Kriege und der weltweiten Ungerechtigkeiten. Waren seine Gedanken verrückt? Eines stand jedoch fest: Sowohl Witt als auch Beckmann sollten aus dem Verkehr gezogen werden. Doch zunächst musste er sich mit ihnen arrangieren, um die Mafia loszuwerden. Schmids Aussage würde die Mafia an ihrer empfindlichsten Stelle treffen: Immobilienvermögen im dreistelligen Millionenbereich stand für die Mafia auf dem Spiel.

Heimer hielt es im Bett nicht mehr aus, er musste mit ihr reden, ihre Stimme hören, mehr über sie erfahren. Sie gehörte zu den Frauen, von denen man immer zu wenig wusste. Er rief Christiana an, und als er ihre Stimme hörte, waren seine Ängste verflogen. Je länger sie sprachen, umso mehr verstand er, warum er hier war, warum seine Abreise nicht infrage kam. Der Therapeut in ihm wollte mehr über ihre Kindheit erfahren und so lenkte er das Gespräch auf ihre Jugend. Sie erzählte von ihrer Kindheit, wie sie ihren Vater einmal reingelegt hatte. In seinen Aufzeichnungen hatte sie gelesen, wie sich schizophrene Patienten verhalten und hatte deren Verhalten imitiert. In der Schule legte sie mit vierzehn Jahren psychologische Profile ihrer Lehrer an. Hinter dem Rücken von Christiana hängte ihre Freundin Kopien davon am schwarzen Brett auf. Wellen der Empörung und der heimlichen Zustimmung gepaart mit Schadenfreude teilte die Belegschaft daraufhin in zwei Lager. Die einen empfanden es als diffamierend, den anderen war es wichtig, offen über psychische Defizite im Kollegenkreis zu sprechen. Alle waren sich aber einig, dass die Profile von einem Psychologen stammten. Drei Tage später suchte Christiana den Schuldirektor auf und bekannte sich dazu, die Profile erstellt zu haben. Daraufhin ebbte die Aufregung im Kollegium und bei den Eltern ab, da alles der Phantasie einer vierzehnjährigen Schülerin entsprungen war, was die Profile unqualifiziert und bedeutungslos erscheinen ließ. Einem möglichen Schulverweis sah sie gelassen entgegen, aber die großzügige Spende ihres Vaters an den Schulförderverein verhinderte weitere Konsequenzen.

Bald würde die Morgensonne das Zimmer erhellen. Mit der Aufmerksamkeit der ersten Minute lauschte er dem Klang ihrer Stimme, die ihn wie eine Fingerspitze streifte.

»Ich leg nicht auf, bevor du nicht auflegst«, hatte sie vor Stunden gesagt. Er hörte wieder ihre Abschiedsküsse, die er mit der gleichen Intensität erwiderte. Nur auflegen wollte er nicht.

27

Im Frühstücksraum schrieb Heimer die SMS: »*Kurz vor der Aufklärung. Ich melde mich übermorgen.*« Das Telefon klingelte wie erwartet. Er schaltete es aus und steckte es in die Jackentasche zurück. Wenn alles planmäßig verlief, würden sie Schmid heute bewusstlos am See ablegen und den Rettungswagen rufen, der in der Nebenstraße wartete. Schmids alkoholbedingten Blackout würden Ärzte dokumentieren, die nicht involviert waren. Perfekt.

Ein Telefon klingelte. Zwei Tische weiter saß ein Gast allein und meldete sich mit Angelo. Ein kurzes Gespräch auf Italienisch folgte, dann legte er das Telefon neben die Kaffeetasse. Heimer war der Mann schon zuvor aufgefallen, weil er gelegentlich in seine Richtung geblickt hatte. War es jetzt so weit? Kamen sie ihn holen? Der Raum leerte sich allmählich. Nur noch ein junges Paar saß am Fenster. Der Italiener schob die rechte Hand in die Jackentasche.

Heimer erstarrte und seine Gedanken überschlugen sich. Würde er es hier riskieren?

Er sah Heimer an und putzte sich die Nase mit dem Taschentuch, das er aus dem Jackett gezogen hatte. Jetzt nickte er, lächelte verlegen und ging zum Ausgang.

Heimer verließ das Hotel durch den Lieferanteneingang, kletterte über eine angrenzende Mauer und gelangte so unbemerkt in die Hofeinfahrt eines Mehrfamilienhauses. Die nächsten Stunden verbrachte er im Stadtzentrum. Er hielt sich in Cafés und Geschäften auf, kaufte sich ein Notizbuch und schrieb unterwegs seine Gedanken auf. Ein athletischer Mann schien ihm zu folgen, was sich nach einem spontanen Richtungswechsel jedoch nicht bestätigte. Waren es vielleicht zwei? Wurde er langsam paranoid? Zwei Straßen weiter tauchte der Mann wieder auf. Er trug einen abgenutzten, hellen Wollmantel mit braunem Pelzkragen. Heimer blieb vor einem Schaufenster stehen. Der Pelzkragen flanierte an ihm vorbei. Heimer folgte ihm und machte den Verfolger zum Verfolgten. Die Absätze seiner Schuhe waren abgelaufen, die fettigen Haare hingen über den Kragen. Der Pelzkragen wurde langsamer und blieb vor einem Kaufhausfenster stehen. Auf gleicher Höhe stellte sich Heimer daneben und sah ebenfalls auf die Herrenanzüge.

»Wer ist Ihr Auftraggeber?«, fragte Heimer, ohne ihn anzusehen.

»Was?«

»Sie haben richtig gehört. Sie verfolgen mich und ich will wissen, wer Sie dafür bezahlt.«

Nervös sah sich der Pelzkragen um. »Plemplem, oder was?«

»Über das ›was‹ sollten wir sprechen.«

»Du bist ja verrückt!«

»Ich frage Sie ein letztes Mal, wer zahlt dafür?«

Der Pelzkragen drehte sich um und wollte gehen, doch Heimer hielt ihn am Arm fest. »Ich rufe die Polizei. Bleiben Sie hier!«

Der Faustschlag traf Heimer mit voller Wucht in die Magengrube. Schmerz peitschte durch seinen Unterleib. Zum Schreien fehlte die Luft. Er krümmte sich, taumelte, fiel auf die Knie. Keuchend hob Heimer den Kopf und sah den Pelzkragen um die Ecke sprinten. Er stand auf und klopfte sich die Hose ab.

Gegen fünfzehn Uhr dreißig rief Professor Witt an. Sie hatten Schmid am See abgelegt. Alles verlief planmäßig. Heimer kaufte ein, was für die Morgentoilette notwendig war und buchte unter falschem Namen in einer Pension ein Zimmer. Kein Aufzug, abgewohnte Möbel, Tapeten, die nach Qualm rochen. Für eine Nacht würde es gehen.

Den nächsten Tag verbrachte Heimer ebenfalls in der Innenstadt. Er vermied Orte, an denen man ihn vermuten würde. Sein Hemd roch, die Bartstoppeln störten. Die Rückenschmerzen, die er auf die durchgelegene Matratze zurückführte, blieben. Obwohl er ausgelaugt war, hielt ihn eine kräftezehrende Spannung wach. Das entscheidende Telefonat würde er um sechzehn Uhr dreißig führen. Erneut schaute er auf die Armbanduhr. Die letzten Minuten zogen sich quälend in die Länge. Endlich war es so weit. Schmid ging sofort dran. »Sie sind in großer Gefahr. Ihr Wissen ist für die Mafia ein zu hohes Risiko.«

Schmid antwortete nicht.

»Sind Sie noch dran?«

»Bei einer unterdrückten Rufnummer gehe ich normalerweise nicht ran«, sagte Schmid und fuhr unschlüssig fort. »Wer sind Sie?«

»Wenn ich das sage, bringe ich mich in Lebensgefahr. Wenden Sie sich an die Bundeskriminalpolizei in Bern, Abteilung Wirtschaftskriminalität. Verlangen Sie nach Major Schulzenried. Nur so retten Sie Ihr Leben.«

Keuchen drang durch das Telefon, als würde Schmid rennen und reden zugleich. »Was soll ich angeblich wissen?«, brüllte er plötzlich ins Telefon.

»Dass die Gräfliche Swiss in Geldwäscheaktivitäten der Mafia verstrickt ist.«

»Woher haben Sie das?«

»Begreifen Sie endlich! Die werden Sie stundenlang foltern und Ihnen dann die Kehle durchschneiden.«

»Wenn ich nichts sage, besteht keine Gefahr.«

»Das hier ist kein Testanruf der Mafia! Sie sind ein Risiko. Die gehen auf –«

Die Verbindung brach mitten im Satz ab. Heimer wählte erneut und ließ es lange klingeln. Wenn Witt recht hatte, gab es neben dem Sicherheitsdienst der Klinik noch weitere Informanten, die auf der Lohnliste der Mafia standen. Schmid schwebte in höchster Gefahr. Nach zwei weiteren Versuchen gab Heimer auf. Handeln, bevor es die Mafia erledigte, war Plan B. Er rief Major Schulzenried an.

»Sie trauen sich, hier anzurufen«, sagte Schulzenried zur Begrüßung.

»Ich habe einen Zeugen für Sie. Er kennt Namen und Projekte. Wir haben nur ein Problem, die Mafia kennt ihn auch. Er braucht dringend Schutz, heute noch. Jede Minute zählt!«

»Langsam, woher haben Sie diese Informationen?«

»Verlieren Sie keine unnötige Zeit. Sonst fischen Sie die nächste Leiche aus dem See!«

»Beantworten Sie bitte meine Frage.«

»Er wurde völlig betrunken in der Klinik eingeliefert und zeigte die üblichen Symptome: Zittern, Schweißausbrüche, Gleichgewichtsstörungen und er hat wirres Zeug geredet. Angeblich sei die Schweiz in der Hand der Mafia. Sein Gerede hätte ich nicht weiter beachtet, doch die Zahlen und Immobilien, die er wie in Trance abspulte, waren detailliert. Er hat von Geldwäsche in Millionenhöhe gesprochen.« Nachdem Heimer erwähnte, dass Dieter Schmid Wirtschaftsprüfer ist und die Gräfliche Swiss Invest Bank geprüft hatte, änderte sich Schulzenrieds gelassene Tonlage.

»Von welchen Immobilien hat er geredet?«

»Das müssen Sie ihn selber fragen.«

»Wir werden Herrn Schmid unverzüglich aufsuchen. Was haben Sie eigentlich auf der Akutstation des Krankenhauses zu suchen?«

»Als Psychologe kümmere ich mich gelegentlich auch um Patienten, nicht nur um Kriminelle.«

28

In der Hotellobby stand ein Mann, dessen athletische Figur schmerzhafte Erinnerungen wachriefen. Heimer eilte an ihm vorbei und betrat den Lift, steckte die Schlüsselkarte in das Lesegerät, drückte mehrmals hintereinander den Knopf für den dritten Stock, obwohl die Taste bereits rot leuchtete. Träge bewegten sich die Türblätter aufeinander zu. Im letzten Moment zwängte sich der Typ aus der Lobby hinein. Kurz ruckte der Aufzug und fuhr aufwärts. Der Mann betätigte keinen Knopf und stellte sich breitbeinig vor die Speisekarte, die an der Seitenwand hing. Seine fettigen, strähnigen Haare klebten am Mantelkragen und sahen aus, als hätte er sie mit einem Laubbesen gekämmt. Er verließ den Lift in der dritten Etage ohne ein Wort und blieb zwei Schritte vom Aufzug entfernt vor dem Etagenwegweiser stehen. Heimer stockte, überlegte fieberhaft: Zur Treppe laufen, den Alarmknopf drücken oder um Hilfe schreien? Stattdessen bog er rechts an ihm vorbei und hörte, wie der Mann die gleiche Richtung einschlug. Am Ende des sparsam beleuchteten Korridors drang ein wenig Tageslicht durch ein Fenster. Heimer atmete flach, versuchte, normal zu gehen, blieb dann doch stehen, tat so, als würde er etwas in seinen Taschen suchen. Der Mann war dicht hinter ihm. Heimer ballte die Fäuste, fasste den Entschluss, umdrehen, zuschlagen und wegrennen. Drei Schritte weiter öffnete sich eine Tür, und ein Pärchen trat heraus. Sie wollte wohl gehen, aber er nahm ihr Gesicht in seine Hände und küsste sie. Der Mann im Flur ging zügig an ihnen vorbei. Heimer blieb stehen. »Entschuldigung!«, sagte er heiser und räusperte sich. »Können Sie mir sagen, wie spät es ist?«

Unwillig schaute die Frau auf ihre Uhr. »Zu früh, um sich ins Bett zu legen.« Sie kicherte in sich hinein und ergänzte mit einem kecken Seitenblick: »Halb sieben.«

Ihr Partner packte sie an der Taille und zog sie küssend ins Zimmer. Mit dem Fuß stieß er die Tür zu. Eine weitere Tür fiel ins Schloss. Heimers Verfolger war verschwunden.

Heimer betrat sein Zimmer, steckte die Karte in den Kartenschlitz. Der Fernseher schaltete sich ebenso ein wie alle Steh- und Nachttischlampen. Er schloss die Tür hinter sich ab. Irgendwas stimmte nicht. In der Obstschale waren zwei Äpfel, eine Birne und rote Weintrauben, daneben lag auf einer Serviette ein Messer. Das Hotelbett war wie immer um diese Uhrzeit aufgeschlagen und die Vorhänge zugezogen. Heimer ließ den Blick zum zweiten Mal wandern. Das war es: Die Unterlagen lagen anders sortiert auf dem Stapel. Die Reinigungskräfte hatten sie bisher nicht angerührt. Er öffnete die Schreibtischschubladen, sah unter dem Bett nach, durchwühlte seine Wäsche im Schrank, stellte sich auf einen Stuhl und tastete die Gardinen ab. Eine ausgebeulte Stelle in der Tapete drückte er mit der Hand zu. Dahinter war nichts. Er nahm das Zimmertelefon auseinander und setzte es wieder zusammen. Obwohl er alles durchsucht hatte, fing er noch einmal von vorn an. Auch diesmal fand er nichts. Beruhigt legte er sich ins Bett, verschränkte die Arme hinter dem Kopf und betrachtete die Decke. Sein Blick fiel auf die Deckenleuchte. Mit einer Nagelfeile öffnete er die Halterung, zog an den Leitungen, rüttelte an den Klemmen, riss an den Drähten und schob sie zurück. Erleichtert wandte er sich dem Fernseher zu. Er trennte die Verkabelung und hängte den weißen Morgenmantel über den Bildschirm. Kurz nachdem er wieder lag, klingelte das Handy. Er nahm das Gespräch an und hielt sich das Telefon eine Handbreit vom Ohr entfernt. Witt brüllte am anderen Ende: »Morgen um zehn wollen die mich sehen! Das habe ich Ihnen zu verdanken!«

»Die Mafia?«

»Wer denn sonst!«

»Ein Verhandlungsangebot?«

»Um mein Leben!«

»Wo wird das Gespräch stattfinden?«

»Auf dem Zürichberg. Endstation Seilbahn. Sobald ich am Rigiblick aussteige, erhalte ich weitere Anweisungen per Telefon«, sagte Witt. Die zittrige, laute Stimme übertrug sich auf Heimer, dessen Gedanken sich wie Luftblasen anfühlten, die der Reihe nach platzten.

»Wenn die Mafia die Absicht hätte, Sie zu töten, wäre es längst passiert. Das Treffen ist ein Zeichen, dass sie etwas anderes vorhaben.«

»Ihr Plan bringt uns alle um!«, schrie Witt.

»Christiana muss untertauchen!«, brüllte Heimer zurück. »Sie werden gebraucht, ohne Sie gibt es keine Überblendungen. Christiana ist ihr Faustpfand.« Hektische Atemzüge füllten die kurze Stille.

»Wir haben eine Berghütte. Ich gehe gleich zu ihr und schicke sie dorthin«, sagte Witt gefasst.

Heimer legte auf. Er rief Christiana an. »Bring dich in Sicherheit. Heute noch! Es besteht die Gefahr, dass sie dich erneut kidnappen.«

»Was?«, schrie sie.

»Dein Ehemann wird erpresst. Wenn er nicht auf die Forderungen eingeht, werden sie dich töten.«

»Ich brauche dich!«

»Pack so schnell wie möglich deine Sachen! Sag am Telefon nicht, wo du hinfährst. Wir werden wahrscheinlich abgehört.«

Sie schluchzte leise.

»Wirf das Smartphone weg. Zahl nicht mit der Kreditkarte. Steck genügend Bargeld ein und fahr los. Bring dich in Sicherheit. Sofort!« Im Hintergrund hörte Heimer die Stimme von Witt.

»Kommt mit, bitte!«, flüsterte sie.

»Damit gerätst du noch mehr in Gefahr. Ich werde beschattet. Die haben überall Ohren und Augen, auch bei der Polizei. Du muss allein gehen!«

Christiana schwieg.

»Verlier keine Zeit. Sag niemanden, wohin –«

Sie hatte aufgelegt.

Heimer holte das abgegriffene Foto von Christiana aus der Tasche. »Alles wird gut«, sagte er, nur glauben konnte er es nicht. Er nahm drei Schlaftabletten, spülte sie mit Weißwein hinunter und leerte die letzte Flasche Bier aus der Minibar. Kurz nach Mitternacht schob er den Schreibtisch vor die Tür und verkeilte ihn gegen die Wand. Er legte sich ins Bett und seine letzten Gedanken formten einen Traum, aus dem er phasenweise erwachte. Er sah die Inschrift Christiana auf einem Grabstein und darunter in kleinen Buchstaben Apollon. Allein im Regen verweilte er vor dem Grab, schwebend, als wäre er nicht mehr auf Erden und dieselbe dunkle Symphonie wie in Küsnacht begleitete ihn.

29

Der Wecker auf dem Nachttisch klingelte um sieben. Heimer drehte den Kopf nach links und sah auf die Uhr. »Endlich«, stöhnte er. Die Traumbilder der Nacht hatten ihn nicht zur Ruhe kommen lassen: Er hatte Witts Gesicht gesehen, entstellt, voller Brandwunden. Und er hatte geredet. Vergeblich hatte er versucht, die furchtbaren Gedanken verstummen zu lassen. Gerädert stand er auf.

Heimer traf zwanzig vor zehn mit dem Mietwagen an der Bergstation Rigiblick ein. Etwa siebzig Meter entfernt parkte er auf der gegenüberliegenden Straßenseite und sah zur Station. Von hier aus hatte er einen guten Überblick, wenn jemand die Station in Richtung Straße verließ. Er nahm die Tageszeitung vom Nebensitz und blätterte darin.

Kurz vor zehn herrschte für einige Minuten rege Betriebsamkeit. Auch Witt erschien und blieb am Ausgang der Station stehen.

In kurzen Abständen blickte Heimer unauffällig über den Rand der Zeitung.

Witt ging auf und ab und schaute mehrfach auf seine Armbanduhr.

Ein Mercedes fuhr langsam heran und stoppte vor der Station. Ein Mann im grauen Anzug stieg mit einem Aktenkoffer aus. Er blieb einige Meter vor Witt stehen und stellte den Aktenkoffer ab. Der Wagen wendete und fuhr davon.

Witt zog sein Handy aus der Manteltasche heraus und hielt es ans Ohr. Seine Lippen formten ein »Ja« und er brach in Richtung Wald auf.

Heimer ließ ein paar Sekunden verstreichen und folgte ihm bis zu den ersten Bäumen. Er legte die Tageszeitung auf eine vereiste Parkbank am Wegesrand und setzte sich darauf. Wie lange würde es dauern? Warum im Wald? Hatte er Witt zur Schlachtbank geführt? Heimer sah wieder auf die Uhr, es waren keine zehn Minuten vergangen, seit er das letzte Mal darauf geschaut hatte. Es war seine Schuld, es war sein Plan. Witt brauchte Hilfe, wenn es nicht schon zu spät war. Und er saß da und tat nichts. Er stand auf und ging vor der Sitzbank auf und ab. Wieder schaute er auf die Uhr, sie waren jetzt schon etwa 40 Minuten im Wald. Ob sie noch dort waren? Endlich hörte er Stimmen und drei Männer kamen aus dem Wald. Heimer erkannte einen wieder und setzte sich. Er war genauso elegant gekleidet wie in St. Moritz. Während sie vorbeigingen, saß Heimer nach vorn gebeugt und starrte auf sein Smartphone. Er wartete, bis die Männer außer Sichtweite waren und lief in den Wald. Links und rechts keine Spur von Witt. Er wählte Witts Nummer und bekam nur das Freizeichen zu hören. Er rannte weiter, hastete bis zu einer Weggabelung, überlegte kurz und schlug dann den schmaleren Waldweg ein. Der Pfad wurde schmaler, der Waldboden weicher, die vielen Fußspuren sahen frisch aus. »Witt!«, schrie er mehrfach. Er sah sich um, vergeblich. Kein Laut. Er sprang über Gehölz, sackte in schlammigen Pfützen ein. Rannte weiter. Völlig außer Atem sah er Witt an einem Baum gelehnt. Er hatte den Kopf in den Nacken gelegt und presste ein Taschentuch gegen die Nase. Aus dem vollgesogenen Tuch tropfte Blut, das linke Auge war geschwollen, rotblau unterlaufen. Aus der aufgerissenen Unterlippe floss ein kleines, rotes Rinnsal, zügig und dünn. Heimer blieb einen Schritt vor ihm stehen. Die blutverschmierte, unrasierte Grimasse lächelte.

»Sie glauben uns«, brachte Witt hervor und hielt den Kopf wieder höher. »Ich habe gesagt, dass wir uns geirrt haben, und dass die Erinnerungen zurückkommen. Manchmal nach Monaten, manchmal nach Jahren.«

Heimer winkelte die Arme an, ballte die Fäuste. »Ja!« Es schallte befreiend durch den Wald.

Ein glückliches, wenn auch leises »Ja« drang aus Witts Kehle.

»Und warum die Prügel?«

»Sie wollen das Geld zurück. Und ich habe gesagt, anteilig.«

»Und jetzt? Ist der Anteil damit abbezahlt?«

»Sie geben mir eine Woche. Bis dahin sind drei Millionen fällig. Die volle Summe.«

Heimer stützte Witt auf dem Rückweg zum Mietwagen. Aus der Ferne mochten sie wie zwei Saufkumpanen aussehen, die feuchtfröhlich in einem Wirtshaus gefeiert hatten. Heimer fuhr zu einer Klinik in der Innenstadt, die ebenfalls zur Unternehmensgruppe der Schlosskliniken gehörte, und begleitete Witt in die Notaufnahme. Dort wurde Witt sofort erkannt. Innerhalb von Sekunden standen zwei Krankenschwestern und ein Arzt bei ihnen. Heimer rief: »Qualitätskontrolle! Der Vorstand möchte sich persönlich ein Bild machen«, und schaute in ernste Gesichter. Keiner verstand den Humor, nur Witt grinste mit seiner blutverschmierten Grimasse in die Runde.

Ein ausgiebiger Spaziergang am See und ein fruchtiger Riesling beim Abendessen waren der Lohn für einen erfolgreichen Tag. Nur Christiana fehlte. Er rief von seinem Hotelzimmer die Bundespolizei an. Pöll nahm das Gespräch entgegen.

»Ich wollte mich nach dem aktuellen Stand erkundigen.«

»Und deshalb rufen Sie nach einundzwanzig Uhr an«, sagte Pöll ungehalten.

»Entschuldigung. Ich dachte, Sie bereiten den Zugriff

vor.«

Einen Moment lang war es still. »Übermorgen werden rund achtzig Bundesangestellte des Kriminalamts, der Staatsanwaltschaft und der Steuerfahndung die Geschäftsräume der Gräflichen Swiss Invest wegen des Verdachts der Geldwäsche durchsuchen. Parallel dazu stehen zwei Anwaltskanzleien auf der Agenda.«

»Das heißt, die können noch bis übermorgen Unterlagen verschwinden lassen«, fuhr Heimer dazwischen.

»Nein, unsere verdeckten Ermittler sind schon im Einsatz. Die Razzia startet um Punkt sechs Uhr dreißig. Schmid war eine ergiebige Quelle, fast wie jemand aus dem engsten Kader der Mafia. Wir wissen jetzt, wo wir zu suchen haben.«

»Wann ist die Mafia fällig?«

»Die italienische Polizei und Interpol sind informiert. Die Hintermänner der kalabrischen Mafia werden zeitgleich in Italien festgenommen.«

»Einige von ihnen sind in der Schweiz und sie werden sich an uns rächen wollen.«

»Darum kümmern wir uns gemeinsam mit Interpol. Es wird ein legendärer Tag. Verlassen Sie sich darauf. Können Sie alles übermorgen in der Presse lesen.« Er zögerte kurz. »Ohne Sie wären wir nicht so weit gekommen. Sie haben großen Anteil an unserem Erfolg.«

»Danke. Dann will ich Sie nicht länger aufhalten«, sagte Heimer.

»Schmid hatte ein wirklich umfangreiches Wissen. Beinahe verwunderlich.«

Heimer sagte nichts dazu, murmelte eine Abschiedsfloskel und legte auf. Darauf wird auch die Mafia kommen, dachte Heimer nach dem Telefonat. Er rechnete aus, dass die Mafia dreißig Überblendungen in Auftrag gegeben haben musste. Und mit jeder Ausführung hatte Witt sein Wissen über Verbrechen und Strukturen erweitert.

30

Das Straßenpflaster und die parkenden Autos glänzten in der winterlichen Morgensonne. Heimer eilte zur Klinikzentrale und sog die kalte Luft in sich hinein. Sie war für ihn wie eine Quelle, die ihn stärkte und reinigte. Die Schatten der Mafia hatten sie hinter sich gelassen. Er war endlich frei! Frei von der Angst, sie würden Christiana missbrauchen, quälen und lebendig begraben. Jetzt musste er sie nur noch vor Witt schützen, und dafür hatte er sich einiges überlegt. Vielleicht würde Christiana sogar mit ihm nach Berlin ziehen? Sportlich nahm er in der Zentrale zwei Treppenstufen auf einmal und der Tag, ja das Leben kam ihm vor wie ein Geschenk, das er heute auspacken durfte. Und genauso riss er seine Bürotür auf und strahlte die Möbel an. Er stellte die Heizung niedriger und öffnete das Fenster; der blaue Himmel wurde von den ersten Schneewolken eingetrübt. Auf seinem Schreibtisch lag eine weitere Studie zur Evaluation von neuropsychologischen Behandlungsmethoden in der Psychiatrie. Heimer zog das abgegriffene Foto von Christiana aus der Brieftasche und stellte es vor dem Monitor auf. Seine Gedanken wanderten zu ihren Grübchen, die sich beim Lächeln zeigten, zu ihren Lippen, die zu schnell Worte formten, wenn Eifer in ihr aufflammte.

Seit einer halben Stunde versuchte Heimer, Witt zu erreichen. Immer wieder sprang die Mailbox an. Er telefonierte vergebens herum. Weder die Sekretärin noch die spanische Putzfrau in Küsnacht wussten etwas. Bedrückende Gedanken zogen auf, er ahnte, dass etwas nicht stimmte: Witt hatte sich gestern in einem Ausnahmezustand befunden, die Bedrohung durch die Mafia, die

Angst um sein Leben. All das kann einen psychotischen Schub ausgelöst haben. Er musste Witt finden, in einer akuten Phase war mit allem zu rechnen. Gegen Mittag probierte er es erneut und wieder sprang die Mailbox an. Was hatte das zu bedeuten? War er bei Christiana?

Heimer rief Beckmann an. »Wissen Sie, wie ich Witt erreichen kann?«

»Nein, leider nicht. Ich habe es auch mehrfach versucht. Normalerweise schaltet er sein Telefon nicht aus.«

»Seit gestern habe ich nichts mehr von ihm gehört.«

»Wollen Sie bei mir vorbeischauen?«

»Nein, ich werde zur Berghütte fahren. Witt steht vermutlich unter dem Einfluss einer akuten psychotischen Störung. Er könnte gewalttätig werden.«

»Ah, was! Berthold liebt Christiana. Er will nur das Kind verhindern.«

»Wenn Sie in den nächsten Tagen nichts von mir hören, rufen Sie Hauptmann Pöll an. Er arbeitet bei der fedpol in Bern.«

»Bundeskriminalpolizei? Jetzt übertreiben Sie.«

»Sagen Sie mir lieber, wie ich auf schnellstem Weg zur Hütte komme.«

Heimer hatte die Autobahn verlassen und kam auf der Landstraße zur Berghütte nur langsam voran. Dicke Flocken, die der Scheibenwischer nach links und rechts verschmierte, erschwerten die Sicht auf die Schwarzseestraße, die streckenweise an einem steilen Abhang vorbeiführte. Je höher er fuhr, umso dichter wurde das Schneetreiben. Aus dem dunklen Tannenwald leuchtete ihm nach einer engen Kurve rotes und blaues Licht entgegen, so mystisch, wie er sich Nordlichter vorstellte. Minuten später erkannte er angestrahlte Burgen, Grotten und Skulpturen aus Eis und fuhr im Schritttempo am Besucherparkplatz Eispaläste vorbei. Die nächsten zwei Kilometer kamen ihm endlos vor. Links näherte er sich dem dunklen, fast schwarzen See, umgeben von weißen Bergen. Rechts thronte das beschriebene Hotel am Schwarzsee, einladend und hell. Er parkte am Seeufer. Die letzten vierhundert Meter zur Hütte waren nur zu Fuß zu bewältigen. Vereinzelt stehende Häuser säumten die Straße, aus deren Fensterläden Lichtstreifen schimmerten. Schnee und Finsternis ließen die Umrisse nur erahnen. Der unbefestigte Weg zur Hütte lag in totaler Dunkelheit. Heimer zog sein Smartphone aus der Tasche und leuchtete damit auf den Weg. Er sank bis zum Hosensaum im Schnee ein. Die Trittspuren eines Vorgängers, die er nutzte, bogen schon nach wenigen Metern ab. Er klopfte den weiß gepuderten Wollmantel ab und fuhr sich mit der rechten Hand durch die nassen Haare. Der dichte Schneefall gab erst auf den letzten Meter die Sicht auf die Berghütte frei. Ein Alpenchalet der Luxusklasse ragte einsam aus dem Weiß hervor. Er stieg die Treppe hoch und stampfte über die Terrasse an schneebedeckten Gartenmöbeln vorbei. Kein Lichtschimmer drang aus dem Haus, die gespenstische Ruhe ließ ihn kurz verharren. Große, langsam fallende Schneeflocken schienen die Stille noch zu verstärken. Beim nächsten Schritt blendete ihn plötzlich grelles Flutlicht, er kniff die Augen zusammen. Der gesamte Außenbereich war hell erleuchtet. An der Hauswand sah er eine Videokamera und einen Bewegungsmelder. Er klingelte mehrmals. Nichts rührte sich. Er schlug mit der flachen Hand gegen die Holztür und rief »Christiana!« Absolute Stille. Er hämmerte mit der Faust gegen die Tür. »Ich bin es, Stefan. Mach auf Christiana!« Die Fensterläden im Erdgeschoss und im Obergeschoss waren geschlossen. Umgeben von dicken Schneeflocken, die fast senkrecht herabschwebten, stand er eine Weile da. Er trat einige Schritte zurück und betrachtete die Holzfassade bis zum Dach. Eine dünne Rauchsäule stieg aus dem Schornstein auf. »Ich weiß, dass du da bist!«, rief er in die Stille hinein. Heimer trat dicht an die Eingangstür und meinte Geräusche zu hören. Stille. Schritte. Sie kamen näher. Ruckartig ging die Tür auf.

»Komm rein«, sagte Witt.

Heimer zuckte zusammen, dann trat er einen halben Schritt zurück. »Ist sie hier?«

»Nein. Wir sind beide vergeblich hier.«

Sie saßen in Armsesseln vor dem offenen Kamin, das Licht der brennenden Holzscheite erhellte ihre Gesichter. Die flackernden Flammen warfen ein Schattenspiel auf die rotbraunen Holzwände. Es knisterte und roch nach verbranntem Tannenholz. Neben dem Käsebrett, auf dem Schnittreste und ein paar grüne Oliven lagen, stand eine zweite leere Rotweinflasche, auf der sich das Kaminfeuer in sattem Rubinrot spiegelte. Bis jetzt hatten beide das Thema Christiana gemieden.

Witt holte zwei Gläser und einen Obstler aus dem Schrank. Er hielt eine mundgeblasene gläserne Schnapsflasche in Birnenform hoch. »Ich finde, wir sollten uns duzen. Wir haben zusammen die Mafia ausgetrickst und lieben dieselbe Frau. Wenn das kein Grund ist, sich näher zu kommen?« Witt füllte beide Schnapsgläser bis zum Rand und reichte Heimer eins. Er hob sein Glas und prostete Heimer zu. »Berthold.«

Heimer zögerte. »Stefan.«

»Erst die Medizin und dann in medias res.« Witt grinste, nahm einen kräftigen Schluck und ließ den Obstler langsam fließen. Er blickte traurig, als er das Glas bedächtig abstellte. »Ich liebe Christiana«, sagte er und sah ihm in die Augen.

Heimer nippte, wandte den Blick ab und schwieg. Die Stille nach diesen drei Worten war unerträglich.

»Es zerreißt mir das Herz, wenn ich sie verliere.« Nachdenklich schaute Witt die Flasche an. »Ohne sie vegetiere ich nur noch.« Witt starrte Heimer an. »Verstehst du, was mit mir passiert?« Ihre Blicke begegneten sich kurz.

Eine Weile war nur das Knistern im Kamin zu hören. Heimer schluckte den Kloß in seiner Kehle hinunter, dennoch klang seine Stimme bedrückt. »Was hat dich zur Psychologie gebracht?«, fragte er.

»Du willst nicht über Christiana reden, obwohl wir beide den ganzen Abend an nichts anderes denken.«

Heimer schwieg und hielt dem Blick stand.

»Na gut. Ich habe früh begriffen, dass das Wichtigste allein in unseren Köpfen passiert. Die ersten psychologischen Experimente habe ich mit vierzehn in meinen Tagebüchern festgehalten.« Er lächelte vor sich hin. »Damals habe ich mich gefragt: Wie würde sich ein Mensch entwickeln, wenn wir ihn mit den besten Erinnerungen ausstatten? Und heute haben wir die Antworten dazu.« Er packte die Schnapsflasche am Hals, hielt sie hoch und sah Heimer an. »Einen noch.«

Heimer schüttelte den Kopf.

»Dann bleibt eben mehr für mich.« Er leerte das volle Glas in einem Zug. »Im zweiten Semester habe ich zum ersten Mal Stimmen gehört«, sagte Witt und schaute Heimer erwartungsvoll an.

»Christiana hat nicht erwähnt, dass du Stimmen hörst.«

»Wie denn auch! Ich habe es verheimlicht. Niemand weiß es, nur Martin ahnt vielleicht etwas«, sagte Witt. Er schaute ins Kaminfeuer. »Wenn das herauskommt, bin ich erledigt. Kein Patient wird sich mir mehr anvertrauen. Aber wenn Christiana nicht mehr bei mir ist, ist mir selbst das egal.« Er hob das leere Glas. »Auf meine treuen Stimmen!«

»Du sprichst über akustische Halluzinationen.«

»Was denn sonst!« Witt lachte kurz auf. Er zögerte und holte tief Luft. »Anderseits ist unsere Wahrnehmung begrenzt. Alles, was außerhalb davon liegt, halten wir für verrückt und kategorisieren es.«

»Schizophrene Psychose«, flüsterte Heimer und ärgerte sich, dass er es nicht in normaler Lautstärke ausgesprochen hatte.

»Du kennst den Katalog«, sagte Witt und nickte. »Ich hatte ein erhöhtes Risiko, an Schizophrenie zu erkranken, weil ich genetisch vorbelastet bin. Inzwischen glaube ich, dass auch mein Vater an dieser Krankheit litt. Was mich von gleichgelagerten Fällen allerdings unterscheidet: Ich weiß, dass es keine fremde Macht ist und habe es im Griff. Und um deine Frage zu beantworten: Ich wollte die Psychose meiner Mutter heilen, da war ich gerade mal zwölf Jahre alt. Nach Vaters Tod war ich für sie der Ersatzmann.« Witt füllte sein Glas und trank.

»Das ist nicht selten.«

»Moment! Mein Vater starb und ich kam am gleichen Tag zur Welt. Für meine Mutter wurde mein Vater wiedergeboren.«

Eine Weile blieb es still. »Deine Mutter sah also in dir ihren Mann heranwachsen?«, fragte Heimer.

»Sie verglich mich ständig mit ihren Erinnerungen an meinen Vater. Für ähnliches Verhalten gab es wohlwollende Zuwendung.«

»Ich verstehe die identitätsstiftende Wirkung. Hat es sich mit den Jahren normalisiert?«

»Es hat sich gesteigert. Sie hat einen Mantel meines Vaters umnähen lassen, den ich dann tragen musste. Meine Klassenkameraden haben über das furchtbar altmodische Teil gelästert. Ich habe es ihr erzählt, dennoch hat sie mich damit zur Schule geschickt. In psychotischen Phasen sprach sie oft zu ihrem Mann. Sie sagte, ›Weißt du noch?‹, und ich sagte ja, obwohl ich nicht dabei war.«

»Warum hast du mitgespielt?«

Witt starrte abwesend ins Feuer.

»Berthold, warum hast du nicht widersprochen?«

»Anfangs habe ich es versucht, dann bekam sie Weinkrämpfe. Einmal hatte sie mich gefragt, ob ich mich von ihr scheiden lassen möchte. Als ich ihr antwortete, dass ich ihr Sohn bin, beschimpfte sie mich wegen der Lügen und stand dann kurz vor einem Nervenzusammenbruch. Um das zu vermeiden, habe ich ihre Wahrheit nicht mehr in Frage gestellt. Mit zwölf habe ich psychologische Fachbücher aus der Bibliothek meines Vaters gelesen und eine Therapie für meine Mutter ausgearbeitet.« Er schwieg eine Weile und setzte zögerlich hinzu: »Worte können heilen, dachte ich damals.«

»Das muss schrecklich gewesen sein.«

»Ich habe mich nie beschwert.«

»Ist es dir gelungen, ihren Zustand ein wenig zu verbessern?«

Witt schüttelte den Kopf. »Heute wissen wir, dass zahlreiche Psychosen genetisch bedingt sind. Unheilbar. Es bedarf nur eines Auslösers. Ich habe alles versucht.« Witt schaute nach unten und rieb sich die Nase.

Heimer wartete einen Augenblick. »Hast du dich um ärztlichen Beistand bemüht?«

»Sie hat sich gegen jede Behandlung gewehrt. Weinend habe ich mit ihr diskutiert, sie gedrängt, einen Arzt aufzusuchen. Alles vergebens. Sie ließ mir keine Wahl und so war ich schon mit fünfzehn Jahren versiert in Gesprächstherapie. Bevor ich als Arzt die ersten Psychopharmaka verschreiben durfte, ist sie verstorben. In ihren letzten Stunden hat sie mich mit dem Vornamen meines Vaters angesprochen. Ich habe sie in diesem Glauben sterben lassen.« Witt schien in der Vergangenheit zu versinken.

Heimer betrachtete den gequälten Gesichtsausdruck und ließ sich mit der nächsten Frage Zeit. »Bist du deinem Vater sehr ähnlich gewesen?«

»Äußerlich und in der Gestik wie Zwillinge. Manchmal denke ich, sie hat Recht.« Witt schien erneut abzudriften. Eine mystische Stille breitete sich im Feuerschein aus, in der nur das Kaminholz knisterte. Beide sahen schweigend den tanzenden Flammen zu. Der Alkohol verlangsamte Heimers Gedanken, ließ sie den wissenschaftlichen Erkenntnissen entgleiten. Die Vorstellung einer möglichen Reinkarnation beseelte ihn. Der menschliche Geist als Teil eines unendlichen Ganzen, aus dem alles kommt und zu dem alles zurückkehrt.

»Soll ich dir was verraten?« Ohne zu warten fuhr Witt fort. »Manchmal fehlen mir die Stimmen. Psychosen können auch schön sein, Neues in die Welt bringen. Man sieht Verbindungen, auf die man sonst nicht gekommen wäre. Wer weiß, welche Auswirkungen diese Krankheit auf die Entwicklung der Menschheit hatte und noch haben wird. Denken wir nur an Religionsstifter, Erfinder et cetera.«

Heimer wandte sich vom Kaminfeuer ab. »Kannte deine Mutter Christiana?«

Witt war irritiert, neigte den Kopf und sah Heimer trüb an. »Nein. Sie hat sie nicht mehr kennengelernt. Worauf willst du hinaus?«

»Hätte sie Christiana gemocht?«

»Gewiss«, sagte er zögernd. Seine Stimme klang nicht so.

»Hätte deine Mutter gern Enkel gehabt?«

Witt holte Luft, mit zusammengepressten Lippen stand er auf und schaute auf Heimer herab. »Das zweite Schlafzimmer ist frei. Ich lege mich jetzt hin. Es ist zu spät … für diese Spielchen«, sagte er abgehackt. Auf der ersten Treppenstufe blieb er stehen und drehte sich um. »Das Sinnlose nicht zu erkennen, rettet uns.«

31

Heimer vermisste am nächsten Morgen frische Unterwäsche und vor allem eine Zahnbürste. Gähnend durchwühlte er Witts schwarzen Kulturbeutel, der mittig auf dem weißen Doppelwaschbecken stand. Neben den Medikamentenschachteln fand er eine Zahnpastatube, die er zunächst zur Seite legte. Nacheinander betrachtete er die Schachteln, die mit *Nozinan*, *Promethazin* und *Risperidon* beschriftet waren. Witt litt vermutlich an einer besonders schweren Psychose, wenn er die hochdosierten Medikamente richtig einstufte. Er drückte etwas Zahnpasta auf den Zeigefinger und verteilte sie nachdenklich auf den Zähnen.

Heimer klopfte zaghaft an die Schlafzimmertür und horchte. Er rief leise: »Berthold, bist du wach?« Kein Laut drang durch die Tür, die er geschlossen ließ. Er ging in die Küche und suchte nach Kopfschmerztabletten. In den Schubladen lag Besteck, in den Schränken standen eine Tüte Bohnenkaffee, ein Paket Knäckebrot und im Kühlschrank lagen zwei Flaschen Prosecco, eine weiße Butterdose mit Bambusdeckel. Unten am See hatte er gestern einen kleinen Lebensmittelladen gesehen. Er zog den Mantel über und verließ die Hütte. Seine Kopfschmerzen nahmen in der kalten, frischen Luft rasch ab. Es roch nach neuem Schnee und er atmete tief ein.

Der kleine Supermarkt bot nahezu alle Artikel für den täglichen Bedarf an. Er kaufte Käse, Schinken, Butter, eine Tüte mit unterschiedlichen Brötchen und eine Zahnbürste. Auf dem Rückweg ging er am Ufer entlang, dicht am zugefrorenen Bergsee. Seine Gedanken wurden mit jedem Schritt klarer. Auf den letzten Metern vor der Hütte, die ihm heute nicht so steil vorkamen, drehte er sich um. Der See lag in einem Tal, umgeben von weißen Berghängen, Schnee rieselte von den Fichten und die ersten Kinder zogen mit ihren Schlittschuhen Kreise auf dem Eis. Es wirkte friedlich. Dichte, graue Schneewolken hatten sich über den Berggipfel gelegt und würden die Sonne bald verschwinden lassen. Ehe er die Tür hinter sich schloss, warf er erneut einen Blick auf die malerische Winterlandschaft, die einem Postkartenmotiv glich.

Drinnen saß Witt vor einem Glas Wasser, die Ellenbogen auf dem Tisch abgestützt, den Kopf in den Händen verborgen. »Morgen«, brummte er, ohne sich zu bewegen.

Heimer deckte den Tisch, füllte den Brotkorb mit Brötchen, kochte Kaffee. Belegte einen Teller mit Käse, den anderen mit Schinken, stellte alles zusammen mit der Butter in die Mitte und goss Kaffee ein. Er setzte sich und musterte das blasse Gesicht, aus dem dunkle Schatten unter den Augen hervorstachen.

Witt trank einen Schluck Kaffee und starrte vor sich hin.

Heimer belegte eine Brötchenhälfte mit Käse, biss herzhaft hinein und füllte seinen Becher auf. Sein Kauen und Schlucken war eine Weile das einzige Geräusch am Tisch.

Nach dem zweiten Brötchen fragte Heimer: »Kaffee?«

»Es ist Notwehr.«

»Wovon redest du?«

Witt schwieg.

Heimer räumte seinen Teller ab und hob die Kaffeekanne. »Letzte Gelegenheit!«

Witt schob seinen Becher zu Heimer, der ihm eingoss. »Ist es zu viel verlangt, wenn Christiana auf das Kind verzichtet?«, fragte Witt.

»Es ist ihre Entscheidung.«

Witt raffte sich auf. »Ich stehe kurz davor, in die Wissenschaftsgeschichte einzugehen, auf einer Stufe mit Einstein und Newton. In allen Hörsälen dieser Welt wird der Name Witt erklingen. Generationen von Wissenschaftlern werden mich zitieren, meine Methoden verfeinern, verbessern.« Er holte Luft. »Die Menschheit wird nach mir eine andere sein! Und das alles aufgeben? Nein, kein Kind dieser Welt ist das wert. Ich werde nicht ins Gras beißen, bevor das Werk vollendet ist.«

»Du weißt, dass diese Gedanken irrational sind. Du leidest an einer Zwangsstörung.«

»In meiner Familie sterben die Väter seit Generationen bei der Geburt eines Sohnes. Das ist real.«

»Deine Psychose ist real! Nimm einfach die Medikamente und gib Ruhe.«

»Ich muss Sie finden!«, brüllte Witt.

»Wozu?«

Witt verschwand ins Badezimmer, ohne zu antworten.

Heimer rief ihm hinterher: »Sie wird nicht einwilligen.«

Zwanzig Minuten später verließ Witt ohne ein Wort die Berghütte. Heimer hatte sich darauf vorbereitet und folgte ihm. Er rannte an Witt vorbei, um seinen Wagen rechtzeitig zu erreichen. Fast gleichzeitig standen sie vor ihren Autos, befreiten die Windschutzscheiben vom Schnee und stiegen ein.

Witt fuhr mit dem SUV los. Heimer blieb dicht hinter ihm. Nach etwa zwei Kilometern bog Witt mit hoher Geschwindigkeit auf den Parkplatz der Eispaläste ab und stoppte den Wagen mit einer Vollbremsung. Heimer parkte Sekunden später neben dem SUV. Beide sahen in den Wald hinein. Schneeflocken glitten die Frontscheibe hinunter und hinterließen eine nasse Spur. In den Fichten saßen Krähen und beäugten den Platz. Eine breitete ihr schwarzes Gefieder aus, hüpfte zu einem anderen Ast. Heimer hatte nicht vor auszusteigen, er sah den Krähen zu und wartete. Es vergingen Minuten, ehe Witt ausstieg. Er stellte sich vor Heimers Fahrertür und sah ihn finster und entschlossen an. Flocken wehten ihm waagerecht ins Gesicht. Er verzog keine Miene und starrte durch die wässrigen Schneetupfer auf seiner Brille.

Heimer lächelte, doch Witts eisiger Blick blieb regungslos und durchbohrte Heimer, der den Motor anließ.

Witt verharrte weiterhin, dicke Schneeflocken klatschten ihm ins bleiche Gesicht, das wie eine finstere Totenmaske wirkte.

Fahr los, hau ab, durchschoss es Heimer. Das mulmige Gefühl wollte nicht verschwinden, aber er würde sich nichts anmerken lassen. Er stellte den Motor ab und blieb noch eine Weile sitzen, bevor er die Tür öffnete.

Witt wich einen Schritt zurück. Er drehte sich hastig nach hinten um, bewegte die Hand abwehrend, obwohl dort niemand stand.

Heimer stieg aus und schlug die Fahrertür zu.

»Was soll das werden?«, brüllte Witt, dessen linkes Augenlid rhythmisch zuckte.

»Wir werden Christiana gemeinsam suchen«, antwortete Heimer ruhig.

»Sie ist mit mir ... verheiratet!«, schrie er. »Und du verschwindest ... jetzt!«

»In diesem Zustand lasse ich dich nicht allein. Nimm deine Medikamente und lass Christiana in Ruhe!«

»Ich werde den Fötus aus ihr rausprügeln! Und du wirst mich nicht davon abhalten.«

»Es ist mein Kind«, log Heimer.

»Wer leidet hier an Hirngespinsten?«

»Frag doch Christiana.«

»Für wie bescheuert haltet ihr mich? Lächerlich!« Witt stürzte sich auf ihn. Mit beiden Händen stieß er Heimer um, dessen Füße nach vorne wegrutschten. Sein Hinterkopf schlug auf die harte, festgefahrene Reifenspur. Witt öffnete die Autotür von Heimers BMW, packte den Autoschlüssel und schleuderte ihn in den Wald. Er rannte zu seinem SUV, schaute kurz zurück und brüllte: »Komm mir nicht noch mal in die Quere.« Er sprang ins Auto, knallte die Tür zu, legte den Rückwärtsgang ein und trat voll aufs Gaspedal. Die Räder des Geländewagens drehten durch und der Wagen schleuderte einige Meter rückwärts. Er schaltete in den Vorwärtsgang, riss das Lenkrad herum und gab Gas, das Heck scherte aus. Der SUV schlitterte nach links, prallte mit der Hinterachse gegen einen aufgeschichteten Schneeberg. Er raste auf die Straße, geriet kurz auf die Gegenfahrbahn und ließ einen hupenden Autofahrer hinter sich, der hart abbremsen musste. Ein Bub, der die kuriose Szene gemeinsam mit seinen kopfschüttelnden Eltern beobachtet hatte, rannte Richtung Wald und hatte im Nu den Schlüssel im Schnee gefunden.

Der Vater war unterdessen zu Heimer gelaufen: »Sind Sie verletzt? Brauchen Sie einen Krankenwagen?«

Heimer drehte sich zur Seite, stützte sich mit den Händen ab und schüttelte den Kopf. Er schaffte es, ohne Hilfe aufzustehen. Vorsichtig prüfte er die Wunde am Hinterkopf. Die blutbeschmierten Finger ließen ihn zögern. »Danke, es geht«, sagte Heimer unsicher.

»Wir rufen die Polizei und stehen selbstverständlich als Zeugen zur Verfügung.«

»Nicht notwendig, aber vielen Dank. Er ist mein Patient und leidet an einer akuten Psychose.«

Heimer lobte den Jungen für seinen ausgezeichneten Blick. Er selbst hätte Stunden gebraucht, um den Schlüssel zu finden. Stolz führte der Bub seine Eltern in Richtung der Eispaläste.

Heimer setzte sich vorsichtig hinters Lenkrad. Er tastete

mit der Hand über den klebrigen Nacken. Das Blut an den Fingern wischte er an der Hose ab. Sein Hinterkopf pochte, kalte Schweißtropfen bedeckten die Stirn. Er hatte keine Wahl, er musste in ärztliche Behandlung und der Blutfluss musste gestoppt werden. Heimer suchte im Navigationssystem nach dem nächsten Krankenhaus. Ohne auf den Neuschnee zu achten, fuhr er ruckartig los. Er hätte es wissen müssen. Seit Tagen lief er mit der Befürchtung herum, die sich nun bestätigt hatte: Witt war außer Kontrolle, hatte sich zum Werkzeug seiner inneren Stimmen entwickelt. Trotz seiner herausragenden Intelligenz, trotz seiner Expertise hatten die Stimmen gewonnen.

Achtzehn Kilometer bis zum Spital Tafers lagen noch vor ihm.

Auf dem Spitalparkplatz krümmte Heimer sich zusammen, in heftigen Schüben übergab er sich zwischen zwei Autos. Er verharrte einige Minuten in Hockstellung und wischte sich den Mund mit einem Papiertaschentuch ab. Leicht gebückt taumelte er in Richtung Klinik. In der Notaufnahme wurde er wegen der Blutung direkt in ein Behandlungszimmer geführt. Der Arzt stellte zahlreiche Fragen, die zu Schwindel und Kopfschmerzen verneinte Heimer. Eine Krankenschwester setzte eine Spritze, säuberte die Kopfwunde und entfernte die Haare rundum. Kurze Zeit später nähte der Arzt die Platzwunde und empfahl den Aufenthalt in der Klinik für eine Nacht.

Mit einem weißen Kopfverband trat Heimer entgegen der ärztlichen Empfehlung die Fahrt nach Zürich an. Er war schon einmal zu spät gekommen, und diese Wunde glühte wie ein frisches Brandmal auf seiner Seele. Erneut stand er im S-Bahnhof, der Aufprall, das Quietschen der Bremsen schrillte in seinen Ohren. Der grüßende Arm war für ihn das Qualvollste, bevor der Zug alles beendete. Jetzt brach dieses Trauma mit gewaltiger Kraft hervor. Heimer zwang sich, gleichmäßig zu atmen, die kalten Schweißperlen auf der Stirn, die er im Rückspiegel sah, störten ihn nicht. Die Hände umklammerten das Lenkrad wie eiserne Zangen, die Fingerknöchel traten weiß hervor. Jeder Kilometer zählte. Krampfhaft starrte er auf die wankende Autobahn. Die Autos schlingerten, hoben ab, er schloss für einen Augenblick die Augen, dennoch schien er in einem Karussell zu sitzen. Er schaffte es bis zum Seitenstreifen und schaltete die Warnblinkanlage ein. Nach einigen Minuten stieg er aus, lehnte sich an die Beifahrertür an und atmete kalte Luft ein. Im Fahrtwind der vorbeirauschenden Lastwagen wurde ihm bewusst, in welche Gefahr er sich selbst und andere Menschen brachte. Trotz allem setze er die Fahrt fort.

Am Nachmittag lag Heimer erschöpft und mutlos im Hotelbett. Es grenzte an ein Wunder, dass er es bis hierher geschafft hatte. Seine Haut war kalt und feucht, und jede Bewegung verursachte Übelkeit. Die zugezogenen Vorhänge verbannten das Tageslicht. Irgendwas hatte er übersehen: Eine Winzigkeit, eine Ungereimtheit. Witts Verhalten ließ nur einen Schluss zu, er wusste, wo sich Christiana aufhielt. Ein schwerfälliger Gedankenschleier, gespeist aus Erschöpfung und Verzweiflung, betäubte ihn allmählich. Er schlief in der künstlichen Dunkelheit des Zimmers ein.

32

Jemand hatte geklopft, die Tür sprang mit einem Klack auf. Heimer blinzelte gegen die Vorhänge, geblendet vom grellen Licht der Morgensonne.

»Zimmer machen!«, rief eine Frauenstimme.

Im Niemandsland zwischen Schlaf und Bewusstsein schaffte er ein »Später!«

Das Zimmermädchen schloss leise die Tür.

Heimer lag starr, drehte nur die Augen zur Seite. Der Wecker zeigte 10:17 Uhr. Eine Viertelstunde später setzte er sich behutsam auf die Bettkante und wartete einige Minuten ab. Beim Aufstehen kam der Schwindel wieder. Er taumelte ins Badezimmer, zog eine Duschhaube über seinen Kopfverband und ließ die Regenwalddusche laufen.

Im Hotelrestaurant nahm Heimer die Tageszeitung aus dem Ständer und setzte sich abseits, gefolgt von den Blicken, die auf seinen Kopfverband gerichtet waren. Er bestellte die Tagessuppe mit Brot. Auf der Titelseite der Zeitung fehlte die Nachricht. Eilig blätterte er weiter und fand im Wirtschaftsteil eine kurze Notiz:

Geldwäscheverdacht gegen die Gräfliche Swiss Invest Bank

Passanten und Beschäftigte blieben in den frühen Morgenstunden vor dem Hauptsitz der Gräflichen überrascht stehen. Ihnen bot sich eine filmreife Szenerie: Bewaffnete Polizisten riegelten das Bankgelände weiträumig ab. Fünf Mannschaftswagen der Polizei und einige schwarze Zivilfahrzeuge blockierten die Zufahrtswege und Zugänge zur Bank. Nach Angaben der Staatsanwaltschaft Zürich durchsuchten gestern rund 80 Bundesangestellte der Staatsanwaltschaft, der Steuerfahndung und der Bundespolizei die Geschäftsräume. Die Ermittlungen richten sich gegen leitende Mitarbeiter des Bankinstitutes. Der Verdacht, dass die Gräfliche Swiss Invest Bank in Geldwäscheaktivitäten verstrickt sei, habe sich erhärtet. Weitere Informationen könne man aus ermittlungstaktischen Gründen zum jetzigen Zeitpunkt nicht zur Verfügung stellen.

Heimer wischte sich den Schweiß von der Stirn. Eine Randnotiz im Wirtschaftsteil, war das der Bericht über den großen Schlag gegen das organisierte Verbrechen? Die Mafia und deren Verflechtung mit der Gräflichen Swiss Invest wurden mit keinem Wort erwähnt. Er ließ die restliche Suppe stehen und wankte zurück ins Zimmer. Im Sessel wartete er ab, bis der Schwindel nachließ und holte das schwarze Telefon aus dem Zimmersafe. Grelle, tanzende Lichtpunkte, die blitzartig vor seinen Augen auftauchten, zwangen ihn innezuhalten. Es dauerte Minuten, bis das kreisende Lichtgewitter allmählich verschwand. Er hielt den Kopf ruhig und rief Hauptmann Pöll an.

»Was ist passiert? In der Zeitung finde ich nur eine Randnotiz im Wirtschaftsteil.«

»Wenn nicht zufällig ein Journalist unter den Passanten gewesen wäre, hätte die Öffentlichkeit überhaupt nichts erfahren«, erwiderte Pöll abgehackt.

»War das der große Schlag gegen das organisierte Verbrechen?«

»Wir sind von ganz oben zurückgepfiffen worden. Und werden –«

»Was soll das heißen?«, fuhr Heimer dazwischen.

»Wir haben mit der Durchsuchung der Bank den Finanzplatz Zürich geschädigt. Eine Verbindung zwischen der Mafia und der Gräflichen Swiss Invest hat es nie gegeben.«

»Sie haben eindeutige Beweise!«

»Sie verstehen nicht! Wir verdanken unseren Wohlstand den Finanzströmen und den internationalen Kapitalanlegern. Mit den Untersuchungen setzen wir deren Vertrauen aufs Spiel.«

»Und das bedeutet, dass sie die Ermittlungen einstellen.«

»Nicht offiziell, aber sie werden versanden.«

»Und was ist mit mir?«

»Es ist besser für Sie, wenn Sie umgehend abreisen.«

»Ich will Major Schulzenried sprechen!«

»Er wurde beurlaubt.«

»Warum?«

»Er hat sich den Anweisungen widersetzt. Sie sehen, dass wir es ernst meinen.«

»Menschen wurden gefoltert, ermordet!«, brüllte Heimer ins Telefon. »Geldwäsche in einem riesigen Ausmaß und die Staatsanwaltschaft verzichtet auf ernsthafte Ermittlungen. Unfassbar!«

»Wir haben keine Wahl! Was glauben Sie, was hier passiert, wenn das bekannt wird? Wir würden einen Flächenbrand auslösen, internationale Gelder würden abgezogen, Strafzahlungen in Milliardenhöhe drohen. Es würde einen Ansturm auf die Schweizer Banken geben, wie wir ihn noch nie erlebt haben. Dieser Run würde den Finanzplatz Zürich vernichten und zahlreiche Existenzen ruinieren! Verstehen Sie das nicht?«

»Sie sind doch nicht mehr bei klarem Verstand! Es wird weitere Morde geben. Sie liefern uns aus!«

»Das wäre abzuwarten.«

Er drückte Pöll weg und schleuderte das Handy auf den Sessel. Ruckartig sprang Heimer auf, was er sofort bereute. Alles um ihn herum wurde schwarz.

33

Gleißend helle Wände. Heimer schloss für einen Moment wieder die Augen und blinzelte dann gegen das grelle Licht an. Es roch nach Desinfektionsmittel. Er hob den Kopf. Die Sonne strahlte jeden Winkel aus. Ein quadratischer Tisch mit einer leeren Vase stand an der Wand, links und rechts davon zwei Stühle. Ein Flachbildfernseher hing an der Wand, auf dem freien Bett neben ihm lag die Fernbedienung. Er drückte auf die Patientenklingel. Was war geschehen? Christiana! Rhythmisch drückte er die Klingel. Nicht hektisch werden. Die ersten Bilder tauchten in seiner Erinnerung auf, dann fluteten sie sein Gehirn, begleitet von panischer Angst, dass es bereits zu spät war. Er setzte sich auf den Bettrand, entfernte den Schlauch von der Kanüle. Die Verkabelung riss er ab.

»Herr Dr. Heimer! So geht das nicht. Sie müssen liegen bleiben«, rief eine grauhaarige Frau, die gerade die Tür geöffnet hatte. Sie eilte zu ihm, nahm seinen Arm und führte ihn behutsam zum Bett. Auf ihrem Namensschild stand »*Schwester Caroline.*«

»Warum bin ich hier?«, fragte er.

»Was denken Sie?«

»Ich stand eben noch in meinem Hotelzimmer.« Er suchte nach einem passenden Wort. »Desorientiert!«

Sie verkabelte ihn wieder, befestigte die Kanüle mit einem Fixierpflaster und schloss den Plastikschlauch an. »Es ist normal, dass Sie verwirrt sind. Es kann noch ein paar Minuten dauern, bis Sie wieder bei klarem Verstand sind. So geht es vielen, die aus einer Vollnarkose erwachen.«

»Was ist denn mit mir?«

»Der Oberarzt wird Ihnen den radiologischen Befund

erläutern.«

»Sie wissen doch auch etwas.«

»Bei der Computertomographie wurde eine Hirnprellung festgestellt. Sicherheitshalber wurden Sie in ein künstliches Koma versetzt und der Hirndruck wurde laufend kontrolliert. Mehr weiß ich nicht.«

»Wann kann ich hier raus?«

»Nicht so eilig, junger Mann! Ich glaube nicht, dass Sie das Krankenhaus in den nächsten Tagen verlassen dürfen. Sprechen Sie den Oberarzt bei der Visite an, er kann Ihnen mehr sagen.«

»War Christiana hier?« Heimer sah in ein fragendes Gesicht. »Entschuldigung. Hat sich eine junge Frau nach mir erkundigt?«

Die Krankenschwester schüttelte den Kopf. »In meiner Schicht hatten Sie keinen Besuch. Ich werde gleich den Polizisten fragen, der vor Ihrer Tür sitzt.«

»Sagen Sie ihm bitte, dass ich dringend … Hauptmann Pöll sprechen muss.«

»Sie versprechen mir zuerst, dass Sie Ihre Tabletten nehmen und im Bett bleiben.«

Er hörte sie, aber seine Gedanken rasten durch seine Erinnerungen wie ein Stummfilm im Zeitraffer.

Eine Viertelstunde später betrat Professor Beckmann das Krankenzimmer. »Eigentlich müsste ich sauer sein.«

Heimer blinzelte ihn an. »Wie bitte?«

»Sie legen sich bei der Konkurrenz ins Bett.«

»Ihre Tochter schwebt in Lebensgefahr, und Sie witzeln hier herum.«

»Christiana ist in Sicherheit. Aber um sie mache ich mir Sorgen.«

»Wo ist Sie?«

»Sie ist nicht in Gefahr, nur die Ruhe.«

»Weshalb beantworten Sie meine Frage nicht?«

»Es ist besser so.«

»Warum vertrauen Sie mir nicht?«, fragte Heimer, in dessen Stimme Wut und Verzweiflung mitschwangen. Vergeblich wartete er auf eine Antwort und fuhr fort. »Wo ist Witt?«

»Ich habe keine Ahnung.«

»Und woher wissen Sie überhaupt, dass ich hier bin?«

»Wie verabredet habe ich mit Hauptmann Pöll telefoniert. Sie stehen dort hoch im Kurs.«

Heimer hörte es wie einen schallenden Ruf aus der Ferne, sein Gehirn war stumpf, wie in Watte gepackt. Ausgerechnet jetzt wirkten die Medikamente.

»Pöll hat mich zum Direktor der fedpol durchgestellt, und der hat den Rückruf eines einflussreichen Politikers angekündigt.«

»Wer hat zurückgerufen?«

»Ich bedaure, es handelt sich um ein vertrauliches Gespräch«, sagte Beckmann und grinste.

»Warum sind Sie überhaupt hier?«

Beckmann holte gemächlich einen Stuhl, stellte ihn ans Bett. Er zögerte, schaute sich um und warf zuletzt einen Blick zur Tür, bevor er sich hinsetzte. »Ich werde Sie ins Vertrauen ziehen«, flüsterte er vorgebeugt.

Heimer reckte sich schläfrig hoch.

»Es ist diffizil.« Beckmann sah erneut zur Tür und wandte sich wieder Heimer zu. »Das übergeordnete Staatsinteresse erfordert absolute Diskretion. Selbst das kleinste Gerücht, dass führende Köpfe aus Politik und Wirtschaft einer Gehirnwäsche unterzogen wurden, wäre eine Katastrophe.« Er verlieh seiner Stimme Nachdruck. »Ich weiß, was wir von Ihnen verlangen.«

»Wir brauchen den Druck der Öffentlichkeit, damit die Polizei ernsthaft gegen die Mafia ermittelt.«

»Verstehen Sie doch: Wenn dies an die Öffentlichkeit gelangt, sind die Folgen nicht mehr beherrschbar. Allein der Reputationsschaden für den Finanzplatz Zürich wäre unabsehbar. Vertrauen ist das Geschäftsmodell der

Schweiz. Das dürfen wir nicht aufs Spiel setzen. Und wie würde die Gesellschaft reagieren? Das Ganze hat die Sprengkraft, die innere Sicherheit zu bedrohen. Das hätten wir letztendlich zu verantworten!«

»Das rechtfertigt Ihr Schweigen nicht. Wir brauchen die Öffentlichkeit, um den Missbrauch durch Kriminelle zu verhindern.«

Beckmann schüttelte den Kopf. »Es wird keine Überblendungen mehr geben. Was wir getan haben, war falsch. Das ist Vergangenheit und wir sollten es begraben.«

»Vergessen? Die Betroffenen müssen es erfahren.«

»Es waren kleine Korrekturen im Gedächtnis der Menschen, um ihnen eine bessere Zukunft zu ermöglichen. Wir haben Gutes getan, das sieht man auch an einigen Politikern, die uns wieder Orientierung geben und die Gesellschaft zusammenhalten. Wir haben Großartiges erreicht! Darauf können wir stolz sein. Aber eines ist auch klar: Wir sind vom richtigen Weg abgewichen.«

Heimer kämpfte gegen die Schläfrigkeit an, was Beckmann sagte, hörte er wie ein Echo aus der Ferne. Sprach er von Marionetten an den Schaltzentralen der Macht? Meinte er das? Der Gedanke war abstrus. »Das heißt, Sie und Witt werden nicht belangt.«

»Es gab niemals Überblendungen. Merken Sie sich das, sonst kann ich nichts mehr für Sie tun.«

Heimer nickte. Er hatte verstanden.

»Das Beste kommt noch. Wir erhalten in den nächsten Jahren Zuschüsse aus einem staatlichen Forschungstopf in Millionenhöhe, um auf anderen Gebieten zu forschen.«

Heimer riss krampfhaft die Augen auf. »Was ist mit der Mafia? Kommen die auch straffrei davon?«

»Sprechen wir lieber von internationalen Investoren. Auf höchster Ebene wurde eine Einigung erzielt. Schweizer Immobilien gehören oftmals Kapitalanlagegesellschaften, die ihren Sitz im Ausland haben. Mehr brauchen Sie nicht zu wissen.«

Heimer starrte die Zimmerdecke an und stammelte. »Dr. Fassauer und ... der Polizist.«

»Auf der unteren Führungsebene haben einige die Nerven verloren. Sie werden intern zur Rechenschaft gezogen. Der Deal sieht vor, dass wir künftig Stillschweigen bewahren.«

»Wenn sich jemand nicht daran hält, was ist dann? Schauen die dann tatenlos zu?«

»Zwangseinweisung in die Psychiatrie«, sagte Beckmann mit einem Lächeln, das offenließ, ob er es ernst meinte. »Wir bieten Ihnen ein Stillschweigeabkommen an. Sie werden mein persönlicher Assistent, bringen Ihre Erfahrungen ein und arbeiten bei uns in der Forschung an vorderster Front. Für Ihre erlittenen Unannehmlichkeiten erhalten Sie zusätzlich hunderttausend Franken. Ein überzeugendes Angebot, oder?«

Heimer schwieg. Eine nagende Müdigkeit lastete auf seinen flatternden Augenlidern. Die Gedanken kamen nur tröpfchenweise, wie aus einem defekten Wasserhahn. Er war ein Risiko für den Schweizer Finanzplatz. Ein Deal war für die nicht sicher genug, sie würden ihn für immer zum Schweigen bringen.

»Ich weiß nicht«, sagte Heimer stockend. »Dieses Geld stammt aus ... aus Drogengeschäften, Zwangsprostitution, Menschenhandel ... mit jungen ... Mädchen, deren Zukunft grausam ... zerstört wurde.«

»Die Geldwäsche wird zurückgefahren, behutsam und ohne Schaden für den Finanzplatz. Das ist ein großer Schritt in die richtige Richtung.«

Verbissen hielt Heimer die Augen auf. »Warum haben Sie Ihre Demenz ... vorgetäuscht, wenn ... ein Deal möglich ... war?«, fragte er benommen.

»Ich dachte, Christiana sei der Mafia ausgeliefert. Ich wusste nicht, dass ein paar Leute der zweiten Führungsebene auf eigene Rechnung gearbeitet hatten. Die werden jetzt ausgeschaltet. Alles wird gut!« Er zögerte und berührte Heimers Arm. »In unserem Team ist Platz für Sie.«

Heimer sank aufs Bett. Beckmann und das Zimmer schienen zu verschmelzen, eins zu werden, und auf angenehme Weise entglitten seine Gedanken dieser Welt. Er glaubte noch etwas gehört zu haben und murmelte: »Keine Ahnung, was die … mir gegeben … haben«, bevor das Medikament siegte.

34

Der Mond warf spärliches Licht ins Zimmer. Heimer beobachtete eine durchlässige, feingliedrige Wolke, die sich zwischen ihm und den Mond schob. Die Umrisse des Fernsehers formten einen langgezogenen Schatten. Absolute Stille. Er lag schon einige Stunden wach und die Zeit war gekommen. Vorsichtig entfernte er die Kanüle und drückte einen Zipfel des Kissens auf die blutende Einstichstelle. Dann zog er die Nachttischschublade auf und nahm seine Armbanduhr heraus. Seine Brieftasche und das Telefon fehlten. Die grünen Ziffern der Uhr zeigten 3:14 an. Kurz hielt er inne. Das rote Standby-Licht des Fernsehers nutzte er wie einen Leuchtturm und tastete sich zum Schrank vor. Er zog Hose, Schuhe und Hemd an. Die Hosentaschen waren leer. Sein Mantel und die anderen Sachen waren vermutlich im Hotelzimmer. Das Zifferblatt zeigte 3:19 Uhr. Er schlich zur Tür, öffnete sie einen Spalt breit und wurde vom Flurlicht geblendet, dann sah er den Polizisten. Heimer blieb stehen und musterte ihn, wie er reglos mit ausgestreckten Beinen auf einem Stuhl saß. Sein hängender Kopf bewegte sich kaum merklich auf und ab. Mit leisen Schritten ging Heimer in den Flur und zog die Tür hinter sich zu. Angespannt sah er zum Polizisten, der immer noch so da saß. Das grüne Fluchtwegzeichen wies den Weg zum Notausgang.

Draußen schaute Heimer in den sternenklaren Nachthimmel, trotz der eisigen Temperaturen standen ihm Schweißtropfen auf der Stirn. Der Taxistand am Krankenhaus war nicht besetzt. Er hielt die Arme schützend vor den Brustkorb und lief los. Bald erreichte er eine

Durchgangsstraße und hob die Hand, wenn ein Auto vorbeifuhr. Er winkte immer verzweifelter, doch keiner stoppte. Die Kälte fraß sich erbarmungslos durch das Hemd, er schlotterte am ganzen Leib. Minuten später kam ein Taxi vorbei, das er heranwinkte. Der Taxifahrer, ein vollbärtiger Mann, schüttelte den Kopf und sah wieder auf die Straße. Heimer klopfte an die Fahrerscheibe und faltete die Hände wie zum Gebet. Schließlich öffnete der Fahrer die Verriegelung und zeigte mit dem Daumen nach hinten.

Mit einem Hemd, das aussah, als hätte er einige Nächte darin geschlafen, stand Heimer vor der Hotelrezeption. Neben ihm wartete der Taxifahrer, der seinem ungepflegten Fahrgast misstraute.

»Schön Sie zu sehen. Wir haben uns große Sorgen gemacht. Wie geht es Ihnen, Herr Dr. Heimer?«, fragte der Rezeptionist und lächelte professionell.

»Danke. Bescheiden. Würden Sie mir bitte achtzig Franken für die Taxifahrt vorstrecken.«

»Selbstverständlich. Darf ich diesen Betrag auf Ihre Zimmerrechnung setzen?«

»Gern.«

Mit dem Geld in der Hand verließ der Taxifahrer erleichtert das Hotel. Heimer wandte sich dem Rezeptionisten zu.

»Meine Key-Card liegt im Hotelzimmer. Würden Sie es bitte aufschließen?«

»Ich stelle Ihnen gern eine neue aus. Das geht schneller und ich darf den Rezeptionsbereich nicht verlassen. Ist das so in Ordnung für Sie?«

Im Zimmer trat Heimer ans Fenster und vergewisserte sich, dass ihm niemand gefolgt war. Er schaute auf die Uhr, bald würden sie sein Verschwinden bemerken. Er packte den Koffer und prüfte die Brieftasche. Sie enthielt das Foto von Christiana, den Personalausweis, eine

Kreditkarte, die alte Key-Card und fünf neue Fünfzig-Franken-Scheine, die er vor einigen Tagen am Geldautomaten abgehoben hatte. Keiner hatte etwas herausgenommen. Die gute alte Schweiz.

Heimer verließ das Hotel gegen sechs Uhr morgens über den Seitenausgang. Auf dem dunklen Hinterhof schaute er sich um. Es war niemand zu sehen. Im Auto stellte er die Zieladresse im Navigationssystem ein und fuhr mit zunehmender Übelkeit los. Nach wenigen Minuten sah er auf eine verschwommene Straße, zwischen den ersten Fußgängern verglühten grellweiße, langgezogene Striche, tanzende Sterne und Kraftwagen, die nicht in ihrer Spur blieben, begegneten ihm. Schlingernd fuhr er weiter. Vereinzeltes Hupen ermahnte ihn. Das Navigationssystem zeigte an, dass er noch 7,2 Kilometer vor sich hatte. Er aktivierte die Sprachsteuerung und eine weibliche Stimme sagte: »Bitte vier Kilometer der Straße folgen.«

Die Landstraße zog dunkel, fast schwarz an ihm vorbei, dann hörte er erneut wildes Hupen. Für einen Moment sah er das entgegenkommende Auto deutlich. Er fuhr über den Mittelstreifen und riss das Lenkrad in letzter Sekunde herum. Quietschende Bremsen kreischten in seinen Ohren. Heimer schaute in den Rückspiegel, der Fahrer hinter ihm befand sich im Ausnahmezustand, gestikulierte und hupte, als ginge es um sein Leben. Sein Gesicht schien an der Windschutzscheibe zu kleben. Endlich fuhr der Wahnsinnige an ihm vorbei. Nach einem weiteren qualvollen Kilometer parkte Heimer auf einem abzweigenden Feldweg. Schwitzend starrte er das Lenkrad an. Einige Minuten später stellte er die Rückenlehne nach hinten und schloss die Augen. Er dämmerte vor sich hin, schlief ein, wachte auf und versank wieder in einen Kurzschlaf. Wenn er fror, ließ er den Motor kurz laufen. Nach einer Weile hob er vorsichtig den Kopf, setzte sich seitlich, lehnte die Schulter an und betrachtete eine Zeit lang die vorbeifahrenden Autos. Bevor er losfuhr, sah er auf die Uhr, die 9:32 anzeigte.

Eine halbe Stunde später saß Heimer zwischen Umzugskartons. Beckmann hatte angefangen, die Bücherregale zu leeren. »Bitte entschuldigen Sie die Unordnung. Das Umzugsunternehmen kommt morgen und macht den Rest. Die Bücher sind Chefsache, da lasse ich keinen anderen ran.«

»Wohin ziehen Sie?«

»Zu Christiana. Ich werde bald Opa und dann hat man Verpflichtungen.« Er lächelte und schaute verträumt auf die leere Bücherwand. »Ich werde wieder den Chefposten übernehmen. Berthold war von Anfang an eine Fehlbesetzung, er hatte nur seinen persönlichen Ruhm im Sinn und gab meine geistige Leistung als seine eigene aus. Wäre er nicht mein Schwiegersohn geworden, wäre er heute noch ein mittelmäßiger Oberarzt in der Psychiatrie.« Beckmanns Augen funkelten lebhaft und seine Leidenschaft erinnerte an die eines jungen Forschers, der kurz vor der wichtigsten Entdeckung seines Lebens stand. »Ich werde wieder forschen!«

»Auf dem Gebiet dynamischer Erinnerungsprozesse?«

Beckmann nickte und musterte Heimer. »Sie gehören ins Bett. In meinen Kliniken wären Sie nicht so früh entlassen worden. Das ist unverantwortlich.«

»Danke. Mir geht's gut.«

»Gönnen Sie sich etwas Ruhe.«

»Ihre wunderliche Genesung wird auffallen.«

»Der Deal steht. Es wird so sein wie vorher. Nein, das ist untertrieben, es wird noch besser! Ich kann es kaum erwarten, wieder zu praktizieren und zu forschen.«

Heimer kämpfte gegen seine aufkommende Wut an. »Dann scheint sich ja alles zum Guten zu wenden.«

Die sarkastische Tonlage ignorierte Beckmann. »Wir werden unseren Erfolg in anderen Forschungsgebieten fortsetzen.«

»Das interessiert mich nicht. Wo ist Witt?«

»Er ist abgetaucht. Der Sicherheitsdienst sucht bisher vergebens. Sobald wir ihn haben, landet er in der psychiatrischen Abteilung.«

»Für immer?«

»Wir werden sehen.«

»Wo hält sich Christiana auf?«

»An einem sicheren Ort.«

»Ist sie vor Witt geschützt?«

Er runzelte die Stirn. »Ich glaube schon.«

»Ich möchte Christiana sehen. Bitte.«

Beckmann überlegte und griff sich ans Kinn. »Christiana mag sie. Ich möchte nicht, dass sie noch einmal an den Falschen gerät. Haben Sie mich verstanden?«

Heimer nickte. »Wie komme ich zu ihr?«

Beckmann sah zum Fenster. »Wir haben früher oft verstecken gespielt. Einmal hat sie gewonnen. Wissen Sie, warum Christiana gewonnen hat?«

»Ich war nicht dabei.«

»Es war auch mehr eine rhetorische Frage. Sie hat aus ihrem Versteck beobachtet, wo ich zuerst gesucht habe. Anschließend ist sie dorthin geschlichen.«

»War sie in einer anderen Berghütte?«

»Sie hat im Hotel übernachtet. Mit einem Feldstecher hat sie die Hütte und Ihren morgendlichen Einkauf beobachtet. Nachdem sie beide die Hütte verlassen haben, ist sie eingezogen.«

»Sie haben mich absichtlich zur Berghütte gelotst.«

Beckmann lächelte. »Es war ihre Idee. Sie sah die Chance, dass Berthold im Gespräch mit Ihnen zur Einsicht kommt.«

»Sie haben mit mir gespielt, wie mit einer Figur aus einem Marionettentheater.«

»Wir haben eine günstige Konstellation für Sie geschaffen; der Ball lag quasi auf dem Elfmeterpunkt.«

Heimer bemühte sich, die Situation mit einer gewissen emotionalen Distanz zu betrachten. Er schüttelte den Kopf. »Es wäre fast ein Eigentor geworden.«

»Mein Lieber, halten Sie sich von Leichenbeschauern fern. Die könnten Sie für tot erklären.« Beckmann sah Heimer an, dass ihn nur ein Wunsch auf den Beinen hielt. »Fahren Sie. Ich rufe Christiana an.« Er zwinkerte. »Und spannen Sie in der Berghütte aus.«

35

Im Rückspiegel sah Heimer, was hinter ihm lag. Dunkle Augenringe brannten in seinem ausgemergelten, blassen Gesicht. Er war am Ende, seine Kraftreserven längst aufgebraucht. Unterwegs legte er Pausen ein, um einem möglichen Schwächeanfall auf der Autobahn vorzubeugen. So brauchte er fast vier Stunden bis zum Schwarzsee.

Auf dem steilen Fußweg zur Hütte blieb er zweimal kurz stehen und legte auch vor der Terrassentreppe eine Zwangspause ein. Bevor er die letzte Stufe nahm, öffnete Christiana die Hüttentür. Strahlend lief sie ihm entgegen und schlang die Arme um seinen Hals. Er umfasste ihren Körper, zog sie hoch und drückte sie an sich. Sie war federleicht, schien in seinen Händen zu schweben. Er schloss die Augen und hielt sie fest, als gäbe es kein Morgen. Sie war aufgeregt wie ein Kind. Tränen flossen über ihre Wangen, die sie mit dem Handrücken abwischte. Minutenlang trotzten sie der eisigen Kälte. Dann nahm sie seine Hand und führte ihn ins Haus. Sie hatten noch kein Wort gewechselt.

Als Heimer ansetzte, etwas zu sagen, legte sie ihm den Zeigefinger auf den Mund. Sie schmiegte sich an und hielt ihn fest umklammert.

Er streichelte ihr blondes Haar, das nach frisch gemähtem Gras roch. Seine Finger schoben ihr Kinn höher. Ihre Nasen berührten sich, zärtlich begegneten sich ihre Lippen.

»Ich hatte Angst, du kommst nicht mehr«, flüsterte sie.

Die Gefühle entzogen sich seinen Worten. Er war überglücklich, so intensiv, so absolut. Mehr wollte er nicht, mehr zu hoffen, gab es nicht. Möge dieser Augenblick, der nicht in Worte zu fassen war, ewig dauern.

»Das macht alles leichter!«, schrie Witt, der plötzlich im Türrahmen stand.

Christiana und Heimer zuckten zusammen. Sie ließen voneinander ab. Sie erstarrten.

Witt blieb in der Mitte des Raumes stehen. Schweigend sah er Christiana an.

Heimer wandte den Blick von Witt ab, aus dessen Gesicht Schmerz und Qual triefte, über das, was er ihm genommen hatte.

Witt bewegte sich auf Christiana zu. »Ich denke oft an unseren ersten Spaziergang zurück«, sagte er gefasst. »An das erste Foto auf der Gänseblümchenwiese. Die ganze Welt schien mich damals anzustrahlen, obwohl ich nur in dein Gesicht sah. Du warst der wichtigste Mensch in meinem Leben, und ich habe alles für dich getan. Auch deinen kriminellen Vater habe ich nur deinetwegen ertragen.« Selbst der letzte Satz klang melancholisch.

»Versteh doch bitte«, sagte Christiana.

»Dass dieser Tag kommen würde, habe ich immer befürchtet. Aber nicht so.« Witt stellte eine braune Arzttasche ab und sagte mit finsterer Miene: »Heute machen wir reinen Tisch.«

»Wie haben Sie uns gefunden?«, fragte Heimer.

»Dass Sie zum Alten fahren, war klar. Ich habe dort auf Sie gewartet, und Ihnen zu folgen, war wahrlich kein Problem. Vier Stunden für zweihundert Kilometer!«

»Bitte geh!«, schrie Christiana, die Heimers Hand nahm.

»Vögeln kannst du mit ihm, bis es dir zum Hals raushängt. Das interessiert mich nicht mehr. Aber vorher nehmen wir noch einen kleinen medizinischen Eingriff vor.« Witt starrte auf Christianas Bauch, sein Blick löste sich und er sah hektisch zur Seite, als stünde dort eine vierte Person. »Ja!«, brüllte er.

»Es ist nicht Ihr Kind! Ich bin der Vater«, sagte Heimer eindringlich.

»Verarschen kann ich mich selbst.«

»Verschwinden Sie, sonst rufen wir die Polizei.«

Witt zog eine Pistole aus seinem Mantel, entsicherte sie und sagte: »Du hast die Wahl Christiana, entweder ein kleiner Eingriff oder drei Leichen.«

»Sie sind wahnsinnig! Wer soll das machen?«, brüllte Heimer.

»Sie!«

»Sind Sie total übergeschnappt? Ich kann das nicht.«

»Und ob Sie das können. Hören Sie zu.«

»Ich werde nicht zuhören! Verschwinden Sie endlich!«, schrie Heimer.

Witt zielte auf Heimer. »Wie gesagt, die Anzahl der Leichen bestimmt ihr.«

»Geh!«, schrie Christiana.

Witt schwenkte den Pistolenlauf auf Christiana. Sein versteinertes Gesicht zeigte keine Regung. Er starrte ihren Bauch an. »Schade!«, rief er und streckte den Arm aus.

Heimer sprang vor sie. »Nein!«, schrie er.

Der Knall dröhnte durch den Raum.

Niemand schrie. Heimer drehte sich um, nahm Christiana in den Arm.

Sie schluchzte auf. »Gott sei Dank!«, flüsterte sie ihm ins Ohr.

Heimer starrte auf die Einschussstelle in der Holzwand.

»Beim nächsten Mal schieße ich nicht vorbei«, brüllte Witt und richtete die Waffe auf Heimer. Einen Moment lang schaute Witt verwirrt, fast ängstlich, sein Blick zuckte umher.

Heimer presste seine Finger so fest zu einer Faust zusammen, dass der Arm zitterte. Witt war drei Schritte entfernt, zu weit, um zuzuschlagen.

»Hol das Besteck aus der Tasche und leg es auf den Küchentresen!«, brüllte Witt. Kurz huschte ein bizarres Grinsen über seine Mundwinkel.

Heimer stellte die Arzttasche auf die Platte und klappte den Bügelverschluss auseinander. Darin lagen haufenweise chirurgische Instrumente, glanzlos und ramponiert. Der Anblick überforderte ihn, er hielt sich an der Arbeitsplatte fest. »Die gehören ins Museum!«

»Bravo! Sie sind Teil meiner Sammlung. Um neunzehnhundert herum wurden sie in Berlin hergestellt. Ist es nicht reizvoll, die praktische Anwendung dieser Museumsstücke live zu erleben?«

»Sie sind ein Psychopath!«, schrie Heimer.

»Wir sind hier nicht im Debattierclub.«

»Die sind nicht steril!«

Witt richtete die Pistole auf Heimer. »Sie entscheiden!«

Heimer nahm sämtliche Instrumente heraus und legte sie nebeneinander.

»Die Salbe fehlt!«

Heimer schaute in die Tasche und holte eine kleine Tube hervor.

Witt zeigte auf ein scherenförmiges Werkzeug. »Damit werden Sie den Muttermund öffnen. Sie führen den Spreizer ein, stoßen zu und drehen die Flügelschraube bis zum Anschlag.« Er deutete erneut auf den silberglänzenden Muttermundspreizer. »Langsam und vorsichtig. Verstanden?«

Ein kaum hörbares »Ja« kam über Heimers Lippen. Er vermied es, Christiana anzuschauen, die apathisch daneben stand.

»Den Druck in Etappen aufbauen, Schritt für Schritt.« Witt zeigte auf ein strickandelförmiges, gebogenes Messer. »Das führen Sie durch die Scheide in die Gebärmutter ein. Sie werden damit den Fötus in Stücke schneiden. Dann nehmen Sie die Curette und schaben die Gebärmutter aus.« Witt zeigte mit der Pistole auf ein silbernes Schabeisen. »Sie müssen alles restlos herausholen. Die Teile setzen Sie auf dem Tisch zu einem Kind zusammen, damit wir sehen, das nichts vergessen wurde. Haben Sie das verstanden?«

Heimer reagierte nicht. Er blickte zu Christiana, die ins Leere schaute, verwirrt, verängstigt.

»Sie legen sämtliche Leichenteile auf den Tisch. Kopf, Arme, Rumpfteile und Beine müssen eine vollständige Kinderleiche ergeben. Erst wenn die Leiche komplett ist, hören wir mit dem Schaben auf. Es darf nichts in der Gebärmutter zurückbleiben. Haben Sie das begriffen?«

Heimer nickte.

Witt richtete die Waffe auf Christiana. »Zieh die Jeans aus, und vergiss dein feuchtes Höschen nicht.« Sein verzerrtes Gesicht glühte vor Wut.

»Nein!«, schrie Christiana. »Eher sterbe ich.«

»Wie du willst ... mein Schatz! Aber zuerst stirbt dein Lover!«

Der Knall erschreckte Heimer nicht wie beim ersten Mal. Er spürte den Schmerz nicht, nur die Wucht der Kugel. Diese Stille, diese Totenstille, wieso war es so still?

Wie eine Marionette, deren Fäden sich lösen, sank Heimer auf die Knie.

Christiana stürzte zu ihm. »Oh Gott!« Kniend suchte sie die Wunde. Der Schuss hatte das Hosenbein oberhalb des linken Knies aufgerissen.

»Glück gehabt! Und jetzt hol eine Schere und das Verbandszeug aus meiner Tasche«, befahl Witt, ohne die Pistole herunterzunehmen.

Heimer setzte sich auf den Boden. Blut färbte die eingerissene Stelle der Jeans dunkel. »Sieht schlimmer aus, als es ist«, flüsterte er Christiana zu.

Sie schnitt das Hosenbein auf und befestigte einen Druckverband auf die grabenförmige Wunde. Danach sahen sie sich schweigend an. Sekunden vergingen, die sich wie ein Leben anfühlten. Heimer wusste, was das bedeutete. Christiana zog die weißen Sneakers aus und stellte sie nebeneinander unter den Stuhl. Sie zerrte ihre Jeans herunter und zog sie aus. Ihre Hände lösten den Slip von ihren Hüften, der abwärts glitt und zwischen ihren Knöcheln landete. Dabei bewegte sie sich wie eine Schlafwandlerin, langsam, schematisch. Sie dehnte ihren Rollkragenpullover bis zu den Oberschenkeln. Die Jeans legte sie gefaltet über eine Armlehne, den Slip darüber.

»Leg dich auf den Küchentisch und mach den linken Oberarm frei, Schätzchen«, knurrte Witt und grinste diabolisch. »Dein Stecher wird dir die Spritze fürs Nirwana verpassen.«

Wie in Trance setzte sie sich auf den Tisch und zog die Beine nach, presste die nackten Oberschenkel aneinander. Sie legte sich auf den Rücken und schlug die Beine übereinander.

Heimer atmete ruckartig, sein Puls jagte das Blut durch den Körper, die Muskeln spannten sich an. Nur die Waffe hielt ihn davon ab, sich auf Witt zu stürzen.

Liegend schob sie den linken Ärmel hoch.

Heimer wusste, dass er es tun musste. Er klopfte mit dem Finger auf ihre Armvene, bis sie deutlich hervortrat. Er wollte etwas sagen, seine Lippen formten eine Silbe, aber er brachte kein Wort heraus. Und er wäre ein schlechter Lügner gewesen, wenn sie ihm in die Augen sah.

»Wir haben keine Wahl«, sagte sie monoton.

Er nickte und nahm ihren Arm.

»Ich denke oft daran: Am Ende des Tages wird deine Seele gewogen«, flüsterte sie.

»Deine ist so leicht, dass sie nachts zu den Sternen fliegt.«

Sie schaut ihm in die Augen.

Er will sie lächeln sehen und sie lächelt.

Er stach in die Vene und drückte den Kolben langsam

nach unten. Sie versank in eine andere Welt, und sein zärtlicher Kuss auf die Stirn blieb ihr verborgen.

Witt herrschte ihn an: »Mach jetzt heißes Wasser!«, und begleitete Heimer bei jedem Schritt mit der entsicherten Pistole.

Heimer packte Christiana an den Kniekehlen und zog sie, bis ihr Becken am Tischrand lag. Unter ihrem Kopf legte er ein Kissen. Er spreizte ihre vom Tisch herabhängenden Beine, stützte sie mit den Rücklehnen von zwei Küchenhockern ab und schob ihren langen Rollkragenpullover zurück. Seine Blicke huschten diskret an ihrem Becken vorbei, dann sah er genau hin. Wie sollte er das schaffen? Verzweifelt wischte er sich die Schweißperlen von der Stirn. Kurz drehte er sich um und schaute in den Pistolenlauf. Heimer warf die Instrumente in das kochende Wasser. Nach einigen Minuten entnahm er mit einer Instrumentenzange den Muttermundspreizer und ließ ihn auf einem Küchentuch abkühlen. Er wandte sich Christiana zu. Es war so weit. Die Vorstellung, dass gleich Blut fließen und abgeschnittene, winzige Hände und Füßchen folgen würden, ließ ihn fast kollabieren. Kampfartige Schmerzen wilderten in seinem Bauch herum. Hektisch schnappte er nach Luft. Er versuchte, gleichmäßig zu atmen, ein und aus. Tief ein, und wieder ausatmen. Um das Zittern seiner Hände zu unterdrücken, ballte er sie zu Fäusten. Es musste gelingen. Nicht nachdenken, einfach machen. Er hatte schon oft seine Fähigkeiten unterschätzt.

Er kniete zwischen ihren gespreizten Oberschenkeln und zog Gummihandschuhe an. Behutsam spreizte er mit den Zeige- und Mittelfingern beider Hände die Schamlippen, glitt in sie hinein, dehnte und spannte sie und verteilte anschließend die Salbe. Er nahm den Muttermundspreizer in seine zitternde Hand, hielt ihn abwartend und legte ihn dann wieder zurück. Aus den Augenwickeln sah er, wie Witt gestikulierte, als würde er jemanden besänftigen wollen.

»Mach vorwärts«, schrie Witt.

Heimer drehte sich nicht um und rückte näher an Christiana heran. Er nahm den Spreizer in die Hand, ließ ihn fallen und presste die Unterarme gegen den Bauch. Stechende Schmerzen durchzuckten seinen Unterleib.

Witt drückte Heimer den Pistolenlauf auf den Hinterkopf. »Einführen!«

Heimer drehte den Kopf langsam zur Seite. »Was ist danach?«

»Ich sperre euch im Weinkeller ein und sage Martin Bescheid, sobald ich in Sicherheit bin.«

»Wenn irgendwas schiefgeht und du nicht anrufen kannst?«

»Dann verdurstet ihr eben nach der letzten Weinflasche. Auf ewig vereint.«

»Was passiert mit dem Kind?«

»Komposthaufen! Geschreddert ist es dann ja schon.« Witt drückte den Pistolenlauf gegen Heimers Schläfe. »Einführen!«

»Ich schaffe das nicht«, schrie Heimer.

Witt wich zwei Schritte zurück.

Heimer stand auf und hielt die zitternden Hände hoch. »In meinem Zustand ist das unmöglich. Christiana würde es nicht überleben!«

»Auf die Knie!«, brüllte Witt und fuchtelte mit der Waffe herum.

Heimer hatte das Gefühl, dass ihm die Luft zum Atmen fehlte. Er sank mühevoll auf die Knie, die Schmerzen am Oberschenkel spürte er nur kurz. »Bitte, hör auf.«

Witt trat zwei Schritte auf ihn zu, presste den Pistolenlauf gegen Heimers Stirn. »Ich zähle bis drei.«

»Ich versuche es!«, schrie Heimer. Er drehte sich zu Christiana und nahm den Muttermundöffner in die

Hand. Behutsam drang er damit ein, schob ihn etappenweise tiefer, bis er den erwarteten Widerstand spürte. Er atmete schwer, der Schweiß lief ihm über die Stirn. Sekundenlang schloss er die Augen, dann stieß er das Instrument mit einem Ruck in den Muttermund. Er verharrte und holte tief Luft. Er drehte die Flügelschraube minimal nach rechts, um sich zu vergewissern. Heimer hob den Kopf und sah zu Christiana. Sie rührte sich nicht. Er brauchte jetzt mehr Kraft, um ein weiteres Stück zu drehen, dann klemmte die Schraube endgültig. Sie steckte schief und drohte, aus den Gewindegängen auszubrechen.

»Es ist Irrsinn. Dieses Museumsstück ist unbrauchbar.«

»Du hast noch eine Minute«, brüllte Witt.

Heimer drehte so fest, dass Daumen und Zeigefinger an ihren Rändern hell wurden. Unter mehrfachem Knacken bewegte sich die Schraube weiter.

Nachdem Heimer den Muttermundöffner entfernt hatte, stand er auf und sah Christiana an. Sie lag entspannt da und ihre sanften Züge glichen einem Mädchen. Er blickte Witt bittend an, in der Hoffnung, dass er das grausame Spiel beenden würde, doch seine Miene war versteinert. Heimer holte mit der Zange das Messer aus dem noch dampfenden Wasser und legte es auf das Tuch. Nach einer gespenstigen Weile berührte er das Messer mit seinen Fingern. Es war nicht mehr so heiß, wie er vermutet hatte. Er nahm es und kniete sich wieder zwischen ihren Beinen hin. Es roch nach Blut und das war erst der Anfang. Um ihn herum schien sich alles in Bewegung zu setzen, kreisend, schwankend. Er zwang sich gleichmäßig und tief einzuatmen. Es half nicht. Er schnappte nach Luft, wie einer, der unter Wasser gehalten worden war. Er sah tanzende schwarze Flecken. Heimer brach zusammen und schlug hart auf dem Boden auf. Reglos blieb er liegen.

»Steh auf!«, brüllte Witt. »Mach weiter!« Er trat ihn in den Hintern, ein zweiter Tritt traf den Rücken. Er setzte einen Fuß auf Heimer, als würde er für ein Safarifoto posieren. Witt zögerte, steckte die Pistole in die Manteltasche und entnahm der Arzttasche ein Spritzenset. Er kniete sich hin, krempelte Heimers linken Ärmel hoch. Er zog die Spritze auf und fasste nach dem Arm, um die Injektion vorzunehmen.

Blitzartig zog Heimer das gebogene Messer quer über Witts Gesicht.

Mit weit aufgerissenen Lidern starrte Witt ihn an, die Spritze entglitt seiner Hand. Die Stirnhaut teilte sich wie ein Reißverschluss. Das Blut strömte zu den Augenbrauen, auf der Nase klaffte ein breiter Riss, aus dem eine hellrote Flut quoll.

Heimer rammte Witt die Faust ins Gesicht, der daraufhin schreiend nach hinten stürzte.

Mit zerschnittenen Lippen schrie Witt wie ein Tier, griff liegend in die Manteltasche und schoss aus der Tasche blindlings. Zweimal knallte es. Witt stemmte sich langsam hoch, versuchte mit dem linken Arm den Blutfluss zu stoppen. Grauenhafte, unverständliche Schreie drangen aus seiner Kehle. Seine Augen sahen wie dunkle Schlitze in einem rohen Stück Fleisch aus. Witt taumelte halb blind umher, er versuchte die Blutströme mit der linken Hand zu stoppen.

Heimer humpelte auf die Terrasse.

Witt rannte hinterher, blieb am Terrassengeländer stehen und schaute den Hang hinunter.

Heimer hatte an der Hauswand gelehnt und warf sich nun mit letzter Kraft auf Witt, der sich mit der Pistole im Anschlag umdrehte. Heimer drückte im Sprung die Schusswaffe nach unten, hörte den Schuss, seine Stirn prallte mit voller Wucht gegen Witts Nase. Wie aneinander gekettet durchbrachen sie krachend das schneebedeckte Holzgeländer, ein dumpfer Aufprall hallte durch die stille Winterlandschaft. Gebrochene Holzstäbe baumelten in den Querbalken.

Die Stille war zurück. Der Schnee fiel nun dichter und bedeckte nach und nach das beschädigte Holz. Leise legte er sich auf Häuser und Berge, auf Tannen und Steine.

Hustend schlug Heimer in der Kuhle die Augen auf und spuckte Blut ins blendende Weiß. Es tropfte. Einen Augenblick lang lauschte er dem monotonen Takt, der rhythmisch die Stille unterbrach. Schneeflocken fielen ihm ins Gesicht, die er mit der flachen Hand wegwischte. Sein Hinterkopf pochte, das Bein schmerzte. Aufstehen und schreien, dachte er. Er schloss die Augen. Sekunden vergingen. Wieder blinzelte er. Wo war Christiana? Er stemmte sich hoch und schüttelte Schnee und Benommenheit ab. Jeder Atemzug schmerzte. Jetzt sah er Witt, der sich nicht bewegte. Sein blutüberströmtes Gesicht war grausam entstellt: Die geteilte Stirnhaut klaffte auseinander, der linke Nasenflügel hing seitlich, sein Kopf lag in einer dampfenden Blutlache. Heimer sah sich um. Die Waffe konnte nicht weit entfernt liegen. Heimer hustete und spukte erneut roten Schleim in den Schnee. Oberhalb von Witt war eine Einbuchtung, zu der er sich durchkämpfte. Aus der Kuhle nahm er die Pistole. Er stampfte zu Witt zurück und beugte sich über ihn. Ein Dunstschleier stieg aus seinem Mund. Selbst wenn er die Blutungen stoppen würde, wäre es zu spät. Er betrachtete die Waffe in seiner Hand und wandte dann den Blick ab. Heimer kämpfte sich durch den Schnee in Richtung Treppe. Im Haus warf er die Pistole auf den Boden und schob sie mit dem Fuß unter das Sofa. Christiana lag unverändert da. Er fühlte ihren Puls, der schwach, aber regelmäßig wie ein Pendel schlug. Christiana sollte nie erfahren, wie weit er gegangen war. Er säuberte mit seinem Hemd den Muttermundöffner und warf ihn in den Topf, die Küchenhocker stellte er zurück. Er streifte ihren Slip über die Füße und zog ihn nach oben. Bis zu den Oberschenkeln gelang es auch mit ihrer Jeans. Wieder war er kurz davor, sich zu übergeben, und wieder war da dieser stechende Schmerz in seinem Kopf, als wollte sein Schädel zerplatzen. Dennoch zerrte er mit einer Hand an der Jeans, mit der anderen drückte er ihr Becken hoch. Alles drehte sich, war grell, streifig und er sah nur Umrisse. Taumelnd hielt er sich am Tisch fest. Nur noch die Jeans zuknöpfen und den Rollkragenpullover herunterziehen. Er schaffte es, wankte zum Herd, leerte den Topf in die Spüle und stützte sich für einige Sekunden ab. Die Instrumente aus dem Kochtopf trocknete er ab und verstauchte sie im Arztkoffer, den er im Küchenschrank deponierte. Das Messer? Das Messer durfte nicht verschwinden. Er nahm ein Küchenhandtuch und tupfte es in die Blutlache. Kniend wischte er den Messergriff mit dem vollgesogenen Tuch ab und legte das Messer in die Lache, das Tuch warf er in den brennenden Kamin. Die Gummihandschuhe wusch er gründlich mit Seife ab und vergrub sie zwischen Essensresten im Mülleimer. Er sah sich um, hoffentlich hatte er nichts übersehen. Um ihn herum drehten sich wieder die Wände, selbst das Sofa, auf dem er saß, schien zu schwanken. Er wählte 112. »Stefan Heimer, ich melde … zwei schwerverletzte Personen, Schwarzsee, Gipfelweg 34 … kommen Sie so schnell wie möglich.«

»Schildern Sie bitte kurz, was passiert ist.«

»Mein Freund wollte sich umbringen. Er ist durchgedreht. Ich habe versucht, es zu verhindern, und habe mich dabei verletzt. Sie müssen dringend einen Notarzt schicken. Es geht um Minuten!«

»Beschreiben Sie bitte die Art der Verletzungen.«

»Kopfverletzungen, eine Schusswunde, ein Nasenflügel wurde abgetrennt. Verdammt. Wir verlieren zu viel Zeit.«

»Bleiben Sie bitte ruhig. Befinden sich die Verletzten im Haus?«

»Einer in der Hütte ... einer davor.«

»Ihre Telefonnummer wird auf dem Display angezeigt. Erreichen wir Sie darüber?«

»Ja.«

»Auf dem Monitor sehe ich, dass das Haus direkt unter dem Berggipfel steht. Ein Hubschrauber wird in wenigen Minuten bei Ihnen sein.«

»Ich ... bin am Ende.«

»Bleiben Sie bitte wach! Versuchen Sie, wach zu bleiben!«

Heimer schwieg.

»Hören Sie, bleiben Sie wach! Wie es zu dem Unglück gekommen?«

»Ich kann ... nicht mehr«, sagte Heimer und das Telefon glitt ihm aus der Hand. Für einen Moment war alles schwarz, und dann war der unerträgliche Schmerz im Kopf zurück, als würde ein glühender Stab im Gehirn größer und größer werden. Benommen und mit schmerzverzerrtem Gesicht saß er da und starrte Christiana an. Er zitterte und wischte sich mit den Fingern über die nasse Stirn. Wach bleiben, sagte er sich immer wieder. Für einen Moment, oder war es länger, glaubte er bewusstlos gewesen zu sein. Hatte er das Knattern eines Hubschraubers gehört? Er schwitzte, obwohl er fror, und vielleicht bildete er sich die Rettung nur ein. Alles war so seltsam verzerrt, selbst dem Gehörten traute er nicht mehr. Heftiger als zuvor schien sein Gehirn den Schädel sprengen zu wollen. Verschwommen sah er einen Mann mit einer Tasche hereinkommen, der zu Christiana lief und sich über sie beugte. Es musste ein Rettungssanitäter sein. Er fühlte ihren Puls und ließ sich Zeit. Das war gut so. Heimer blinzelte. Jetzt drehte sich der Sanitäter um und kam auf ihn zu.

»Wie geht's ihr?«, fragte Heimer.

»Sie scheint nur ohnmächtig zu sein. Der Arzt wird gleich nach ihr schauen.«

»Haben Sie Schmerzen?«

Heimer schloss die Augen.

»Nicht einschlafen, halten Sie durch, der Arzt ist gleich bei Ihnen. Er muss draußen den Mann erst versorgen, sein Blutverlust ist lebensbedrohend.«

»Was ist passiert?«, hörte Heimer wie durch eine Nebelwand. Jemand rüttelte ihn.

»Was ist passiert?«, wiederholte der Mann lauter.

Heimer sprach nicht zusammenhängend, manchmal schrie er wirr, als würde er gepeinigt. Nach einigen Minuten hatte er jedoch das Gefühl, das Wichtigste gesagt zu haben. Nur vergessen durfte er es nicht. Abermals wurde es dunkel um ihn. Der Mann hatte von Fieber und Phantasieren gesprochen. »Nein, es ist wahr!«, glaubte Heimer sich schreien zu hören. Er musste zu ihr und stemmte sich hoch. Der Mann drückte ihn nieder. Sie verstanden nicht. Er versuchte zu schlagen, jetzt hielten ihn zwei Hände gedrückt. »Christiana verblutet«, schrie er. Warum durfte er nicht helfen? Wieder tauchte er in eine Zwischenwelt ein: Aus Christiana strömte Blut, strömten Kinderhände, strömten gleißende Lichter, Fontänen gleich. Seine Hände, seine Arme wurden zu Licht, sein Körper strahlte für einen Augenblick auf, verglühte und verschmolz mit der Unendlichkeit.

36

Sieben Monate später.

Sie war wunderschön. Aber warum weinte sie?

Sie tupfte die Tränen mit einem weißen Tuch ab und lächelte. »Es wird alles gut.«

Schon wieder waren ihre Augen feucht, aber nicht, weil sie traurig war. Sie strahlte ihn an. Sie sah glücklich aus. Ihre Grübchen kamen ihm bekannt vor oder irrte er sich? Die hübsche Frau strich zärtlich über seine Haare. Wer war sie? Heimer versuchte, sich aufrecht hinzusetzen und etwas zu sagen. Es gelang nicht.

Neben ihr stand ein älterer Herr, der ihm freundlich zunickte.

»Nicht anstrengen«, sagte sie. »Alles braucht seine Zeit.« Sie bückte sich und hob ein Baby aus einer Babyschale, dessen Beine zappelten. Es trug einen blauen Strampler mit einem gestickten Bärenkopf und ein Kräuseln tänzelte auf seinem Stupsnäschen. Gähnend zog es die Pausbäckchen lang.

Heimer nickte und versuchte zu sprechen, stattdessen kam nur ein Grunzlaut heraus.

Sie legte das Baby auf seine Brust.

Ein so großer runder Kopf und so ein kleiner Körper. Erneut bemühte er sich, etwas Nettes zu sagen. Alles, was aus seiner Kehle drang, war ein »Mmh.« Er deutete mit der Hand an, dass er schreiben möchte.

Sie nahm das Baby und legte es in die Schale zurück. In ihrer Handtasche kramte sie nach einem Notizbüchlein und gab es ihm mit einem Stift.

Er schrieb »mein«, doch es war kaum mehr als ein Gekritzel, wie bei einem Kind, das mit den ersten Buchstaben kämpft.

Sie nickte stürmisch und küsste ihn auf die Stirn.

Der ältere Herr redete nicht, stattdessen beobachtete er ihn genau.

Sie nahm seine Hand und hielt sie gedrückt. »In ein paar Wochen kannst du nach Hause. Ich habe dir ein Arbeitszimmer mit Blick auf den See eingerichtet.«

Es klang nach Geborgenheit.

Ihre Finger strichen über seinen Handrücken.

Es klopfte. Eine junge Frau im weißen Kittel betrat das Zimmer, grüßte freundlich in die Runde und überreichte dem älteren Mann einen Ausdruck. »Der neurologische Zustand hat sich erfreulich entwickelt.« Sie wartete. »Falls du Fragen hast, ich bin im Labor.«

Ohne aufzublicken, bedankte sich der ältere Herr und sah Heimer an. »Es sieht gut aus. Ich schätze noch vier Wochen hier, dann kommst du zu uns. Und mach dir keine Sorgen. Es ist nicht alles weg, sondern im Moment nur nicht abrufbar. Alles kommt wieder: Schreiben, sprechen, genauso wie dein episodisches Gedächtnis. In den nächsten Tagen werden wir dich regelmäßig befragen, um den Fortschritt zu ermitteln.« Er schaute Heimer in die Augen, um sich zu vergewissern, dass er ihn verstanden hatte. »Jetzt lassen wir dich in Ruhe. Du brauchst viel Schlaf.«

Die hübsche Frau setzte sich aufs Bett, sie neigte sich über ihn, ihre Lippen strichen leicht an seinem Mund entlang, mit der Nase stieß sie seine, neckend und verführerisch. Sie küsste ihn, zog sich zurück und warf ihm mit einem aufreizenden Blick noch einen Kuss zu. »Ich lasse dich in den nächsten vier Wochen nicht in Ruhe.« Sie zwinkerte ihm zu.

»Wir müssen los«, sagte der ältere Herr, der schon an der Tür stand und Heimer zuwinkte.

Sie hob die Babyschale hoch. Ehe sie die Tür hinter sich zuzog, winkte sie.

Er war allein. Der flüchtige Kuss, den ihr schulterlanges Haar in Dunkelheit gehüllt hatte, blieb.

Nachdem sie einige Schritte schweigend gegangen waren, fragte Christiana ihren Vater: »Bist du sicher, dass wir ihn nicht wieder ins künstliche Koma versetzen müssen?«

»Warten wir ab, die nächsten Wochen werden es zeigen.«

»Du hast selbst gesagt, dass wir das nicht so oft wiederholen dürfen.«

»Du weißt, dass wir keine Wahl haben.« Schweigend öffnete er die Tür zum Treppenhaus und ließ ihr den Vortritt. Im Erdgeschoss grüßten die Mitarbeiterinnen der Patientenaufnahme die zukünftige Aufsichtsrätin und ihren Chef freundlich.

Draußen nahm er seine Tochter in den Arm und nach ein paar Schritten sagte sie: »Ob er sich wieder in mich verliebt?«

»Wer könnte dir schon widerstehen?«

»Paps!« Sie schaute ihren Vater herausfordernd an. »Für ihn«, sie zögerte, »bin ich jedes Mal eine Fremde.«

»Christiana, nicht schon wieder! Wir haben so oft darüber gesprochen. Er ist jetzt unbelastet von der Vergangenheit. Sei froh. Glaub mir, es ist besser für uns alle.«

Sie gingen Arm in Arm, so war es in der Vergangenheit gewesen und so würde es auch in der Zukunft sein. Sie lächelte ihn an. »Er wird Apollo für sein leibliches Kind halten.«

»Ist das schlimm?«

37

Neunzehn Monate später.

Heimer saß im Schatten auf einer Gartenbank, schaute abwechselnd auf Apollo, der im Sandkasten mit Förmchen Häuser und Landschaften baute, und in ein Poesiealbum, das Christiana gehörte. Zufällig hatte er es heute Morgen hinter ihrer Bildbandsammlung über Italien entdeckt. Sie liebte die italienische Lebensart, die mediterrane Küche und die stilvolle Mode, in der die Italiener abends flanierten. Ihre Begeisterung für dieses Land hatte sich auf ihn übertragen und so wollte er sich vor der geplanten Hochzeitsreise nach Italien in Stimmung bringen. Das Poesiealbum stand versteckt hinter den großen Italienbüchern in ihrem Arbeitszimmer. Reisenotizen hatte er anfänglich vermutet. Nach den ersten Seiten bemerkte er seinen Irrtum und es kam ihm vor, als würde er unerlaubterweise in ihre kindliche Seele eindringen. Einen Moment zögerte er, doch er konnte nicht anders.

Die ersten Eintragungen hatten ihre Freundinnen und sie mit acht Jahren vorgenommen. Mit neun hatte Christiana angefangen, Zeitungsausschnitte über ihren Vater zu sammeln. Sie waren fein säuberlich ausgeschnitten und in chronologischer Reihenfolge eingeklebt. Aus ihrem Poesiealbum wurde eine Art Tagebuch über ihren Vater. Manchmal trugen die Albumseiten persönliche Bemerkungen wie *Gut gemacht Papa* oder *Meine Freundinnen platzen vor Neid*. Noch bis vor kurzem hatte Christiana daran festgehalten, Presseberichte zu Ehrungen und Feierlichkeiten einzukleben und mit Fotos und Anmerkungen zu ergänzen. Sogar die umfangreiche Laudatio eines Regierungsrates zum sechzigsten Geburtstag hatte sie eingeklebt. Jede Seite belegte, wie sehr sie ihren Vater vergötterte. Es hatte fast etwas Religiöses. Sie stellte ihn auf ein Podest, unerreichbar für andere, die nur zu ihm aufschauen durften. Einige Presseausschnitte lagen lose im Album:

Tragödie in den Bergen

Schwarzsee. Am gestrigen Abend ereignete sich ein rätselhaftes Drama: Ein 53-jähriger Mann versuchte sich im Beisein seiner wesentlich jüngeren Ehefrau und eines Freundes der Familie zu erschießen. Der Freund des Ehepaares entwaffnete den Mann und wurde dabei im Handgemenge von einem Schuss seitlich am Oberschenkel getroffen. Schließlich konnte er die Waffe in seinen Besitz bringen. Daraufhin nahm der Ehemann ein Chirurgenmesser, zog es sich quer übers Gesicht und schnitt sich dabei die Nase ab. Dann rannte er aus dem Haus, um sich schreiend in den Abgrund zu stürzen. Beim Versuch, ihn davon abzuhalten, durchbrachen beide das Holzgeländer der Terrasse und stürzten in die Tiefe. Die hohe Schneeschicht verhinderte einen tödlichen Ausgang. Der Freund des Ehepaares informierte mit letzter Kraft die Rettungskräfte und machte Angaben zum Geschehen. Beide wurden mit lebensgefährlichen Kopfverletzungen in umliegende Krankenhäuser eingeliefert. Der Ehemann zeigte schon seit längerem Anzeichen einer psychischen Erkrankung. Die Ehefrau wurde bewusstlos aufgefunden und war vor Ort nicht ansprechbar.

Er nahm sich den nächsten Ausschnitt.

Nicht mehr aus dem Koma erwacht

Zürich. Professor Dr. Berthold Witt ist an den Folgen eines Suizidversuches am Montag, den 3. Mai, mit 54 Jahren verstorben.

Heimer drehte sich zu Apollo um, der emsig mit seinen Sandkastenförmchen hantierte. Am 3. Mai hatte Apollo das Licht der Welt erblickt. Die Wochen nach der Geburt hatte er sich von Christiana immer wieder schildern lassen, die gar nicht glauben konnte, dass er es so oft hören wollte. Zu gern hätte er das erste Strampeln der winzigen Füßchen miterlebt, die Händchen berührt und ihn in den Armen wiegend in den Schlaf begleitet. Er betrachtete Apollo eine Weile und las dann weiter.

Nach einer Notoperation lag Witt fünf Monate im künstlichen Koma und ist seinen schweren Kopfverletzungen erlegen. Mit großer Anteilnahme und Trauer hat die Belegschaft der Schlosskliniken Zürich AG die Nachricht vom Tod ihres ehemaligen Vorstands aufgenommen. Mit Professor Berthold Witt verlieren die Schlosskliniken einen hervorragenden Psychiater und einen ausgewiesenen Wissenschaftler, der das hohe Ansehen der schweizerischen Psychiatrie im In- und Ausland mitgeprägt hat. Nach dem Studium von Medizin und Psychologie in Zürich begann seine wissenschaftliche Laufbahn in verschiedenen Universitätskliniken. Nach dem er in Heidelberg habilitiert wurde, wurde er in das Direktorat der psychiatrischen Universitätsklinik Zürich berufen. Von dort wechselte er als Ärztlicher Direktor zu der Schlosskliniken AG, wo er nationale und internationale Forschungsprojekte koordinierte. Professor Berthold Witt hat einen herausragenden Beitrag zum Ausbau der psychiatrischen Abteilungen der Schlosskliniken Zürich AG geleistet. Der akademischen Lehre blieb er während dieser Zeit ebenfalls verbunden. Er publizierte zahlreiche Studien und wirkte an der Ausbildung der Studierenden an der medizinischen Fakultät mit. Wir verlieren mit Professor Berthold Witt einen hochgeschätzten Menschen und Kollegen. Er wird im engsten Familienkreis auf dem Friedhof Sihlfeld beigesetzt.

»Sihlfeld, Friedhof Sihlfeld«, sagte Heimer vor sich hin.

Das Gefühl, bei der Beisetzung am Familiengrab der Witts gestanden zu haben, wurde er nicht los. Es war unmöglich und doch quälte ihn dieser Gedanke. Fragmente des Grabes tauchten in seinen Erinnerungen auf, obwohl er niemals dort war.

Heimer hätte fast den schmalen Papierstreifen übersehen. Links war er fransig herausgerissen, oben und unten mit einer Schere gestutzt. Die Handschrift kannte er, was auf dem Streifen stand, nicht:

> *In deiner Seele säe ich,*
> *in deiner Seele wachse ich,*
> *reiß mich nicht raus,*
> *es wäre mein Ende.*

Es war seine Handschrift.

Apollo stolperte zwischen den Blumenbeeten und dem Sandkasten hin und her. Er riss ein Blatt ab, begrünte damit die Sandhaussiedlung und holte sich dann das nächste Blatt. Es war köstlich, den wackeligen Beinen zuzusehen. Gut, dass Christiana noch in der Klinik war, dachte Heimer. Sie hätte diesen kreativen Akt seines Sohnes unterbunden. Die Pflanzen im Garten waren ihr wichtig. Apollo rupfte eifrig weiter.

Nachdenklich legte Heimer das Album zur Seite und widmete sich der Hochzeitsliste. Christiana hatte sie gemeinsam mit ihrem Vater erstellt, in der Annahme, dass er seine Gäste hinzufügen würde. Sie hatte ihn nicht gefragt, ob er mit der Liste einverstanden war. Er hätte lieber in einem kleinen, intimen Kreis gefeiert. Der Wunsch, den Tag zu genießen, sich zurückzulehnen und in Ruhe Gedanken auszutauschen, schien mit dieser Familie nicht machbar. Christiana und ihr Vater waren bestrebt, die Hochzeit des Jahres auszurichten. Und das wollte er ihnen nicht verderben. Die Gästeliste umfasste einhundertvierundsiebzig Personen. Neben internationalen Gästen waren Vorstände bedeutender Unternehmen sowie der Regierungsrat für einen Banketttisch vorgesehen. Drei Tische waren für Kulturschaffende eingeplant, darunter bekannte Schauspieler, die ihm nur vom Hören und Sehen ein Begriff waren. Er hatte zwei ehemalige Kommilitonen und seine Assistentin Charlie mit ihrem neuen Freund eingeladen sowie vier entfernte Verwandte, die er seit Jahren nicht mehr gesehen hatte. Frank konnte an diesem besonderen Tag nicht an seiner Seite sein. Ein Wahnsinniger war bei Rot über die Ampel gefahren und hatte ihn voll erwischt. Er starb noch am Unfallort. Vom Fahrer fehlte bis heute jede Spur. Charlie hatte ihn sofort angerufen: Das Schluchzen raubte ihr die Luft, ließ nur zusammenhanglose Wortfetzen zu. Nach zwei, drei Worten übermannte es sie erneut. Er hatte verstanden, aber nicht begriffen. Frank war tot. In der Stille vernahm er nur ihr Aufschluchzen. »Ich komme nach Berlin. Morgen schon«, sagte Heimer, dann legte er auf.

In den folgenden Tagen war er wie betäubt gewesen. Frank und er hatten sich zuletzt im Streit gegenübergestanden: Um seine Wohnung aufzulösen und die Übergabe der Praxisanteile zu regeln, war er für drei Tage nach Berlin geflogen. Christiana bestand zunächst darauf, den Anwalt der Klinik damit zu beauftragen. Doch diesmal hatte er sich durchgesetzt. Am letzten Abend in Berlin saßen sie beim Inder, wo sie so oft über Frauen und die menschliche Existenz philosophiert hatten. Doch die Begegnung mit Frank war angespannt, und der endgültige Umzug nach Zürich überschattete alles. Die Praxis sei auch ohne ihn erfolgreich, hatte Frank unnötigerweise mehrfach betont. Nachdem sie die zweite Flasche Wein geleert hatten, sagte Frank, die Schweiz habe ihn verändert. »Das viele Geld und so. Du wirkst jetzt wie ein arroganter Schnösel. Deine Selbstzweifel waren doch ein sympathischer Charakterzug, das Zeichen einer aufrichtigen Persönlichkeit.«

Er hatte geschwiegen. Was sollte er auch erwidern? Sie waren einander fremd geworden. Frank hatte ihm vorgeworfen, entweder jetzt zu lügen oder ihn früher belogen zu haben. Sie kamen nicht überein, dass er Christiana schon länger kannte. Frank nutzte seine Amnesie gnadenlos aus. Passte es Frank nicht, dass er erfolgreich und privat glücklich war? Zu Recht stand er zu seinen Fähigkeiten und Stärken. Was war daran falsch? Christiana bat ihn nach dieser Reise, den Kontakt zu Frank abzubrechen. Sie bestätigte ihm, dass sie sich in einer Buchhandlung kennengelernt hatten, was Frank als Geflunker abgetan hatte. Aber Heimer war sich sicher: Am Ende der Veranstaltung stand sie vor seinem Signiertisch und sah ihn mit leuchtenden Augen an. Ihre Fragen zum Buch endeten nicht, und so hatten sie sich für den folgenden Tag zu einem Restaurantbesuch verabredet. An das Essen erinnerte er sich nicht mehr, auch weitere Verabredungen mit ihr waren ihm entfallen.

Die Erinnerungen setzen erst wieder im Hotelzimmer ein. Sie war in ein weißes Bettlaken gehüllt, das sie bis zur Schulter hochgezogen hatte. Es schmiegte sich wie eine zweite Haut um ihren Busen, ihre Hüfte und ein Bein waren nur halb bedeckt. Sie bewegte sich nicht und glich einer griechischen Göttin, einer Skulptur aus hellem Marmor. Michelangelos hätte es nicht reizvoller gestalten können. Langsam glitten seine Fingerspitzen über das Kinn zum Hals, schoben das Betttuch zur Seite. Seine Hand fuhr an ihren Rippen entlang und verweilte auf ihrer Hüfte. Sein Mund sog an ihrer Haut. Ihre Beine spannten sich, langsam wanderte seine Hand weiter, strich über ihren Härchenflaum. Ihre Hüfte bäumte sich auf. Zärtlich umkreiste sein Mund den blauen Diamanten, der in ihrem Bauchnabel funkelte. Sie umfasste seinen Hals, zog ihn näher und schmiegte sich an. Ihre Bewegungen wurden fordernder, drängender. Sie drehte ihn auf den Rücken. Eng umschlungen fanden ihre Lippen zueinander. Ihr Mund trennte sich von seinem und glitt sanft über seine Brust. Sie saugte und zog enge Kreise, die langsam tiefer führten. Ihr Haar verdeckten ihre Liebkosungen, ihre zärtlichen Bisse. Sie wagte sich vor und schürte das Feuer, was sie noch nicht zu löschen bereit war.

Wenn er daran dachte, und das geschah oft, glühten seine Lippen. Diese gemeinsame Nacht hatte sich eingebrannt, intensiv nahm er ihr Verlangen, ihren Duft und jede Berührung aufs Neue wahr. Wie ein Film lief alles in seinem Kopf ab. Der nächste Morgen hatte die gleiche Präsenz: Als er sich rasierte, tauchte sie hinter ihm auf. Sie drückte das Licht im Bad aus. Er spürte ihren Atem nah an seinem Ohr, ihren Oberkörper, den sie fest gegen seinen nackten Rücken presste. Diese Eindrücke waren gestochen scharf.

Aber was war davor und was danach? Wie oft waren sie sich schon begegnet? Und wo? In welchem Hotel waren sie gewesen? Wohin sind sie am nächsten Morgen gegangen? Diese Erinnerungen waren ausgelöscht, als hätte jemand aus einem Filmstreifen die Alltagsszenen herausgeschnitten.

Die Erinnerungslücken quälten ihn, sich damit abzufinden, musste er noch lernen. Die Wochen vor seinem Unfall waren aus seinem Gedächtnis verschwunden, als hätte sie jemand weggeblasen. Nur wenige Fragmente waren ihm aus dieser Zeit geblieben. Selbst was einige Monate zuvor passiert sein musste, war lückenhaft. Konnten Gedächtnislücken einen in den Wahnsinn treiben? Manchmal glaubte er, er stände kurz davor. Er fühlte sich unvollständig. Zwischen den Momenten von enormer Strahlkraft navigierte er in seinem Kopf in absoluter Dunkelheit, die Christiana immer wieder erhellte. Sie war seine Brücke zur Vergangenheit, zu den Tagen, die sein Leben so grundlegend gewendet hatten. Sein Gedächtnis fing an, die Lücken mit Christianas Schilderungen zu schließen, und nach einiger Zeit würde er nicht mehr wissen, was seine Erinnerungen waren und was Christiana ihm erzählt hatte.

Auch sie blieb ihm ein Rätsel. Sie wirkte wie eine, aber sie war keine Klosterschülerin. Sie verstand es, sich angemessen zu kleiden, zeigte ihre Reize eher indirekt und achtete auf die Etikette, brav, folgsam, zuvorkommend. Doch in Wirklichkeit ruhte in ihr ein Vulkan. Ein Geheimnis, das er mit ihr teilen durfte. Dass sie nicht alles mit ihm teilte, daran hatte er sich gewöhnt. Vieles blieb schleierhaft, im Verborgenen und seine Bemühungen um Klarheit blieben meistens vergebens.

Die Traumbilder der vergangenen Nacht meldeten sich in Heimers Kopf: Ein bleiches Gesicht, übergroß, dessen verzweifelte Gesichtszüge Frank ähnelten, schwebte vor ihm. Die bläulichen Lippen bewegten sich hektisch, dennoch drang kein Ton zu ihm. Das Gesicht verschwand langsam in einer grauen Wolke und bestand am Ende nur noch aus einem riesigen schreienden Mund.

Wäre das letzte Treffen doch anders verlaufen! Etwas hatte sich zwischen sie geschoben. Franks Unterstellungen hatte er brüsk zurückgewiesen, hatte überreagiert. Aber warum hatte Frank überhaupt eine so abstruse Geschichte ersonnen? Heimer schüttelte den Kopf. Die Einladung zu seiner Hochzeit hätte sie wieder versöhnt, da war er sich sicher, aber der Entschuldigungsbrief mit der Bitte, sein Trauzeuge zu werden, hatte Frank nicht mehr erreicht. Er war zwei Tage zuvor verunglückt.

Bald würde Christiana aus der Klinik kommen und die

ganze Bescherung sehen, die Apollo im Blumenbeet angerichtet hatte. Mit welcher Begeisterung sein Sohn bei der Sache war, half ihm heute über vieles hinweg. Heimer schaute zum See, ohne ihn wahrzunehmen. Wenn er Christiana auf die Kliniken ansprach, reagierte sie wortkarg. Er kam sich ausgeschlossen vor. Wichtige Fragen klärten sie und ihr Vater unter sich. Einmal hatte er nach dem Grund gefragt und sie meinte lapidar: »Jeder braucht in einer Beziehung seine eigenen Verantwortungsbereiche.« Er hatte ihr nicht widersprochen, obwohl er gern mehr erfahren hätte. Nicht nur in der Spitzenforschung waren die Kliniken führend, auch der wirtschaftliche Erfolg schien enorm, wozu vor allem Patienten aus dem arabischen Raum beitrugen. Für ihn hatte Christiana eine aktive Beteiligung an einer Gemeinschaftspraxis mit dem Schwerpunkt Kinder- und Jugendpsychiatrie erworben. Sie hatte ihn damit überrumpelt. Doch in ihren Augen war es eine Überraschung, ein Geschenk und so hatte er schließlich zugestimmt und arbeitete nun in einem interdisziplinären Team aus Psychotherapeuten, Psychologen, Sozialpädagogen und Ärzten.

Apollo zupfte an Heimers Hose. Wortlos stand Heimer auf und sie gingen zum Sandkasten, um Apollos Werk zu bewundern. Apollo und er lächelten sich zufrieden an. Sie hatten einen Draht zueinander, wie es nur bei Vater und Sohn vorkommt. Bald würde ein Schwesterchen dazukommen. Christiana war im vierten Monat schwanger und das Brautkleid sollte das verbergen. Das war der Grund für ihre Eile. Schon von Weitem hörte er den Porsche. Der sportliche Fahrstil und das Motorengeräusch waren unverkennbar. In wenigen Minuten würde sie auf dem Rasen stehen, ihn strafend ansehen und Apollo sanft erklären, dass er keine Blätter abreißen dürfe. Er war glücklich, manchmal hatte er sogar ein schlechtes Gewissen, weil es so war. Christiana und

Apollo liebten ihn und er sie. Ein schöneres Leben hätte er sich nicht erträumen können.

Apollo hörte ein »Schatzemann!«, sah sich um und rannte los. Beinahe wäre er kurz vor seiner Mama gestürzt. Sie packte ihn unter den Armen, nahm seinen Schwung auf und drehte zwei Karussellrunden um die eigene Achse. Ihr blondes Haar flatterte dabei um ihre Sonnenbrille. Sie gab Apollo einen dicken Kuss auf die Stirn und setzte ihn vor Heimer ab. Ihr Blick blieb an dem Album haften, das er vergessen hatte zurückzustellen, und sie erlosch für einen Moment.

Er berührte ihr Kinn mit den Fingerspitzen und hob ihren Kopf, um ihr in die Augen zu sehen. »Es war nicht richtig von mir.«

Sie umarmte ihn fest, als hätte sie Angst, ihn zu verlieren.

Aus den Augenwinkeln sah Heimer, dass die Sandhäuser nicht mehr standen. Er löste sich langsam aus ihrer Umarmung und nahm das Poesiealbum in die Hand. »Magst du mit mir reinschauen?«

»Ach, ich weiß nicht. Ich glaube, alle Mädchen verlieben sich irgendwann in ihren Vater. Kleine Mädchen sind eben überschwänglich und romantisch.«

»Es scheint ziemlich aktuell zu sein.«

»Du bist die beste Medizin gegen meinen Vaterkomplex.« Sie lächelte ihn so einnehmend an, wie nur sie es konnte.

Er setzte sich mit dem Album auf die Gartenbank.

Sie folgte ihm, ließ sich auf seinem Schoß nieder und legte den Arm auf seine Schulter.

»Jetzt übertreibst du! Du musst nicht gleich die Zehnjährige spielen, nur weil wir in deinem Poesiealbum blättern.«

»Findest du?« Ihre Nase strich zart über seine Wange.
Spiel weiter, flüsterte er ihr ins Ohr.

Apollo zupfte an Heimers Hose.

»Spiel doch noch ein wenig im Sandkasten«, sagte Christiana. »Papa ist jetzt beschäftigt.«

Apollo blieb standhaft und zog kräftiger.

Christiana sprang auf und marschierte zur Terrasse.

Heimer hob Apollo auf seinen Schoß und sah Christiana nach, die im Haus verschwand. Ein paar Minuten später kam sie zurück und sie spielten zu dritt Hände ineinander klatschen. Apollo lachte dabei so herzlich, dass sein ganzer Körper durchgeschüttelt wurde.

Ein kleiner, kompakter Mann eilte mit großen Schritten auf die Gartenbank zu.

Christiana winkte ihm. »Kannst du für eine halbe Stunde mit Apollo spielen?« Sie sah ihren Sohn an. »Papa und Mama müssen jetzt was besprechen. Hast du Lust, mit Francesco zu spielen?«

Apollo strahlte über das ganze Gesicht.

Francesco packte Apollo mit seinen muskulösen Armen und schwang ihn durch die Luft, wobei sein Tattoo am Hals zu tanzen schien. Er setzte sich den kleinen Jungen auf die Schultern, hielt seine Beine fest und galoppierte mit ihm über den Rasen, wie er es schon so oft getan hatte.

Apollo quietschte vor Freude.

»Security und Babysitter in einem, was will man mehr«, sagte Christiana. »Ich verstehe nicht, warum du immer so abweisend zu ihm bist. Er kümmert sich so rührend um Apollo.«

»Ich mag ihn einfach nicht.«

»Nur wegen des Tattoos?«

GESTÄNDNISSE

Zunächst herzlichen Dank an all diejenigen, die dazu beigetragen haben, diesen Roman zu verwirklichen.

Meiner Lektorin Kati Hertzsch danke ich für ihren immerwährenden Humor und ihre Professionalität. Sie hat mit schlafwandlerischer Sicherheit alles gnadenlos durchgestrichen, wo ich links und rechts vom roten Faden abgekommen war. Mein Dank gilt ebenfalls Judith Schwibs, die sich schwerpunktmäßig mit dem Korrektorat befasst hat.

Ich gebe zu, dass Stefan Heimer regelmäßig bei uns zu Gast ist. Meine Frau Inga sieht ihn zwar nicht, aber ich fürchte, sie bemerkt seine Anwesenheit. Natürlich habe ich heftig widersprochen, wenn sie mich fragte: »Hörst du überhaupt zu?« Aber wäre es nicht unhöflich, einen Gast zu ignorieren?

Ich danke meiner Frau von Herzen, dass sie so manchen stillen Dialog mit Heimer am Frühstückstisch ertragen hat.

Schließlich danke ich allen, die mich zu dieser Idee inspiriert haben. Eine namentliche Aufzählung würde den Rahmen dieses Buches sprengen, daher bitte ich um Verständnis, dass ich hier nur Kategorien aufzähle (alles andere würde vielleicht auch Ärger verursachen). Es waren vor allem Politiker und Wirtschaftsführer, deren Darstellungen mich immer wieder in Erstaunen versetzt haben.

Auch wenn sich in diesem Roman das universelle Muster einer Verschwörungstheorie herauslesen lässt, nach der eine Minderheit das Potenzial hat, im Geheimen die Geschicke der Welt zu lenken, so ist dies doch ausschließlich einer spannenden, fiktiven Geschichte geschuldet.

Sollten Sie anderer Meinung sein, oder Diskussionsbedarf haben, dann wenden Sie sich bitte vertrauensvoll an Herrn Dr. Stefan Heimer. Seine E-Mail-Adresse lautet:

heimer@lesehits.de

Wahrscheinlich wird er Ihre E-Mail nicht zeitnah beantworten können. Sie wissen ja, seine Warteliste ist lang. Zudem steht er derzeit vor großen Herausforderungen, wie er mir kürzlich beim Frühstück erzählte.

Ich bin davon überzeugt, dass Psychiater und Psychologen zu Recht ein hohes Ansehen genießen. Die im Roman beschriebenen Behandlungsmethoden entspringen ausschließlich meiner Phantasie, wären zudem strafbar und entsprechen (noch) nicht dem Stand der Wissenschaft.

Printed in Poland
by Amazon Fulfillment
Poland Sp. z o.o., Wrocław

39394266R00149